사나운 새벽

사나운 새벽 5
윤석진 판타지 장편 소설

초판 1쇄 찍은 날 § 2004년 9월 20일
초판 1쇄 펴낸 날 § 2004년 9월 30일

지은이 § 윤석진
펴낸이 § 서경석

편집장 § 문혜영
편집책임 § 김희정
편집 § 장상수 · 권민정 · 서지현 · 한지윤
마케팅 § 정필 · 강양원 · 이선구 · 김규진 · 홍현경

펴낸곳 § 도서출판 청어람
등록번호 § 제1081-1-89호
등록일자 § 1999. 5. 31
어람번호 § 제1-0543호

주소 § 경기도 부천시 원미구 심곡1동 350-1 남성B/D 3F (우) 420-011
전화 § 032-656-4452 팩스 § 032-656-4453
http://www.chungeoram.com
E-mail § eoram99@chollian.net

ⓒ 윤석진, 2004

ISBN 89-5831-250-5 04810
ISBN 89-5505-984-1 (SET)

※ 파본은 본사나 구입하신 서점에서 교환하여 드립니다.
※ 저자와 협의하여 인지를 붙이지 않습니다.

윤석진 판타지 장편 소설 **사나운 새벽 5**

도서출판 청어람

목차

Chapter 50 <u>7</u>
Chapter 51 <u>37</u>
Chapter 52 <u>65</u>
Chapter 53 <u>91</u>
Chapter 54 <u>121</u>
Chapter 55 <u>146</u>
Chapter 56 <u>174</u>
Chapter 57 <u>199</u>
Chapter 58 <u>227</u>
Chapter 59 <u>264</u>

하늘은 얼어붙고 내 마음은 증오로 거듭 타오른다
신이여, 배신자들을 용서치 마소서
피로 맺은 맹세 피로써 씻으리니

―리베이드의 고대 서사시 마토우신 레하다이므 중 〈복수의 노래〉

Chapter 50

 멀리서 태양이 타오르기 시작했다. 말 그대로 이글거리는 불덩이다. 시뻘건 불덩이는 몸부림치며 지평선 위로 내려가고 있었다. 그 잔혹한 몸부림의 여파로 일대는 온통 불길로 덮여 대지는 불타오르고 있었다.
 "장관이죠?"
 "장관이지."
 "장관이고말고."
 똑같은 말을 각기 다른 어투로 지껄이던 사내들은 나를 일제히 돌아보며 미소 지었다. 뭔가 한마디 해주기를 바라는 듯한 그 얼굴에 나도 마주 웃으며 감탄해 주었다.
 "정말 장관이군."
 "그렇고말고!"
 기도하듯 손등을 이마에 대고 있던 키에디 왕자가 큰 소리로 외쳤다. 그는 짧은 턱수염을 흔들며 나를 향해 떠들었다.

"황야에서 황혼을 본다는 것은 진정 가슴 벅찬 일이지."

황혼이 제 것도 아니면서 자랑은 어지간하군. 나는 쓴웃음을 머금은 채 아무 말도 하지 않았다. 아닌 게 아니라 일몰은 진정 장관이었다. 지평선 아래로 사라지는 태양의 붉은 빛은 가없이 계속되는 지평선 위에 서본 사람만이 알 수 있는 기적이었다. 이글대는 용광로가 그러할까. 화산의 불덩이가 그러할까. 새빨갛게 타오르는 대지와 하늘. 숨이 막힐 지경이다.

태양은 이제 일그러진 반원으로 몸부림치고 있었다.

"이제 저녁 좀 먹자!"

키에디 왕자의 현실적인 한마디에 사내들이 바삐 움직이기 시작했다. 다행히도 이번에는 납작하게 구운 빵과 잼처럼 끈적한 시럽이 주된 메뉴였다. 무슨 과일잼인 거 같긴 한데 그 정체를 알 수 없기에 난 묻지 않았다. 들쥐도 맛있게 먹어치우는 왕자를 가진 자들이다. 이 끈적한 시럽이 무엇으로 만들어졌는지 나는 절대로 알고 싶지 않다.

적당히 끼니를 때운 뒤에 사내들은 둥글게 원을 그리며 자리 잡았다. 그러자 기다렸다는 듯이 덩치 큰 노예가 어울리지 않는 조심스런 태도로 커다란 자루에서 길쭉한 뭔가를 꺼내 들었다.

"좋았어!"

"부탁해!"

사내들의 탄성이 터져 나왔다. 시커먼 노예는 좀 부끄럽다는 듯 시선을 아래로 내리더니 그 길쭉한 물체, 악기로 보이는 그 물건을 들고는 굵직한 손가락을 우아하게 움직이기 시작했다.

차라라라랑.

맑은 소리였다. 텅 빈 황야의 한복판에서 들려오는 그 소리는 이상하게도 가슴을 덜컹거리게 만들었다. 막힌 곳이 없는 황야에서는 소리가 되돌아오지 않는다. 그저 퍼져 나갈 뿐. 악기는 가느다란 줄 다섯 개가 연결되어 있었는데 소리통 역할을 하는 듯한 길쭉한 몸체는 꼭 커다란 클레이모어처럼 생겼다. 새된 소리가 날 거라 생각했는데 의외로 그 소리는 맑고 차분한 음색이었다.

차가운 달 위로 웃음이 지나가네.
벌써 고향을 떠난 지 7년
사랑하는 여인이 내게 말했지.
황금과 보석도 필요없으니 곁에 있어달라고
나는 어리석었네. 내 앞의 보물을 몰랐으니
이제야 그녀에게 돌아가려 하나
나에겐 이제 두 다리가 없네.

차가운 달 위로 울음이 지나가네.
벌써 고향을 떠난 지 10년
애모하는 어머니가 내게 말했지.
명예와 지위도 필요없으니 곁에 있어달라고
나는 어리석었네. 내 앞의 보물을 몰랐으니
이제야 어머니께 돌아가려 하나
나에겐 이제 두 팔이 없네.

차가운 달 위로 추억이 지나가네.

벌써 고향을 떠난 지 17년
친애하는 친구가 내게 말했지.
말도 보검도 필요없으니 곁에 있어달라고
나는 어리석었네. 내 앞의 보물을 몰랐으니
이제야 그에게 돌아가려 하나
나에겐 이제 심장이 없네.

 슬픈 노래였다. 도저히 저 거구에서 나오는 것이라고는 믿을 수 없을 정도로 감상적인 노래. 이런 밤에 저런 노래를 듣는다면 잠자리가 사나울지도.
 사내들은 한숨을 내쉬었다. 나는 노예의 투박한 손가락을 바라보다가 하늘로 시선을 돌리고 길게 누웠다. 시야엔 온통 별들이 가득하다. 쏟아져 내릴 듯 장렬하게 타오르는 별들. 리베이드에서는 별들조차 타오르는 것 같았다.
 훌쩍이는 소리가 여기저기서 들려왔다. 전에도 느끼는 거지만 진짜 감정 한번 풍부하다. 노래 한 자락 듣고 훌쩍이는 사내들이나 그걸 당연시 여기는 자들이나.
 "무크루는 정말 대단한 가수야. 그렇지 않나?"
 "요리 솜씨보다 훨씬 낫지."
 옆에서 에람이 그래도 나와 친해졌다고 옆구리를 찌르면서 물었다.
 "정말 감동적이지 않나?"
 "그렇군."
 뭐라 말하기도 그래서 동의했다. 실제로 정말 아름다운 노래였으니까.

"그나저나 당신의 고향은 어디요? 음, 가족은? 연인은? 결혼은 했소?"

갑자기 생각난 듯 키에디 왕자가 물었다. 그의 눈가에 번진 물기를 보고 나는 조금 질리는 기분이 들었다. 감정이 풍부한 사람들과 어울리는 것은 정말로 내 취미가 아니다. 아아, 그런데 왜 난 꼭 이런 인간들 사이에 끼게 되는 거냐.

"모두 다 없소."

그 말에 사내들의 시선이 일제히 내게 와 박혔다. 그리고 갑자기 쏟아지는 동정 어린 시선들. 아, 진짜 이건, 미칠 지경이다.

"하아, 그랬군, 그랬어."

모든 것을 알고도 다 포용하겠다는 듯 변하는 에람의 표정. 그에 따라 애써 평온한 표정을 지으려는 키에디 왕자와 그 일행.

황태자 전하께 모든 걸 바치겠어요 하는 여인네들의 웃음도, 당신과 싸워 그 모든 기예를 습득하고 싶어요 라는 소드 마스터들도 나를 불쌍히 여기는 이 감정 풍부하고 동정심 많은 한 떼의 거구에 비할 바는 못 되었다. 소름이 돋는다.

"강한 사내에겐 나름대로 사연이 많은 거겠지."

키에디 왕자의 말 한마디에 모든 사내가 일제히 고개를 끄덕였다. 에람은 괜히 내 어깨를 토닥였다. 그 손길을 피하면서 슬그머니 몸을 굴리자 에람이 안쓰럽다는 듯이 모포를 한 장 더 주었다. 그의 감정 풍부한 갈색 눈에는 나에 대한 그 기묘한 동정과 연민, 거기에 동경까지 골고루 섞여 있었다. 아, 진짜 남자들에게 이런 눈빛 절대로 받기 싫다니까!

어쨌거나 등을 돌리고 모포를 깔고 누웠다.

한기가 스물스물 올라오긴 했지만 못 견딜 정도는 아니었다. 마나를 이용할 줄 아는 인간에게는 사실 추위나 더위는 큰 문제가 아니니까. 나는 옆으로 누운 채 뒤에서 지껄이는 사내들에게 신경을 끄려고 노력했다.

"어떤 사연일까?"

"고향을 등졌다니 필시 보통 사연은 아니겠지."

"어쩌면 복수를 하기 위해 나선 것은 아닐까?"

"그럴지도. 나이가 아직 젊으니 심한 풍파를 겪은 건 아닐 테지만."

"혹시 고향에서 죄를 지은 건?"

"죄를 지은 인간이라기엔 너무 강한 눈빛이야."

나는 한숨을 삼켰다.

아아, 록그레이드여. 진짜 네가 그립다.

아침이 되자, 눈을 찌를 듯 강한 햇빛이 쏟아져 내렸다. 나는 다른 사내들이 하는 대로 눈만 남기고 온몸을 다 가렸다. 그들이 내민 모포라는 게 이런 방면으로도 쓰이는 줄 미처 몰랐다. 리베이드의 검공이 항상 치렁한 차림새인 것이 이제야 이해가 갔다. 그 상태로 말에 오르자 엄청난 열기가 느껴졌다. 이미 달아오른 지열은 숨을 턱턱 막히게 할 정도였지만 그보다 더 심한 것은 우리가 달릴 때마다 일어나는 먼지였다. 콧속이 시커멓게 될 것 같았지만 옆에 있던 에람이 친절하게도 어떻게 헝겊을 감으면 먼지를 피할 수 있는지 가르쳐 주었다. 얼굴에 쓰는 헝겊, 에르차라고 하는 것은 아주 얇은 옷감으로 만들어져 있었다. 긴 목도리처럼 생겼는데 끝에는 복잡한 자수가 놓여져 있었다. 싸구려는 아닌 듯싶다. 그 에르차라고 하는 얼굴 가리개는 가문을 상징하는 문양을 새기기 때문에 아주 중요하다고 에람이 설명했다.

"왜냐면 황야에서 죽어버리면 금방 해골이 되니까. 그때 신상을 알 수 있는 유일한 물건이 되는 거야."

나는 내 얼굴을 가리고 있는 에람의 에르차를 가리켜 보였다.

"그럼, 내가 죽어 자빠지면 사람들이 날 너라고 생각하게 되겠군."

"그런 셈이지."

에람은 그다지 깨끗하지도 않은 이를 드러내며 히죽 웃었다. 그 이를 보자니 얼른 나도 양치질을 해야겠다는 생각이 들었다. 황태자 생활이 너무 길었나. 치아가 엉망인 자들을 보면 나도 모르게 양치질 생각부터 난다.

"어, 에람의 것보다는 내 것을 쓰는 건 어때?"

그 이야기를 들었는지 키에디 왕자가 내 옆으로 다가와 허리춤에서 보랏빛 에르차를 꺼내 들었다. 그쪽이 에람 것보다는 훨씬 깨끗하다.

"내 손님이니까 내 것을 쓰는 게 옳아. 게다가 에람은 두 개밖에 없잖아?"

"그것도 그렇군요."

에람이 직접 키에디에게서 에르차를 받아 내게 건넸다. 나는 그 보랏빛 에르차 끝에 새겨진 문양을 바라보았다. 그게 가비라 가문의 것이라는 생각이 들자 조금 묘한 기분이 들었다.

에르차를 두르고 다시 둘둘 몸을 모포로 휘감자, 에람이 킬킬대며 도와주었다.

"이렇게 하라니까."

어젯밤 그가 건네주었던 모포라고 생각했던 것은 모포가 아니었다. 그것은 끈이나 단추가 없는 가운의 일종이었다. 얼굴에는 에르차를 두르고, 어깨 위로 소매가 넓은 가운을 걸친다. 그리고 그에 맞추어 손목에 감아두었던 가죽 끈을 끌러 허리와 소매를 묶으면 된다. 꼭 도적 떼 같은 몰골이지만 열기가 스며들지 않아 생각 외로 시원했다. 먼지도 에르차 덕분에 참을 만하다.

"속도를 좀 올릴까?"

키에디 왕자가 호탕하게 웃으며 외쳤다. 에르차로 얼굴을 동여맨 주제에 그렇게 외치는 것이 놀라울 정도지만 어쨌거나 그는 그렇게 말하고는 말을 달리기 시작했다.

"우호!"

"끼에에!"

괴성을 지르며 다른 사람들도 달리기 시작했다. 먼지가 뿌옇게 일어나고 황야가 소란스러워졌다. 나는 그들의 뒤를 따라 달리면서 감탄했다. 눈이 크고 잘 우는 사내들이라는 것은 분명하지만, 말 하나 만은 기가 막히게도 탄다.

말 그대로 이틀 밤낮을 달렸다.

내가 생각하기에도 대단했다. 나는 그다지 승마에 익숙하지 않아서 엉덩이와 허리가 무척이나 아팠다. 머리도 지끈거렸다. 오러를 발동해서 슬금슬금 말과 일체를 시키자 그럭저럭 견딜 만했지만 다른 사내들은 말 그대로 그저 그들 자신의 기술과 체력만으로 타는 것이다. 뜨거운 태양과 이글이글 치미는 땅의 열기 속에서 그들은 잘도 달렸다.

"생각 외로 잘 따라오는군!"

키에디가 먼지로 뒤범벅이 된 얼굴로 웃으며 말했다. 눈만 내놓고 있었기 때문인지 눈가만 지저분하다.

"몸 여기저기가 다 아픈 상태인데."

내가 쓴웃음을 짓자 그는 호탕하게 웃었다.

"리베이드 인이라고 해도 이틀 밤낮을 달린다는 것은 쉬운 일이 아니지. 하기야 자네는 강인한 전사니까 그 정도는 괜찮을 거라 생각은 했지만."

그는 그렇게 웃고는 내게 가죽 물통을 내밀었다. 물을 받아 한 모금 마시고 돌려주자, 그의 얼굴이 조금 기묘해졌다.

"갈증이 나지 않나?"

"견딜 만하오."

그는 감탄하는 듯한 시선으로 날 바라보았다.

"마나를 다루는 전사는 보통 인간들과는 다르다고 하더니 정말이군. 당신은 갈증도 나지 않는단 말이오? 이런 날씨에?"

나는 아무 말도 하지 않았다. 굉장히 목이 마르긴 했지만 그의 물통 속에서 나는 가죽 냄새가 더 싫었다. 그러나 그런 말은 차마 못하겠다.

"곧 샘이 나올 거요. 한나절 거리니까 저녁은 거기서 먹게 될 거요."

키에디스는 만면에 미소를 띤 채 그렇게 말하더니 다시 말머리를 돌려 앞장서기 시작했다. 그 뒤를 달리는 그의 기사들 중 누구도 그에게 군말을 하지 않았다. 지친 기색이 역력한 몇몇이 보이긴 했지만 그래도 불평하는 자는 없었다.

등짝이 뜨겁고 머리통에서 불이 날 것 같은 걸 보면 태양이 분명 있기는 있다. 하지만 고개를 들어 보려고 하면 너무 눈이 부셔서 태양은 볼 수가 없다. 리베이드의 태양은 그랬다. 사방이 온통 하얗고 빨갛게 달아오르고 열기로 하늘과 땅이 모두 이글거린다. 바로 눈앞에 가는 일행의 모습조차 일렁이는 열기로 흐릿하게 보인다.

"어지간히 뜨겁군."

계속 추운 지역에 있었던 터라 이 뜨거움은 고문 같았다.
열기로 먹먹해지는 것은 눈만이 아니었다. 귀도 그렇다. 귀도 어쩐지 꽤 둔해진 것 같았다. 나는 말고삐를 잡고 말과 함께 흔들리면서 멍하니 생각에 잠겼다. 주변은 사람으로 가득했지만 꼭 혼자 있는 것 같은 감각이었다.
생각하지 않으려고 해도 계속 생각이 나는 것은 록그레이드였다. 사실 그 이외에 그렇게 간절한 인간은 없다. 드래곤이 조금 그립긴 하지만 그는 드래곤이지 인간이 아니니까. 도노반이나 데비드, 그리고 벤도 생각난다. 하지만 가장 내 곁에 가까이 있었던 것은, 그리고 내 본질을 아는 것은 그가 유일했다. 그래서 그렇다. 이렇게 혼자 있게 되면 혼잣말을 하면 혹시 그가 옆에서 듣고 있지는 않을까, 그가 갑자기 나타나지는 않을까 기대하게 되는 것이다. 어리석게도.
록그레이드. 이건 짝사랑이다. 그 녀석은 가차없이 사라져 버렸는데.
간절하게 원하면 혹여 유령이 된 그가 내 옆에 불쑥 나타날지도 모른다는 망상이 열기를 타고 스며들어 온다. 그만이 나를 알아주었는데, 그만이 나를 아는 유일한 인간이었는데, 그는 사라져 버렸다. 완벽하게.
그가 그렇게 존재했었다는 것을 아는 사람은 오로지 나와 드래곤들밖에는 없다.
그의 가족도, 그의 연인도 모른다. 나와 드래곤들뿐. 그의 고통을 아는 자도 없다. 바닥이 없는 아득한 어둠이 슬픔을 메웠다. 그렇다. 나 역시 그처럼 사라져 갈 것이다. 아무도 나를 모른다. 아니, 나 역시 나를 모른다.

"샘이다!"

갑작스런 고함이 나를 깨웠다.

나는 몽롱한 상태에서 벗어나 힘차게 달려나가는 사내들의 뒤통수를 지켜보았다. 살아 있다는 생기로 가득 찬 인간들이 바로 내 옆에서 움직이고 있었다.

분노와도 같은 씁쓸한 감정이 잠시 일어나 눈앞을 매우자, 나는 웃을 수밖에 없었다.

그렇다. 질투다. 치사하게시리.

샘에는 우리 이외에도 또 다른 일행이 있었다. 하지만 서로 아는 자들이었는지 분위기는 화기애애했다.

"여어! 형제!"

"형제!"

두 팔을 벌리고 선 자들이 거대한 시미터를 흔들며 웃었다.

서른 명 정도 되는 자들이었다. 모두 간단한 짐에 짙은 갈색의 가운을 걸치고 있었다. 얼굴을 가린 에르차는 검은색이었다. 말 역시 검은 가죽으로 꾸몄는데 그게 가문을 상징하는 색상인 듯하다.

"키에디 전하!"

"오, 구와르."

키에디가 키가 훤칠한 사내에게 다가가 두 팔을 벌리자, 그 사내 역시 마주 두 팔을 벌리더니 끌어안고 이마를 비볐다.

"무사하셨군요! 걱정했습니다."

"충실한 친구들이 많은데 걱정할 게 뭐가 있겠나?"

"뜻하신 바는 이루셨습니까?"

"아아, 아직은. 하지만 괜찮을 거라 생각하네."

키에디는 그렇게 말하며 의미심장한 눈으로 날 흘끔거렸다. 나는 그 시선을 모른 척 외면했다. 그러는 와중에도 에람이나 푸람 등은 다른 자들과 포옹하며 인사하기에 바빴다. 인사도 과격한 편인 듯싶다.

말에서 내리자 아찔했다. 아직도 두 다리가 말 위에 있는 것처럼 부르르 떨렸다. 한동안 말고삐를 잡은 채 집중하자 그 감각이 슬그머니 사라지는 것을 느낄 수 있었지만 정말로 오랫동안 흔들렸던 탓인지 머리가 지끈거리며 다리가 꼬일 지경이었다.

"이거, 정말 오랜만에 보는군, 무크루 아킴."

키에디를 안았던 사내가 거대한 체구의 노예를 보고는 감탄했다. 나는 조금 돌아보긴 했지만 신경 쓰지 않았다. 노예의 이름을 일일이 외우는 취미는 없었다. 비록 키에디가 친구라고 말하긴 했지만 노예는 노예다.

"스와디님이 자네를 무척 그리워하셨지. 그래, 여전히 자네는 키에디님과 함께 있을 건가?"

"네."

두툼한 입술을 가진 시커먼 노예는 그렇게 대답을 하더니 다시 입을 다물었다. 어지간히 과묵하고 어지간히 무뚝뚝한 자다. 보통 노예라면 저 따위 태도를 취할 수 없을 텐데. 키에디도 어지간히 후한 사람인 모양이다. 아니, 어쩌면 리베이드 인들이 노예에게 후한 것인지도.

나는 그들이 떠드는 소리를 뒤로하고 샘으로 다가갔다. 차가운 물기운이 뺨으로 와 닿자, 그제야 정말 물이 가까이 있다는 것이 실감났다. 청량한 기운에 뱃속까지 상쾌해지는 기분이었다.

샘은 말 그대로 샘이었다. 크고 작은 바위 틈새로 흘러나오는 물이 깊게 파놓은 연못까지 다다라 고여 있다. 매끄러워 보이는 돌과 돌로 연결시킨 샘의 형태는 꼭 뱀이 길게 기어간 듯한 형상이었다. 흙탕물이긴 하지만 자세히 보면 앞선 자들이 물을 뜨느라 난리를 쳐서 그런 것이고 진흙이 가라앉으면서 드러나는 물은 이슬처럼 깨끗했다. 적어도 허벅지 깊이는 되기에 나는 기분 좋게 얼굴에 물을 끼얹었다. 정말로 시원했다.

물가라서인지 바람조차도 시원했다. 아무리 샘이라고 해도 허허벌판 황야 한 가운데에 나무가 있을 리 만무하다. 그저 작은 관목들과 이끼들이 군데군데 끼어 있는 정도였다. 화살처럼 와 닿는 햇빛을 피해 사람들은 금방 천막을 치고 잘 자리를 만들었다. 우리보다 먼저 온 일행은 이미 제법 큰 천막을 치고 음식 준비를 하고 있었다. 작은 샘을 둘러싸고 꽤나 많은 인원들이 모여 있는 셈이다. 하도 적막하던 참이라 그 시끄러움이 꽤나 기분 좋았다.

그때 슬그머니 뭔가가 내 발치로 다가왔다. 나는 눈을 조금 의심했다. 쥐처럼 생긴 작은 짐승이 겁도 없이 내 발치까지 다가와 물을 마시는 것이다. 회색 빛이 도는 갈색의 몸체에 길쭉한 꼬리를 가진 그것은 제법 희한하게 생긴 쥐였다. 아니, 쥐가 아닌지도 모른다.

귀를 쫑긋거리며 물을 마시던 놈은 내 시선을 느꼈는지 슬그머니 날 바라본다. 그러나 물러서는 대신 모른 척 고개를 돌리더니 다시 물을 마시는 게 아닌가. 야생이 아닌 걸까. 누군가의 애완 동물인가? 나는 가만히 그것을 내려다보고 있었다. 그랬더니 그놈은 물을 다 마시자마자 볼일은 없다는 듯 몸을 휙 돌려 사람들 사이로 사라져 버렸다. 아니, 정확히 말하면 사람들이 돌아다니는 발길 사이로 유연하게 피하며 황야로 사라져 버렸다.

"호리이지요."

에람보다 조금 나이가 어려 보이는 기사였다. 그는 수통에 물을 채우면서 나에게 친근한 웃음을 지어보였다.

"황야에 사는 들쥐 종류인데 아까 그놈은 좀 어린 편이에요. 보통은 좀 더 커서, 팔뚝 정도 크기가 되지요. 물이 워낙 귀해서 샘가에서는 놈들도 무척 대담해져요."

그의 이름이 기억나지 않았다. 하지만 그도 그다지 기대하고 있지 않았는지 붙임성 좋은 얼굴로 웃는다.

"전 쿠에드 마후에랍니다. 마후에 가의 두 번째 아들이죠. 주인님을 모신지는 10년 되었어요."

아직 어려 보였다. 둥근 뺨과 검은 눈을 한 청년은 내 보기엔 아직 20살이 넘지 않은 듯하다. 그런데 10년이라니.

"저를 구해주셔서 직접 인사를 드리려고 했는데 기회가 없었어요."

고개를 불쑥 숙이던 쿠에드가 부끄러운 듯 웃었다. 그러고 보니, 에람과 푸람 사이에 끼어서 나는 다른 자들과 이야기한 적이 없었다. 허기야 이야기할 새가 없이 그저 내달리기만 했는데 무슨 겨를이 있으랴.

"잠자리를 봐드릴게요. 다른 시종들은 모두 바쁘니까 제가 도와드리죠."

"괜찮아."

"모처럼 샘에 도착했으니까요. 편히 주무셔야죠. 여기서 하루 정도 쉬었다 갈 예정입니다."

"급한 것 아니었던가?"

"이곳 샘을 지나면 또 쉬지 않고 사흘은 내달려야 합니다. 그러니까 휴식이 필요하죠."

그는 그렇게 말하고는 손짓했다. 저쪽 한구석에서 쿠에드와 비슷한 인상의 젊은 기사가 천막을 치고 있었다. 키에디의 시종들은 키에디의 천막을 치고 있으니까 모두들 손수 하는 모양이다. 내가 일어서자, 쿠에드가 만류했다.

"더 쉬셔도 됩니다. 천막이 다 지어지면 그때 오셔도 돼요. 저와 마레, 그리고 록베더님이 같은 천막을 쓰게 되었으니까요."

"고마워."

내가 인사하자, 그는 다시 조금 부끄러운 듯 웃었다.

"사실은 다행이죠, 에람과 함께 썼다면 정말 난리니까요. 코 고는 소리가 엄청나답니다."

그가 떠난 뒤 나는 정말 할 일이 없어서 다시 물가에 앉았다. 다들 천막을 치고 음식을 만드느라 바쁘지만 나는 천막을 칠 필요도 없고 음식을 만들 필요도 없었다. 조금 할 일이 있다면 나를 태우고 오느라 힘든 말을 보살피는 것 정도일까.

내가 타고 온 말은 키에디가 준 말이었다. 키에디 왕자는 말도 없는 나를 동정하며 반드시 리베이드에서는 말이 필요하다고 역설했다. 그런데 정말이었다. 만약 말이 없었다면 난 황야에서 길게 말라붙었겠지.

말을 데려와 물을 마시게 하고 먼지로 얼룩진 몸체를 닦아주었다. 다른 몇몇 기사가 그렇게 하는 것이 보여 나도 흉내를 냈다. 좀 어설프긴 해도 그럭저럭 말은 기분 좋은 듯 내 어깨에 고개를 파묻는 시늉을 했다.

"키에디 전하의 일행인가?"

뒤에서 한 기사가 물었다. 고개를 끄덕이자 검은 에르차를 두른 기사는 조심스럽게 물었다.

"그런데 진짜 대전사를 구하긴 한 건가?"

"대전사?"

"몰라? 아니면 아직 못 구한 거야?"

기사는 혀를 찼다. 아무래도 키에디가 대신 결투해 줄 사람을 구하기 위해 여행 중이라는 것은 다들 알고 있는 모양이다. 그렇다면 역시 상대편 왕자도 알고 있겠지.

"키에디 전하가 이기셨으면 좋겠는데 이거 참."

그는 그렇게 중얼거리고는 내게 아는 척도 하지 않고 가버렸다.

마침내 해가 지자, 어둠이 찾아왔다.

황야에서의 밤은, 아주 무겁다. 이글거리는 열기가 급히 사라지고 나면 땅에서 일렁였던 열기도 순식간에 사라지고 손발이 얼어붙을 정도의 한기가 금세 그 자리를 메웠다. 이글거리는 열기도 무거웠지만 사방이 트인 곳이라 그런지 한기는 더 무겁게 어깨를 짓누른다. 느낌 탓인지 아닌지는 잘 모르지만 긴 옷자락이 아주 무거운 느낌이었다. 축축 처진다고나 할까.

천막에 들어섰더니 긴 가운을 둘둘 말고 있던 쿠에드가 음식 접시를 내밀었다. 묘한 향이 나는 고기 요리였는데 너무나 눈에 익은 형태라 나는 그게 무엇인지 절대로 알고 싶지 않았다. 그러나.

"호리이에요."

"……"

쓸데없는 친절을 베푼 쿠에드는 싱긋 웃더니 그 특유의 가죽 냄새 풀풀 나는 독주도 함께 권했다. 나는 술은 거절하고 그 묘한 냄새가 나는 호리이 꼬치구이를 씹어 삼켰다. 아까 본 나름대로 귀여운 인상의 그 들쥐를 생각하니 좀 목이 메긴 했지만 귀엽다고 안 먹을 순 없는 노릇 아닌가. 전에 먹었던 들쥐보다는 살이 많긴 하다.

"맛있어요?"

자기 두건을 베개 삼아 끌어안고 있던 청년이 말을 걸었다. 아까 보았던 기사였다. 역시 에람과 푸람보다는 젊고 쿠에드보다는 두어 살 위로 보인다.

"그럭저럭."

내 대답에 그는 콧등을 찡그리고 웃었다. 커다란 눈동자에 속눈썹도 굉장히 길어서 꼭 사슴 같은 눈을 한 청년이었다. 고운 갈색 피부가 꽤나 매력적인 젊은이였다. 두건과 에르차에 가려서 얼굴을 잘 몰랐었다.

"전 마레 바흐무죠. 바흐무 가의 내다 버린 자식."

"내다 버린 자식?"

"절연당한 자식이란 뜻입니다."

내용과 달리 경쾌하게 대답한 마레는 뒹굴거리면서 웃었다. 여자깨나 홀릴 얼굴이다.

"마레는 점잖은 미망인을 유혹해 내서 가문으로부터 절연당했어요."

옆에서 쿠에드가 설명해 주었다.

"미망인이니 유혹해도 되는 거 아니야?"

내 질문에 마레는 콧등을 찡그렸다. 버릇인 모양이다.

"아, 그게… 숙모님이었거든요."

숙모?

"젊은 숙모님이에요. 비록 나보다 열 살은 위지만."

"자네, 몇 살인데?"

"스무 살이요."

나는 혀를 찼다. 그러니까 연상의 여인을 꼬시다가 집에서 쫓겨났다는 이야기다.

"숙모님은 정말로 아름다운 분이시죠. 그분이 청상과부로 사는 건 안타까워요."

마레의 말에 나는 그 청상과부로부터 화제를 돌리고 싶어졌다. 아무리 내가 비위가 좋아도 하루 온종일, 아니, 3일간이나 반짝이는 남자의 눈망울을 마주하고도 멀쩡할 정도는 아니다.

"먼저 온 일행은 누구지?"

"콰람 스와디님의 일족이죠. 아, 그러니까 주인님의 고모가 되시는 분이 콰람 스와디님."

"콰람 스와디? 가비라 가문이 아닌가?"

내가 고개를 갸웃하자 마레가 미소 지었다.

"콰람 스와디란 말은, 그러니까 '미소 짓는 스와디' 라는 뜻입니다. '온화한 스와디' 라는 뜻이기도 하고요. 스와디님의 별칭이죠. 진짜 성함은 스와디 와이슈 가비라."

"아주 맘씨 좋은 마님이신가 보군."

내 말에 갑자기 두 청년이 배를 잡고 웃기 시작했다. 마레는 아예 대굴대굴 구르기까지 한다. 나는 머쓱해져서 입을 다물었다. 하여간 리베이드 인은 정말로 너무 많이 웃는다. 햇빛 속에 너무 오래 있었나 보지.

"아아, 사실 스와디님은 엄청나게 무서운 분이에요. 그분의 밑으로 전사가 백 명이 넘어요."

"호오?"

"주인님과는 비교도 되지 않는 대단한 여족장이십니다. 가비라 일족에서도 드문 여족장이에요."

그 말에 나도 좀 놀랐다.

"어떤 자들은 그분이 만약 여자가 아니고 남자였다면 지금 보리테 가비라 공이 우그르 타므스의 주인이 될 리가 없다고들 하지요. 정말 엄청난 분이에요."

"검을 잘 쓰나?"

"당연하죠. 하지만 그분은 검보다는 채찍과 주먹을 더 좋아하세요. 그것 때문에 검공과 얼마나 다투셨는지 몰라요."

"채찍과 주먹?"

어안이 벙벙하다.

"네, 퓨션에서 특이한 채찍을 하나 선물 받으셨는데 그 후로 채찍에 푸욱 빠지셔서 검을 내버리셨어요."

나도 모르게 소리 내어 웃고 말았다.

정말 재밌는 여자다. 채찍에 빠져서 그 유명한 소드 마스터 집안에서 채찍을 휘두르고 있다니. 특히 그 거만하신 검공께서도 만류하지 못하셨다니 정말로 멋지다. 나는 순간, 그 검공 가비라의 얼굴에 발길질했던 소중한 추억을 되살리며 기쁨에 젖었다.

"그런데 왜 '온화한 스와디'지?"

"…원래 성격이 너무 과격하셔서 검공께서 붙여주신 별칭이에요. 콰람 스와디. 제발 좀 온화하게, 제발 좀 웃도록."

"하하하하."

내가 웃음을 터뜨리자 마레도 웃으면서 낄낄거렸다.

"하지만 그런 말을 직접 할 순 없지요. 아아, 주인님께서도 얼마나

무서워하시는 분인데요. 진짜 주먹 한 방이면 우리쯤은 저 멀리로 날려 버릴 정도의 괴력을 지니신 분이에요."

"오러를 다룬다는 이야기군."

내 말에 쿠에드는 고개를 끄덕였다.

"그 때문에 미망인이신 지금 아무도 청혼 못해요. 무서워서."

"그게 아니지. 청혼만 하면 머리통을 부숴 버리니까 못하는 거야."

"미망인? 그래도 결혼은 했단 말이군?"

내 말에 두 청년은 난처한 웃음을 지었다.

"결혼이라 하기에도 민망해요. 콰람 스와디님은 열네 살에 혼인을 하시긴 했어요. 하지만 부군께서 열병으로 돌아가셔서 열다섯 살에 그냥 미망인이 되셨지요. 그 다음부터 청혼이 계속 이어졌지만 스와디님이 주먹으로 한 방에 날려 버리는 바람에 결국은 구혼자들이 다 달아나버리고 말았거든요."

나는 갑자기 15세 소녀가 덩치 큰 남자들을 날려 버리는 장면을 연상하고 웃음을 참을 수가 없었다. 아아, 그렇지. 여자 소드 마스터가 진정 드물 수밖에 없는 이유 중에 하나다. 강한 여자는 약한 남자를 못 참거든.

연신 낄낄거리는 날 보면서 쿠에드가 난처한 듯 변명을 늘어놓았다.

"무리도 아니에요. 사실 스와디님은 보통 남자와는 절대로 어울리지 않을 거예요."

"왜?"

"…키가 무척 커요."

"뭐?"

"우리 주인님보다 머리 하나는 더 크시다구요."

그 말에 나는 다시 웃음을 터뜨렸다. 리베이드 인들은 사실 그렇게 크지 않다. 호리호리하고 날렵한 인상이 더 강한 사람들이다. 그런데 남자보다도 더 큰 여인이 주먹으로 구혼자들을 날려 버린다 그거다.

"뭐가 그렇게 재미있는 거야?"

에람이 불쑥 천막 속으로 고개를 디밀었다. 그는 한 손에 술병을 든 채 내게 손짓했다.

"나와서 술이나 마시지, 이방인. 그래도 모처럼 샘에서의 하룻밤인데 어린애처럼 고이 잠만 잘 거야?"

"됐어. 그다지 술을 마시고 싶지도 않고."

"사내답지 못하게 빼지 말라고. 주인님께서도 기다리고 계셔. 다른 일족 사람들도 모두 모여 있는데 계집애들처럼 수다나 떨다니."

우악스럽게 권하는 그 말에 쿠에드와 마레는 뺨을 붉혔다.

"어린애 아니에요!"

"우릴 계집애라고 부르지 마!"

흥분하는 청년들을 향해 에람은 히죽 웃었다.

"그렇게 얼굴을 드러내 봐야 여긴 니놈들 면상을 볼 여자 하나 없다고. 자, 어서 나와. 쫑알대지 말고."

"얼굴 잘생긴 것도 죄야?"

불평을 잔뜩 토하며 마레가 투덜거렸다.

천막 밖으로 나와보니, 아닌 게 아니라 모닥불을 피워놓고 다들 모여 앉아서 술을 마시고 있었다. 이십 명은 족히 되는 숫자라 엉덩이 붙일 자리조차 없어 보였다. 하지만 그 좁은 사이를 비집고 에람은 잘도 걸어 키에디의 앞까지 나를 인도했다. 키에디는 턱수염을 길게 기른 중년의 남자와 술을 마시고 있던 차였다. 목소리를 듣고서야 나는 그가 낮에 키에디 왕자와 인사를 나누었던 남자라는 것을 깨달았다. 정말 에르차를 두르면 누가 누군지 전혀 모르겠다.

"이쪽은 우리 일행을 구해준 록베더."

키에디가 나를 소개했다. 그 말에 주변 남자들이 일제히 날 호기심에 찬 시선으로 바라본다. 얼마나 열렬한지 얼굴에 구멍이 뚫릴 지경이었다. 에르차를 아직 두르고 있어 다행이다.

"펜게이드에서는 꽤나 고생을 했는데 마지막에 저 사람을 만나서 정말 다행이라 생각하고 있다네."

키에디는 그렇게 말하면서 나에게 턱수염을 소개시켜 주었다.

"이쪽은 고모님의 집사인 구와르 베이다. 어릴 때부터 내게 참 잘 해주었지."

시선을 마주친 순간, 나는 이 사내가 만만한 자가 아니라는 것을 느낄 수 있었다. 오러를 다룰 수 있는 정도의 수준이다. 틀림없이 대단한 전사인 듯싶다. 그런데 리베이드에서는 집사라는 것이, 기사들이 하는 일인가? 집사라면 나는 항상 도노반을 떠올리는데. 뭐, 정확히 말하자면 도노반은 집사가 아니라 시종장이지만.

도노반.

갑자기 그가 그리워졌다. 내가 죽었다는 이야기를 들으면 그는 얼마나 슬퍼할까. 그는 꼭 아버지처럼 나를 감싸고 돌았었다. 황제가 아니라 꼭 그가 내 아비 같았다. 데비드, 데비드도 무척 슬퍼할 텐데. 성실하고 고지식한 데비드는 내가 죽었다고 하면 그 타격을 쉽게 극복하지 못할 것이다. 아니, 그들은 록그레이드를 위해 슬퍼하는 것이지 날 위해 슬퍼하는 것이 아니다.

"……"

미안하다, 록그레이드. 네 자리를 빼앗은 주제에 이런 치졸한 감정에 빠져서 허우적거리다니. 확실히 네가 날 비웃어도 뭐라 할 말이 없군.

　　한숨 잠들어요, 사랑하는 이여
　　아름다운 밤의 베일에 휩감겨 숨을 쉬어요.
　　그대가 눈을 감은 사이에 나는 천 리 길을 다녀오지요.
　　그대를 위한 황금의 옷을 훔치러

　　한숨 잠들어요, 사랑하는 이여
　　작은 밤새들도 지쳐 잠든 밤
　　이런 밤은 그 누구도 우리를 탓하지 못해요.
　　그대를 위해 나는 황금으로 짠 이불을 마련했어요.

　　한숨 잠들어요, 사랑하는 이여
　　영롱한 별들이 노래하는 이 밤
　　그대의 하얀 팔은 내 목에서 떨어지지 말아요.
　　장미 꽃잎보다 고운 그대는 내 품 안에서 잠들어요.

"멋져!"
"우와!"
　　검은 노예가 노래를 부르고 있었다. 지금 부른 것은 아무래도 여자를 꼬시는 노래인 거 같다. 다들 박수를 치고 난리다. 덩치에 안 어울리게 무척이나 아름다운 목소리인 것만은 사실이지만 가사만은 정말로 멀리하고 싶다.

"고모님은 정말로 무크루를 나에게 주시려는 건가?"

키에디가 술이 담긴 주머니를 움켜쥔 채 물었다. 그와 마주 앉아 있던 구와르 베이는 쓴웃음을 지어 보였다.

"왕께서 직접 하사하신 노예잖아? 정말 버겁다고."

키에디는 불평을 토했다. 왕의 노예라니?

"별수없습니다. 무크루는 분명히 왕께서 하사하신 노예로, 놀라운 가수이긴 합니다만 고집이 너무 세서요. 도저히 주인님과는 맞지 않습니다."

그는 나를 향해 난처한 웃음을 지어 보였다.

"주인님은 특히 저런 노래를 싫어하시거든요. 그런데 무크루 아킴은 끈질기게 주인님을 따라다니며 연가를 부르니까요."

"하지만 왕께는 뭐라 변명하지?"

키에디는 변명하듯 말하며 노래하고 있는 노예를 돌아보았다.

저 시커먼 노예의 사연인즉, 이랬다.

유별나게 건방진 노예다 싶었더니 무크루 아킴이란 이름을 가진 그는, 원래 왕의 노예라고 했다. 왕의 노예는 보통 노예와 달리 귀족이나 다를 바 없는 꽤나 고귀한 지위시란다. 그런데 왕이 스와디에게 그를 하사했다고 한다. 그녀가 왕의 목숨을 구해주었다는 이유로. 그래서 그는 스와디 가비라의 노예가 되었는데, 자존심 높은 무크루 하킴은 상당히 분개했던 모양이다. 노예라고는 해도 왕의 노예이고, 또한 왕국 제일의 가수라는 호칭까지 가진 그가 한낱 여자의 노예가 되다니. 하늘처럼 높은 자존심에 도저히 용납할 수 없는 일이었던 듯하다. 거기다 스와디 그녀는 콰람 스와디라는 별칭답게 다른 귀족 아가씨들처럼 그의 아름다운 목소리에 혹해주지도 않았던지 노래를 부르라고 청하지도 않고 다른 노예처럼 아무 데다 박아둔 모양이었다. 그리하여 자존심이 상한 그는 하지 말라는 연가를, 그것도 콰람 스와디가 질색하는 연가를 끈질기게 밤이나 낮이나 따라다니며 불러댔다고 한다.

"…그쯤 되면 고문 아닐까."

내가 그렇게 중얼거리자 키에디가 펄쩍 뛰었다.

"무슨 소릴! 저렇게 아름다운 노래를 매일 듣는다면 누구라도 행복해할 거야!"

"그렇습니다. 저런 노래를 부를 수 있는 사람은 흔치 않지요."

키에디와 구와르가 동시에 외쳤다.

나는 머쓱해져서 아무 말도 하지 않았다. 하지만 아무리 훌륭한 가수라 해도 하루 온종일 싫어하는 노래를 해댄다면 즐겁지 않은 것은 당연하지 않은가. 그 스와디라는 여자는 분명 저 커다란 덩치를 한 노예를 한주먹에 날려 버리고 싶어했을 것이다.

"그래서 키에디 전하에게로 보내진 겁니까?"

"아니, 사실은 전에도 말했다시피 무크루는 노예지만 나와 어릴 때부터 같이 자라다시피 해서 친구지. 그가 고모님께 박대받는다는 소문은 나도 잘 알고 있었고."

"그러니까 저 노예가 결국은 고모님의 박대를 참지 못해 키에디 전하에게로 온 거로군요."

그 말에 구와르는 어색한 표정을 지었다.

"그렇다고 할 수 있지. 어쨌거나 고모님도 이제는 후회를 하고 계시긴 할걸. 무크루는 왕의 노예였으니까 왕께서 어쨌냐고 물으신다면 고모님도 할 말이 없단 말이야."

나는 노래를 하는 노예를 보다가 결국 지루함을 이기지 못하고 일어섰다.

연가를 불러대는 노예 때문에 머리가 아프다는 것은 잘 알겠다. 주먹 잘 쓰는 철혈의 마님이 오죽이나 열받았으면 왕의 노예를 내쳤을까. 하긴 노예가 건방진 것도 문제는 문제다. 나라면 주저하지 않고 주먹을 날려주었겠지만 노마님은 차마 그렇게는 못했던 모양이지. 아니, 어쩌면 저 노예도 노마님의 주먹 한 대를 얻어맞고 열받아 가출했는지도 모른다.

나는 거구의 노부인이 거구의 노예를 한주먹에 날리는 상상을 하고는 혼자 낄낄댔다.

모닥불 주변에 앉은 대부분의 사내들이 무크루의 노래에 빠져 있었다. 나라면 절대로 즐거워하지 않을 노래를 감탄하고 심지어 눈물까지 흘리며 감상하는 것을 보다 보면, 얼마 전 나와 드잡이질을 했던 검공 가비라께서 그 엄숙하고도 거만한 얼굴에 감동의 눈물을 흘리는 장면을 상상하게 된다.

"……"

관두자. 눈물 글썽이는 검공은 절대로 보고 싶지 않다.

시끄러운 사람들을 벗어나 샘가로 걸어오니 시원하다 못해 시린 기운이 발끝을 타고 올라왔다. 뺨이 얼어붙을 정도다. 하지만 쿠에드의 말에 따르면 앞으로 사흘 밤낮을 달려야 다음 샘에 다다른다고 하니, 몸을 좀 씻어두는 것도 나쁘진 않을 것 같다.

황궁 생활이 길었던 건지 호사가 몸에 배었는지 어쨌든 온통 먼지와 땀으로 뒤범벅된 몸에서는 냄새가 나는 것 같아 거북하기 짝이 없다. 먼지가 풀풀 나는 가운을 벗고 지극히 펜게이드 인다운 튜닉과 바지를 벗자, 말 그대로 뼛속까지 시린 추위가 엄습했다. 하지만 근육이 모처럼 긴장하는 게 나쁘진 않다.

샘에 몸을 담그자 이젠 시리다 못해 감각마저 사라질 지경이었다. 허벅지까지 오는 깊이에 어느 정도 안도하면서 나는 적당히 몸을 문질러 닦기 시작했다. 새까만 어둠 속, 오로지 빛은 하늘에서 쏟아지는 별빛과 멀리 보이는 모닥불이 전부였다.

철퍽철퍽 물소리가 징징대는 그 빌어먹을 연가를 지웠다. 나는 차가운 물속에 얼굴을 담그고 먼지를 닦아냈다. 수염이 까칠하게 와 닿았다. 제법 자란 것 같다.

록그레이드는 절대로 수염을 기르는 법이 없어 하루에 두 번씩 꼬박꼬박 수염을 밀었다. 깔끔은 어지간히 떨었지. 아마 목욕도 하루 한 번씩은 했을 것이다. 도노반이 그렇게 시켰을 테니. 하지만 나는 그 정도는 아니라 적당히 여기저기 몸을 밀고 먼지만 닦아냈다. 어차피 내일이면 다시 뒤집어쓸 먼지다. 깨끗한 척할 필요는 없다.

철퍽철퍽 물소리가 제법 크다. 나는 옆을 돌아보았다. 누군가 나처럼 몸을 씻고 있는 자가 있었다. 제법 큰 사내다. 나처럼 물속에 들어온 것은 아니지만 물가에서 몸을 씻고 있었다. 물이 흐려지면 불만일 테니 이만 나가자 싶어 걸어나가자, 그제야 나의 존재를 깨달았는지 물가에 있던 자가 흠칫했다.

"물이 더러워졌다면 미안."

내가 인사를 하며 그에게 다가가자, 그는 조금 뒤로 물러서며 경계하는 태도를 취했다. 나는 두 손을 들어 보였다. 어차피 벌거숭이니 무기가 있을 리 없지 않은가.

"난 빈손이라구."

내 말에 뭐가 화가 났는지 사내는 벌떡 일어나더니 나를 향해 살기를 내뿜었다. 등줄기가 서늘해질 정도로 강렬한 살기였다. 나는 상대가 제법 강한 기사라는 것을 깨닫고 조금 자세를 낮추었다. 나는 물속에 무릎까지 잠겨 있는 상태라 꽤나 불리한 자세였고 상대는 발목까지 물에 담근 상태였다.

"공격할 의사가 없는 것은 알 텐데? 당신도 콰람 스와디의 기사, 아니, 전사인가?"

싸울 필요가 없을 듯해서 물었지만 대답 대신 그는 주먹을 내질렀다. 놀랍도록 빨랐다. 희미한 오러가 그 주먹 끝에서 빛났다. 나는 몸을 뒤로 눕혔다. 그 순간, 물살을 가르며 그의 주먹이 내 복부를 향해 날아들었다. 별수없이 나는 그 주먹을 손바닥으로 감싸듯 막아냈다. 오러력이 담긴 주먹인지라 나와 부딪치자 불꽃이 일어났다.

"허억!"

상대는 그 불꽃에 놀란 듯 뒤로 물러섰다. 타앙 하고 터지는 소리도 났다.

"쓸데없는 싸움을 할 생각은 없어. 어지간히도 경솔하게 구는군."

내가 혀를 차면서 물속에서 걸어나오자, 뒤로 밀려났던 그는 더 더욱 뒤로 물러섰다. 하지만 그도 잠시 자신의 손을 보고, 다음엔 나를 관찰하듯 자세히 바라보았다.

"당신, 강하군?"

그 질문에 나는 어깨를 으슥했다.

"나는 키에디 전하와 같이 온 사람이야. 소란을 일으키는 것은 질색이니까 당신도 저 지긋지긋한 연가나 들으러 가지."

내가 저 건너편의 모닥불을 가리키며 말하자 상대는 팔짱을 끼며 물었다.
"저 노래가 싫은가?"
"아아, 싫어서 도망왔잖아."
내 말에 그가 싱긋 웃었다. 나도 씨익 웃어주었다. 가까이서 보니 키는 크지만 그다지 우람하진 않은 사내였다. 벗은 상반신은 의외로 가늘다.
"당신, 이름은?"
"록베더."
"리베이드 인이 아닌가?"
"펜게이드 인이야."
"흐음."
나는 벗어놓은 옷가지를 찾아 두리번거렸다. 어쩐지 벗어놓은 자리에서 꽤나 멀리 떨어진 듯했다. 이제 젖은 몸에 한기가 줄줄이 침입해 들어오기 시작했다. 아무리 내가 튼튼하다지만 추운 건 추운 것이다. 이런 걸로 오러를 일으킬 순 없지.
"안 추워?"
"춥군."
"멋진 엉덩이네."
그 순간, 나는 멈칫했다.
맙소사. 이런 일은 없었는데.
나는 천천히 고개를 돌려 상대를 다시 보았다.
"당신, 여자군."
"안 가려?"
느긋한 어조로 그, 아닌 그녀가 물었다.

"새삼스럽군."

나는 민망함을 참고 투덜거렸다. 그럼 이 나이에 비명이라도 지르랴.

옷은 곧 발견되었다. 급히 휘휘 걸치는 동안에도 여자는 내내 내 뒤에 서서 흥미진진한 태도로 나를 바라보고 있었다. 시녀도 아닌 여자에게 벗은 모습을 보여주긴 처음인지라 대단히 뒤통수가 간지러웠다.

"일행 속에 여자가 있는지 몰랐어."

"난 저 일행과 같이 온 게 아냐. 조금 전에 도착해서 물을 마시고 있던 중이었어."

그녀는 그렇게 말하고는 자신도 벌거벗은 상체에 옷을 걸쳤다. 아예 벗고 있던 게 아니라 가슴팍을 천으로 둘둘 감아놓고 있었다. 저 모습을 보고 누가 여자라고 생각할까. 분 냄새나 향수 냄새도 전혀 나지 않았다. 머리는 두건으로 둘둘 감아놓았지, 덩치는 크지, 그런 상황에서 어찌 어둠 속에서 남녀를 구별할 수 있겠는가.

그나마 다행이다. 만약 내가 젖가슴이라도 봤다면 얼마나 난리였겠는가. 리베이드는 펜게이드보다 남녀 관계가 더 엄격하다고 들었는데. 차라리 내 알몸을 보인 게 나았다.

"그럼 이만."

길게 말하고 싶지 않아 슬그머니 도망을 치려 했더니 뒤통수에 대고 묻는다.

"당신, 결혼했어?"

당연한 일이지만 나는 대답하는 대신 달아났다.

Chapter 51

"안녕."

 몸이 피곤한 만큼 마음은 편안하다고 생각했다. 그래서 백일몽을 더 이상 꾸지 않는다고 나름대로 확신하고 있었다. 실제로 에메타이드와 레다이에드와 함께 있을 때는 백일몽은 꾸지 않았다. 내가 다른 사람의 육신에 들어가 있는 것 같은 불유쾌한 경험은 사실 할 게 못 된다. 나는 내가 원당인지, 유데이스 겔인지, 혹은 그 이외의 또 누구인지 알지 못한다. 그것이 못 견디게 불안한 것이다.
 그런데 이것은 대체 누구의 목소리일까. 누구에게 말하고 있는 것일까. 나인가? 아니면 나이면서도 내가 아닌 또 누군가인가? 아주 달콤하면서도 차가운, 그러면서도 심금을 울리는 묘한 음성이었다. 이것은 백일몽이 아니었다.

나는 빛바랜 천막을 노려보며 몇 번이고 내가 어디에 있는지 되새겼다. 나는 분명히 쿠에드와 마레의 천막 속에 누워 있었다. 바로 옆에 마레의 머리통이 보인다.

"안녕. 잘 자."

"넌 누구야?"
섬뜩해져서 소리 내어 물었다. 하지만 대답은 들리지 않는다.
누군가 나에게 인사를 하고 있었다. 그런데 그 존재는 눈에 보이지도 않는다. 나는 잠깐 동안 온몸의 털이란 털은 다 곤두서는 것 같은 공포감을 맛보았다. 끔찍할 정도로 강렬해서 혀를 깨물 정도였다.
미치기 위해 살아가는 것은 아니다. 나는 뭔가를 찾고 있었다. 그것이 어떤 것인지 알지도 못하면서 찾고 있었다. 잃어버린 기억, 잃어버린 나 자신. 드래곤은 흑마법사란 이미 자신을 잃어버린 자라고 말했다. 그러니 찾을 것도 없다고 했다. 하지만 나는 조금은 기대하고 있었다. 흑마법사라고 해서 모두 다 기억의 전부를 잃고 남의 몸뚱이 속에 들어가는 것은 아니다. 나의 계약자가 마왕인지 확신할 수는 없지만 상대가 마왕이라면 일반적인 계약의 범주에 넣을 수는 없을 것이다.
"누구냐고 묻잖아?"
발광하기 직전까지 몰려 다시 소리 내어 묻자 응답이 돌아왔다.

"푹 쉬게. 그리고 원하는 것을 찾아봐."

나는 나도 모르게 그 말대로 눈을 감았다가 도로 떴다. 달콤한 목소리에 나도 모르게 응하고 말았다. 하지만 이것이 악의에 찬 최면이라면? 가슴이 철렁했다. 나는 대체 누가 나의 적인지조차 모르고 있지 않은가. 흑마법사의 왼편에 서 있다는 마족마저도 나에겐 적이었다. 그런데 대체 누굴 믿을 수 있을까.

"언제나 유약하군. 욕심은 많은 주제에."

웃음기가 섞여 있긴 하지만 진정으로 웃는 것은 아니다. 꼭 드래곤처럼.
하지만 이 목소리에 더 이상 두려움은 일지 않았다. 오히려 아주 친근하고도 달콤했다. 가슴 속까지 젖을 것 같은 그리운 울림이 있었다. 대체 무엇일까. 이것은 누구인가? 어째서 이렇게나 가슴이 저릴 정도로 아픈 것일까. 눈물이 흐를 정도로 깊은 무언가가 있었다.

"더 생각할 것은 없어. 그저 쉬게. 인간의 몸은 나약하니까."

낮은 웃음소리와 함께 목소리도 사라졌다.
나는 천천히 몸을 일으켜 어둠 속을 둘러보았다. 좁은 천막 속에는 마레와 쿠에드가 잠들어 있었다. 코를 골아가며 자고 있는 그들의 음성과는 전혀 다른 목소리.
마성(魔性)이랄까. 힘이 담긴 목소리였다. 그리고 그리움.
멀리서 늑대인지 여우인지 알 수 없는 짐승이 울었다. 천막 입구를 살짝 들추자 새까만 밤하늘 위로 달이 떠 있었다. 사막의 달은 이루 말할 수 없이 황량하다. 그리고 차갑다.

나는 그 목소리가 그리웠다. 못 견딜 정도로 그리웠다. 그런데 그 목소리가 누구인지를 모른다. 또한 정말로 그 목소리가 나를 향한 것인지도 알 수 없었다.

외롭다. 그 목소리가 날 외롭게 했다.

아침이 되자, 나는 결국 현실 속으로 돌아왔다.

어젯밤의 목소리는 백일몽이라 생각하기로 했다. 지금 당면한 문제는 어젯밤 얼결에 정체불명의 여자를 만난 것이다. 특히 벗은 채인 여자를. 나는 심각하게 이 일행을 떠나야 할지도 모른다고 생각했다. 내가 알기론 리베이드에서는 여자의 속살 한 자락이라도, 아니, 발목이나 종아리를 봐도 당장에 남자의 눈알을 빼놓는다고 했다. 그 말이 단지 소문인지 아닌지는 모르겠지만 어쨌거나 여자의 벗은 몸을 봤으니 보통 일은 아니다. 만약 이 일행 중에 그 여자가 속해 있다고 하면 틀림없이 문제가 발생할 것이다.

"일찍 일어나셨네요."

잠이 덜 깬 얼굴로 마레가 물었다. 수염이 별로 나지도 않는지 그럭저럭 미끈한 뺨을 자랑하며 청년은 내게 가죽 물통을 내밀었다. 뭔가 하고 냄새를 맡아보니 비린내가 가득한 정체불명의 액체였다.

"말젖이에요."

"됐어."

차라리 물을 먹겠다 싶어 사양하고 밖으로 나와보니 해는 이미 중천에 떴지만 나와서 돌아다니는 사람은 거의 없었다. 말조차 천막에서 나오려 하지 않는다.

"오늘은 푹 쉬고 오늘 밤 출발합니다."

마레가 내가 사양한 말젖을 마시며 설명했다. 무리도 아니다. 엄청나게 뜨거운 날씨였다.

나는 하늘을 올려다보았지만 그 엄청나게 대단하신 태양은 그저 열기만 뿜어댈 뿐이었다. 하늘은 말 그대로 파랗다 못해 시릴 정도. 구름은 한 점도 없었다.

이글거리는 지평선과 황야 특유의 거친 선이 만들어내는 장관이 멋지긴 했지만 이렇게나 이글거리는 땅덩이를 앞으로 뛰어가야 한다고 상상하니 아름답다는 말이 쏙 들어갈 지경이다.

"그래도 이건 약과예요. 앞으로 사막을 건너야 하니까. 라제르 일족의 영지를 지나야만 주인님의 영지에 도착합니다."

"이게 사막이 아니야?"

기가 질려 묻자 마레가 씨익 웃는다.

"아직 아니죠."

달걀이라도 하나 땅바닥에 던지면 분명 지글지글 잘 익을 것이다. 그뿐만이 아니다. 잘하면 빵도 구울 수 있을 지경이다. 육포 정도는 굽고도 남을 텐데. 나는 약간 시장기를 느꼈지만 그렇다고 해서 다른 자들이 건네주는 말젖을 먹고 싶진 않았다.

샘으로 가서 물을 좀 마시고 세수를 했다. 물은 뜨거운 태양 탓에 미지근했지만 그래도 숨이 턱턱 막히는 공기보단 나았다. 나 말고 몇몇이 머리를 샘에 담그고 물을 마시는 게 보였다. 꼬락서니를 보니 어젯밤 진탕 퍼마신 듯 안색이 아주 볼 만하다.

"여어, 이방인."

손을 들어 보이던 한 기사가 퍼런 낯짝으로 물었다.

"어제 안 마셨어?"

"안 마셨어."

"왜?"

"피곤해서."

술이 맛없어서라고는 차마 말 못하겠다.

"그렇겠지. 여길 내달리는 건 절대로 편안한 여행은 아니야. 연약한 펜게이드 인이라면 더 더욱 그럴 거야."

혼자 납득하는 그 말에 옆에 있던 사내가 고개를 끄덕인다. 수염으로 얼굴을 가득 덮은 험상궂은 얼굴을 하고 있어 도저히 나이를 가늠할 수가 없었다.

"그래, 그래. 아아, 머리통 깨지겠군."

사내들이 엉금엉금 기어가던 것을 보다 말고 나는 키에디스 뭘 어쩌고 있나 싶어 일어났다. 그러자 뒤통수에서 뭔가 묘한 시선이 날아들었다.

"이봐, 이방인."

고개를 돌리자, 콰람 스와디 마님의 기사들이 날 바라보고 있었다. 어제와 달리 에르차를 두르고 있지 않은 사내들은, 과연 햇볕에 잘 익은 듯한 피부결을 하고 있었다. 거의 청동빛으로 보이는 그 피부는 당연히 근육질이다. 그것도 나에게 은근슬쩍 과시하는 모습이 꽤나 노골적이어서 나는 순진한 태도로 고개를 끄덕였다.

"당신, 강하다며?"

그 노골적이다 못해 유치한 단어에 나는 차마 답할 수 없었다.

"얼마나 강한지 좀 보여주겠어? 나는 당신같이 허연 족속들은 믿을 수가 없어서 말이야."

턱수염을 기르고 있긴 하지만 아직은 젊었다. 이십 대 초반 정도일 것이다. 앞선 청년은 시미터 자루를 은근슬쩍 쓰다듬으며 한 발자국 앞으로 나섰다. 그 뒤에 서 있는 두 명의 사내도 이죽거렸다.

"무서운 거야? 혹시 여기가 사막이라서 몸이 안 풀린다든가?"

"어쩌면 허풍이 들통날까 봐 그런 거 아닐까?"

"……."

유치해. 도발도 시비도 해본 놈이 더 잘한다고, 어쩌면 이렇게도 유치하단 말인가.

다소 한심스런 눈초리로 보고 있었나 보다. 내 반응을 살피고 있던 턱수염의 사내가 얼굴이 벌겋게 되더니 소리를 버럭 질렀다.

"뭐야? 해보자는데 계집애처럼 뒤로 미룰 참이냐!"

그 계집애 소리를 친애하는 차이나 양께서 들으셨다면 얼마나 격분하실까.

"그래. 한번 붙어보는 거야!"

"해봐! 사내라면 나서라!"

모두의 시선이 이쪽으로 쏠렸다. 리베이드 인들은 정말로 싸움을 좋아하는 걸까. 천막에서 길게 늘어져 있던 자들도 하나둘씩 고개를 내밀었다. 그리고는 정말 흥미롭다는 듯이 눈을 반짝인다. 순식간에 수십 명의 시선이 일제히 이쪽으로 쏠린다. 아아, 난 리베이드 인의 반짝이는 눈빛이 정말 싫다.

"무서운가? 무섭다면 내게 무릎이라도 꿇는 게 어때?"

"……."

이런 유치한 도발에 이끌리는 것은 원하는 바가 아니지만 조금 시끄러우니 응해줄까.

내가 한 발자국 앞으로 나서자, 턱수염의 사내가 시미터를 움켜쥐며 호기롭게 외쳤다.

"무기를 잡아라!"

"됐어."

"무기를 잡으라구!"

"됐다니까."

"무기를 잡앗!"

소리 지르는 것을 무시하고 계속 그의 앞으로 걸어갔다. 그랬더니 덤비지는 않고 뒤로 물러선다. 내가 한 걸음 다가가면, 한 걸음 물러서는 그 모습이 왠지 굉장히 순진해 보였다.

"무기를 잡으라니까!"

아예 애원하는 것처럼 들린다 싶은 순간, 나는 한 걸음 더 다가들었다. 그리고 그가 한 걸음 막 뒤로 물러서려는 그 타이밍에 몸을 날렸다. 그리고 잽싸게 한 방. 원래 공격이란 타이밍이다. 저쪽에서 한 걸음이면 이쪽은 반 걸음. 아니, 한 걸음 채 가기도 전에 닿아야 한다.

"우앗!"

본인 대신 주변에서 대신 비명을 질러주었다. 턱에 제대로 한 방을 맞은 사내는 말 그대로 자연스럽게 뒤로 넘어가 그대로 자갈밭에 나동그라졌다. 시미터는 뽑지도 못한 채로.

"……"

아무도 말을 하지 않았다. 아니, 못하는 건가? 그러게 무기는 안 뽑아도 된다고 했건만.

풀썩 먼지가 이는 것을 피해서 슬그머니 등을 돌려 걷기 시작했다.

"기, 기다려!"

"기다리라구!"

쓰러진 사내를 내버려 두고 나머지 두 사내가 소리를 질렀다. 어느새인가 둘 다 주먹을 움켜쥔 자세로 돌변했다. 시뻘게진 그 얼굴을 슬쩍 외면하자, 주먹이 꼭 나보다 두 배는 큰 사내가 내 앞으로 달려들어 외쳤다.

"주먹이라면 해보자! 무하다는 방심한 거야!"

"그렇다! 네가 무기를 쥐지 않았기 때문에……!"

막 그렇게 외치는 사내의 정면으로 다시 한 번 주먹을 내질렀다. 푸악 소리를 내며 그가 쓰러지자, 옆에 있던 자가 나를 향해 달려들었다. 슬그머니 허리를 돌려 달려드는 자의 다리를 건드리자, 제풀에 비틀거렸다. 그것을 노리고 한 걸음 다가가 그대로 명치를 올려쳤다.

"쿠억!"

풀썩 다시 먼지가 일었다.

한 방이었다. 두 방도 필요없다.

셋을 나란히 눕히고 돌아서는 순간 나는 흠칫했다. 이제는 감탄과 존경의 빛으로 중무장한 사내들의 눈빛이 기다리고 있었다. 수가 더 늘었다.

짝짝짝!

박수 소리와 함께 천막 밑에 있던 키에디가 웃음을 터뜨렸다. 그는 전혀 왕자답지 않은 태도로 얼굴만 천막의 차양에서 내민 채 주저앉아 있었다. 목만 쭈욱 빼고 있는 자세가 영 볼품이 없다. 록그레이드가 봤다면 혀를 찰 자세.

"멋지군! 자네 정말 대단해!"

나는 그 시선에 다소 쓸쓸한 미소를 보내고는 결국 마레와 쿠에드의 천막으로 돌아왔다. 두 사람이 내게 진한 미소를 보내는 것을 억지로 무시하고 막 들어가려는 순간, 뒤에서 또 누군가가 날 불렀다.

"그냥 놔두기엔 너무 강한걸."

절로 어깨가 굳었다. 이건, 좀 곤란하다.

뒤를 돌아보니 검은 두건, 검은 에르차를 두른 검은 가운의 남자가 서 있었다. 아니, 어젯밤의 그 키 큰 여자다. 그녀는 허리에 시미터를 차고 있었지만 그것을 천천히 풀어 땅 위에 놓더니 나를 향해 손짓했다.

"해보겠어?"

사실 싸움은 내 취미가 아니다. 기억을 잃기 전에야 어땠는지는 모르지만 어쨌거나 취미는 아니다. 돈 한 푼 안 되는 짓을 내가 왜 해야 하는가.

"사양한다."

"왜?"

"이유는 잘 알고 있지 않은가?"

내 말에 그녀는 침묵했다. 사실 그녀가 여자라는 것은 전혀 느껴지지 않았다. 완전히 몸을 감싼 데다가 키도 크고 어깨도 딱 벌어져 있다. 보통 리베이드 인들보다도 큰 체구인 것이다.

"유감이군."

그녀는 어깨를 으슥했다. 그리고 그 순간 내 앞으로 그대로 달려들었다. 빠르다.

쐐액 하고 한 줄기 검은 선이 그어졌다. 나는 뒤로 물러서며 그녀의 주먹이 내 뺨을 스치는 것을 느꼈다. 따끔하긴 했지만 그대로 흘려보낼 수 있었다.

"그래도 당신은 쓸 만하다고 생각했었는데 말이야."

그녀의 조소에 기분이 좀 나쁘긴 했지만 일일이 도발에 응할 정도로 피가 끓는 나이도 아닌지라 나는 피식 웃었다. 그랬더니 그녀의 살기가 더 더욱 짙어졌다.

웅웅대는 오러가 그녀의 주먹에 맺히기 시작하자, 나도 조금은 움찔했다. 그녀의 오러는 은빛에 가까웠다. 하지만 그렇게 선명하진 않다. 마나를 다루는 데 익숙한 것 같긴 하지만 블랭크를 시전할 정도는 아닌지도 모른다.

쓸데없는 생각을 하는 순간 푸악 하고 그대로 주먹이 날아왔다. 말 그대로 주먹만이 허공을 격해 날아오는 것 같은 속도였다. 짧은 머리카락이 휙 하고 흩날린다. 옷자락은 몸에 휘감겨 상당히 어정쩡한 자세. 나는 생각하는 것을 멈추고 몸이 움직이는 대로 놔두기로 했다. 어차피 내가 주먹질을 얼마나 잘했는지 나도 모른다. 그 모든 것을 기억하는 것은 몸이지 머리통이 아니니까.

그녀의 은빛 주먹이 명치 근처를 공격해 왔다. 한 걸음 물러서고 한 걸음 또 물러서며 한 번은 돌고, 한 번은 몸을 틀었다. 다양한 공격만큼이나 내 몸도 다양하게 움직여 피해냈다. 나는 내 몸이 이렇게 움직이는 것이 신기해서 그저 피하는 데 열중하기로 했다. 꼭 내가 아닌 누군가가 몸을 차지하고 있는 것처럼 몸은 유연하게 피하고 있었다. 먼지가 풀석 일어나 시야를 가려도, 발밑에 자잘한 자갈들이 굴러다녀도 몸은 오러로 휘감긴 주먹을 피해 춤을 추듯 유연하게 빠져나갔다. 그렇다. 마치 춤을 추는 것처럼.

가물가물한 영상이 갑자기 찾아들었다. 또다시.

작은 체구의 검은 머리 여성이 웃고 있었다. 박수를 치면서 방울 소리처럼 영롱한 웃음소리를 냈다. '나'는 그녀를 사랑하고 있었다. 그리고 그녀의 앞에서 춤을 추고 있었다. 주먹과 발길질로 이루어지는 춤을. 연분홍빛 꽃잎이 허공에 가득 흩날리면 그 꽃잎을 '나'는 하나하나 주먹으로 후려쳤다. 그러면, 내 주먹에 비산하는 꽃잎 가루가 그녀의 눈앞에서 향기와 함께 퍼져 나가는 것이다. 그녀의 자색 옷자락에 꽃가루가 묻어난다. 꽃 향기는 허공에 번져 하늘까지 올라간다. 주먹을 휘감는 긴 옷자락, 발길을 끌어당기는 긴 옷자락에도 불구하고 '나'는 꽃잎을 피해 손톱만큼 작은 꽃잎을 부수며 춤을 추고 있었다.

"아름다워요, 원당!"

그녀가 손뼉을 치며 소리쳤다.

'나'는 웃었다. 오랫동안 무예를 진지하게 익혀왔기 때문에 그녀에게 이런 모습을 보여주는 것은 처음이었다. 아마도 여자를 위해 이런 짓을 했다는 것을 스승님이 알게 된다면 크게 불호령이 떨어지리라. 하지만 지금은 그것도 무섭지 않았다. 지금 그녀가 웃어주고 있으니까.

"제기랄!"

갑작스런 욕설이 영상을 깨뜨렸다.

"그만두지!"

그 커다란 목청은 꼭 수천 명의 병사를 향해 호령하는 것처럼 들렸다. 덕분에 나는 아름다운 영상을 잃게 된 것을 조금 가슴 아프게 생각하며 한숨을 쉬었다. 이제 슬슬 백일몽에도 익숙해지는 모양이다.

먼지가 자욱한 그 한가운데에 검은 두건에 검은 옷까지 온통 검은 여자가 씩씩대고 있었다. 그녀는 두 주먹을 움켜쥔채 외쳤다.

"아예 상대를 안 하겠다는 건가? 나는 아예 상대가 되지 않는다는 건가?"

그 질문에 굳이 답할 필요가 있을까 싶어 나는 어깨를 으슥해 보였다. 하지만 그 태도가 더 기분을 상하게 했는지 그녀는 은빛 오러를 일렁이며 나를 죽일 듯이 노려보았다. 하지만 덤비진 않는다. 그 대신 오만한 태도로 팔짱을 끼었다.

"당신, 이름이 뭐랬지?"

"그건 왜?"

불길한 기분에 되묻자, 그녀는 조소하는 눈빛으로 날 빤히 보더니 속삭이듯 말했다.

"나와 당신은 꼭 할 말이 있지 않았나?"

"별로 없는 거 같은데."

점점 불길해진다.

그녀는 내 대꾸에도 별로 신경 쓰지 않는 듯 기묘하게 눈빛을 번뜩였다. 놀라울 정도로 냉철한 빛이 그 눈가에 자리 잡는 것이 보이자, 어쩐지 점점 더 불길해진다.

나는 슬쩍 이 자리를 벗어나고 싶어서 걷기 시작했다. 뒤통수가 정말 따갑다. 하지만 그녀는 나를 쫓아오지는 않았다.

"나중에 다시 보자구."

오히려 그렇게 말하며 씩씩하게 몸을 돌려 구경꾼들 사이로 묻혀 버렸던 것이다.

다행히도 그녀는 나를 다시 찾아오지 않았다.

이제나저제나 하며 약간은 공포심까지 가지고 있던 나는 꽤 안심했다. 리베이드에서 남녀 사이란 보통 엄한 관계가 아니라는데 내가 그녀의 알몸을 보았다는 사실이 이 일행에게 알려지면 당장에 나는 칼침을 맞을 상황이었다. 물론 그들을 모조리 죽일 수도, 달아날 수도 있었다. 하지만 나도 사람인 이상 굳이 그럴 필요가 뭐가 있겠는가. 게다가 리베이드는 온통 사막 이다. 나 혼자 어떻게 가야 할지, 어디에 샘이 있는지 찾으러 다녀야 한다면 정말 끔찍한 고난이다. 그저 그녀가 그런 이야기를 함부로 떠들고 다닐 사람이 아닐 거라고 혼자 지레짐작하는 수밖에. 하긴 여자치고는 제법 대단했다. 어쩌면 이 자리에 있는 전사들보다도 훨씬 강한지도 모른다.

리베이드의 검공이 자신의 손녀를 소드 마스터로 만들기 위해 애썼다는 것도 사실 엄청난 일이다. 그녀가 검공의 손녀이고, 또 어지간한 능력의 소유자가 아니었다면 그런 일은 일어나지 않았을 것이다. 만약 내가 왕녀를 비로 선택했다면 그녀는 분명 리베이드에서 펜게이드로 시집와 그저 평범한 여자로 끝났을지도 모른다. 아니지, 검공은 나를 데릴사위로 삼을 각오를 하고 있었던 것 같으니 그 반대가 되었을 수도 있겠다. 어쨌거나, 리베이드에서는 여자가 앞으로 나서서 뭔가를 하고 또, 검술을 익혀 전사들과 어깨를 나란히 한다는 것은 거의 있을 수 없는 이야기였다. 로뎀의 여자 소드 마스터가 이야깃거리가 된다는 것 자체가 그 증거니까.

"준비는?"
키에디가 말고삐를 당기며 물었다.
"네에에에엡!"
기묘하게 소리를 늘이면서 에람이 대답했다.

"그럼, 출발!"

키에디의 고함과 더불어 말들이 달리기 시작했다. 끔찍한 열기 속에서의 행군이 다시 시작된 것이다.

뜨거운 바람이 휘날리는 옷자락 사이로 스며들며 피부 위에 열기를 더해주었다. 땀이 배어 나오고 몸은 절로 물기를 찾는다. 정말 뜨겁다. 아주 뜨겁다. 끔찍하도록.

사막이란 열사였다. 세상에 이렇게나 돌멩이 하나 없는 사막이 있으리라고는 생각지도 못했다. 불처럼 뜨거운 금빛 모래가 온 세상을 뒤덮고 있었다. 그리고 열기는 잔인한 태양과 더불어 숨을 막는다. 먼지는 이제 아예 느껴지지도 않았다. 오로지 느껴지는 것은 뜨거움뿐. 절로 입술이 마르고 입 안이 말라붙었다.

"쉰다!"

그 말이 떨어지기가 무섭게 몇몇이 재빨리 말에서 뛰어내렸다. 나는 그들이 뛰어내리는 풍경을 몽롱한 기분으로 지켜보고 있었다. 흔들리는 말 위에서 어떻게 저렇게 잘 버틸 수가 있을까. 난 이글대는 마나를 몸 안에 끌어들이고서야 버틸 수 있었는데.

"천막을 치겠습니다!"

이글대는 열사의 한 귀퉁이에 먼지로 물든 누런 천막을 친다. 바람은 불지 않았지만 그 때문에 바닥에서 올라오는 열기는 숨이 턱턱 막혔다.

"우리 천막으로 가요!"

쿠에드가 눈만 내놓은 채 내 옷자락을 잡아당겼다. 나는 휘청거리는 몸을 바로잡으며 오러를 제어했다. 몸은 어떻게든 이 상황을 개선해보라고 비명을 질러대고 있었다. 아아, 진짜 끝내주는 여행이군.

마나를 운용하자 몸의 상태가 금세 가라앉았다. 나는 말을 쓰다듬어 주며 마레가 준비한 천막으로 몸을 디밀었다. 생각 외로 모포 한 장을 바닥에 깐 것만으로도 열기가 많이 차단되었다. 바닥에 앉자마자 몸이 옆으로 절로 기울었다. 말을 오래 탄 탓이다.

사막의 마나가 인사를 해왔다. 거칠고 광폭한 마나가 몸을 쓰다듬으며 오러를 보태주었다. 덕분에 그럭저럭 몸 상태가 나아진다. 나는 길게 한숨을 내쉬며 물을 한 모금 마셨다.

눈을 감고 심호흡을 하니 기분은 점점 나아졌다. 심하게 오르고 있던 체온도 가라앉고 정상적인 몸 상태로 돌아온다. 나는 다리를 길게 뻗으며 누웠다.

처음에는 말도 많았던 마레도, 쿠에드도 말이 없었다. 너무나 지친 나머지 할 말도 없는 듯하다. 모두 쓰러져 꼼짝도 하지 않기에 나는 허리춤에서 물통을 꺼내 마셨다. 내가 가진 물통은 가죽 주머니가 아니라 소의 뿔과 은으로 만들어진 고급품이었다. 덕분에 물맛은 좋다.

"기운이 펄펄 나시는 거 같네요."

쿠에드가 기운 빠진 음성으로 물었다.

나는 누운채 주머니에서 말린 과일 하나를 꺼내 씹으며 그의 얼굴을 쳐다 보았다. 입가가 바짝 마르고 얼굴은 먼지로 뒤범벅되어 온통 주름투성이다.

"아니, 지쳤어."

"지친 얼굴도 아닌걸요. 제길. 마나를 다루고 오러를 쓸 수 있게 되면 그렇게나 대단한 걸까."

쿠에드는 헐떡이면서 그렇게 지껄이더니 허리춤에서 물 주머니를 꺼내 입가를 적셨다. 마레는 옆에서 뭔가 투덜거리고 있었지만 별로 대단한 소리는 아니었다.

"이젠 어떻게 하지?"

"밤이 될 때까지 기다렸다가 다시 출발이에요. 모래폭풍이 다가올 계절이니까 되도록 빨리 움직여야 하거든요."

"그렇군. 얼마나 남았지?"

"이틀. 그리고 나면 파아드에 도착할 거예요."

"파아드?"

"아름다운 곳이에요. 이 사막에 그런 곳이 있다고는 믿어지지 않을 정도로 엄청난."

"기대하지."

지쳤다면서 나불대는 쿠에드를 향해 난 그렇게 말하며 눈을 감았다. 졸렸다.

문득, 그 여자 생각이 났다. 남자인 나도 이 정도로 지쳤는데 그 여자는 온전할까? 아니, 다른 남자들보다도 월등한 체력을 가진 여자니 멀쩡하고도 남겠지. 그보다는 오히려 키에디 왕자 쪽이 더 궁금하군.

하지만 내 생각은 완전히 틀렸다. 그 비리비리해 보이던 키에디는 제일 앞서서 달리고 있었던 것이다. 즉, 리더였다.

"주인님은 체구는 작지만 대단히 강인한 분이에요. 뭐 검술은 조금 못하지만 마술은 대단하신 분이죠. 가비라 일족이 약할 리가 없잖아요?"

마레가 자랑하듯 말하는 그 말에 나도 감탄했다. 정말 의외였다. 잘 떠들고 금방 사람에 취하는 인물이라 생각하고 있었는데 그것이 아니었다.

키에디는 내 예상을 비웃기라도 하듯이 꿋꿋하게도 그 끔찍한 폭염

속에서도 자세 하나 흐트리지 않고 내달렸다. 가끔 독려하듯 소리를 치고, 뒤처지는 일행을 재촉도 하면서 말 그대로 사흘 내내 달렸다. 이쪽 일행 말고 콰람 스와디의 일행 역시 열심히 달리고 있었는데 숫자가 적은 이쪽이 그쪽에게 보호받고 있는 형상이었다. 뭐 혈족이라 하니 서로 거리낌이 없는 것일까. 만약 펜게이드의 귀족들이었다면 은근슬쩍 주도권 쟁탈전이 벌어져도 이상하지 않은데. 하긴, 이런 지옥 같은 곳에서라면 강한 쪽이 주도권을 가지는 것은 당연한 일일지도 모른다. 정말 소소한 일 따위는 전부 다 집어던져 버리고 시원한 그늘 아래 눕는 것만을 바랄 정도니까.

사실 이들을 기사라고 부르는 것은 정확한 표현이 아닐지도 모른다. 보통 기사라고 하면 말을 타고 달리며 싸우는 자들, 신분이 어느 정도 있는 자들을 가리키는 말이지만 이들은 그런 표현이 맞지 않았다. 싸움패 같을 정도로 강자에 대한 예우를 하고 형식이나 예의에 크게 구애받지 않는다. 보통 기사들이 명예니 뭐니 운운하면서 지위에 대한 탐욕을 드러내는 것을 감안한다면 이들은 기사라기보다는 전사에 가까웠다. 실제로 스스로를 전사라 부르고 있기도 했다.

마침내 고대하던 목적지, 파아드에 도착한 것은 그로부터 이틀 뒤였다. 사흘 밤낮을 달리고, 하루 쉬고, 그리고 이틀은 밤만 골라 달렸다. 너무 뜨거워 낮엔 달릴 수 없기 때문이란다. 내가 보기에도 사막의 기후 차는 극심했다. 소드 마스터인 내가 이럴진대 대체 보통 사람에게 이런 강행군이 얼마나 끔찍한 고문이겠는가. 그럼에도 불구하고 낙오자는 단 한 명도 없었다. 비리비리해 보였던 키에다는 시뻘게진 두 눈에 움푹 파인 뺨을 하고서도 생생했다. 애송이처럼 보였던 쿠에드나 마레도 마찬가지였으며 그저 노래나 하고 있던 노에 무크루마저도 헐떡일 뿐 살아 있었다.

나는 리베이드 인에 대한 평가를 다시 하게 되었다. 연가를 즐기고, 금방 감정을 드러내는 자들이라고 얕보았던 대가를 톡톡히 치르게 된 셈이다.

"파아드에 온 것을 환영하오!"

키에디가 날 보며 웃었다. 먼지로 뒤덮인 눈가에는 주름이 고스란히 드러나 상당히 늙어 보였다.

"이젠 쉬는 것만 남았군요."

쿠에드가 한숨을 팍팍 쉬며 말했다. 목이 잔뜩 쉬어 새된 소리가 났다.

"봐요. 근사하죠?"

마레가 자기 집인 양 소개한다.

"……"

그렇다. 근사했다.

황금빛으로 번쩍이는 성벽은 생각 외로 굉장히 높았다. 벽돌을 쌓아 만들었을 거라고 짐작되어지지만 대체 어떻게 이렇게 험한 기후 속에서 저런 거대한 건물을 만들 수 있었을까. 성벽은 어림잡아도 산처럼 높았다. 너무 높아서 거인의 거처처럼 보일 지경이다. 경비병은 놀랍게도 없었다. 문은 상시 개방된 것처럼 열려 있었는데 안으로 들어가는 사람들은 상상외로 많아 굉장히 복잡했다.

거의 모든 사람이 예외없이 말을 타고, 가운에 에르차를 두르고 있었다. 남녀노소 할 것 없이 모두 말을 타고 있는 모습이 굉장히 이질적이었다. 가끔 마차를 모는 자들도 있었지만 대개는 말과 말을 줄줄이 연결해 짐을 싣고 그 위에 타고 있는 사람들이 대부분이었다. 수레는 많이 쓰이지 않는지 그다지 보이지 않았다.

"거의 다 상인들이죠."

내가 보는 것을 설명하듯 마레가 말했다. 그는 그래도 쿠에드보다는 생생한지 먼지로 뒤덮인 얼굴을 손바닥으로 닦으면서 설명했다.

"지금은 건기지만 그래도 열신(熱神)의 계절이 아니니 그럭저럭 버틸 만하지요. 그래서 상인들이 모여드는 겁니다."

"열신의 계절?"

"네. 가장 더운 계절 말이죠. 앞으로 두 달쯤 지나면 열신의 계절에 돌입하게 될 거예요. 그때쯤이면 여행은 불가능해요. 샘이 말라붙거든요."

경비병이 없고, 완전히 개방된 것처럼 보이는 것도 다 이유가 있는 모양이다.

안으로 들어서자, 나는 도시의 색다른 모습에 감탄성을 터뜨리지 않을 수 없었다.

"아!"

건물들이 길 아래 있었던 것이다. 즉 적어도 2페키 정도는 되는 깊이에 나직나직 엎드려 있었다. 길 위로 수백 명이 지나다니고 그 길 아래엔 도시가 있다. 뜨거운 열기를 피하기 위한 건축인 모양이다. 거미줄처럼 엉킨 건물들은 대개가 낮았다. 말을 타고 지나다니면서 보자니 납작한 형태에 꼭 버섯처럼 보이기도 한다. 그 사이로 사람들이 오가는 것을 보니 정말로 신기해 웃음이 나올 정도다.

"건물이 지하에 있는 거로군!"

"멀리서 보면 안 보이죠."

히죽 웃으면서 마레가 대답했다.

"신기한데."

"뜨거우니까 별수없어요. 파아드는 가장 뜨거운 도시 중 하나거든요. 저기 안쪽에 콰람 스와디님의 별장이 있어요. 거기서 쉬게 될 거예요."

"키에디 전하의 집은?"

"에에, 그러니까… 좀 더 먼 곳에 있어요. 파아드는 큰 도시긴 하지만 변경 도시에 불과하죠. 중심 도시는 어디까지나 데카르거든요."

"데카르라… 멋진가?"

"멋지죠. 여기처럼 지하에 집을 지을 필요가 없어요. 거긴 쾌적하니까요. 와하 세메테 강이 흐르는 곳이니 수량도 풍부하고요. 파아드보다 거의 서너 배는 클 거예요."

"그럼 키에디 전하의 영지도 그 근처인가?"

"아뇨. 데카르의 북부에 있어요. 초원 지대죠. 전에도 말했지만 주인님은 부자가 아니니까요. 하지만 콰람 스와디 마님의 본가는 데카르에 있어요. 그분은 엄청난 부호니까요."

부러워하는 기색이 역력했다. 나는 뭐라 물어보려다 말았다. 결국 이들은 고모네 집 별장에서 묵어 간다는 이야기가 아닌가.

안쪽으로 들어갈수록 사람들의 숫자가 많아졌다. 모처럼 지평선 이외의 다른 것을 보자니 눈이 다 황홀할 지경이다. 화려한 색상의 가운을 머리끝부터 발끝까지 드리운 여인네들과 반쯤 발가벗은 아이들이 묘한 대조를 이룬다. 장사치로 보이는 자들은 먹을 것을 들고 다니며 파는데 그 모습도 자못 이색적이었다. 보따리 한 짐 지고 넙적한 쟁반에 물건 몇 개 들고 다니며 파는 모습이 신기했다. 이런 사막 한가운데에서도 장사가 된단 말인가.

"그러고 보니, 여자들은 모두 온몸을 가리고 있군. 뭔가 이유라도 있는 거야?"

"아, 모두 가리고 있는 사람들은 유부녀들이죠. 남편이 있는 경우는 온몸을 가려요."

"남편이 없으면?"

"미망인이나 처녀는 전부 다 가리지는 않지요. 하지만 그래도 절대로 속살을 드러내진 않아요."

"속살이라고 말하면 어디서부터 어디까지를 말하는 거지?"

나는 펜게이드에서 여자들이 입었던 드레스를 떠올리며 물었다. 대개 젖가슴의 반은 드러내는 의상들이 아니었던가. 그러고 보니 다이사 왕녀는 그렇게 파인 것을 입진 않았었다.

"아, 뭐라고 말하면 좋을까. 팔꿈치 안쪽과 발목 안쪽 정도?"

"그러면 결국 전신을 다 가린다는 거잖아?"

"이런 사막의 부족들은 그래요. 데카르에서는 모두 다 가리진 않아요. 농염하게 몸매를 드러내는 여자들도 많지요. 흐흐."

음흉한 마레의 웃음에 나는 안도의 한숨을 내쉬었다. 다행이다. 며칠 전 그 여자의 몸을 좀 봤다고 큰 문제가 일어나진 않겠지? 평소에도 남장을 하고 다니는 여자라면 보통 규중처녀는 아닐 테니까.

"그래도 여자의 속살을 무단으로 본 자는 두 눈을 파내는 형을 받지요. 여자가 일부러 노출이 심한 옷을 입은 게 아니라면. 또 단둘이 있었다면 끝장이거든요."

"왜?"

다소 다급하게 묻자 이상히 여겼는지 마레가 흘끔거렸다.

"그야 남녀가 단둘이 있었는데 여자의 속살을 남자가 봤다라고 하면 상황이 어떤 상황이겠어요? 말 그대로 뻔할 뻔 자 아니겠어요?"

"그래도 상황에 따라선 다양한 일이 있을 수 있잖은가? 예를 든다면 다친 여자를 남자가 구해주었다고 하는."

"그럴 경우는 결혼해야죠. 규중처녀의 속살을 보고도 남자가 외면했다면 그놈은 사내새끼도 아니잖아요?"

"남자가 결혼을 한 상황이라면?"

"리베이드에서는 몇 번이고 결혼해도 돼요. 알잖아요?"

"여자가 결혼한 상황이라면?"

"남편과 남자가 상의해서 결정하죠. 남편이 이혼을 원한다면 이혼해서 그 남자랑 결혼하는 거고. 아니면 그뿐이고."

"……."

당연하다는 듯 말하는 마레의 말에 난 더 이상 묻지 않았다.

그 여자는 절대로 규중처녀가 아닐 거야. 물론이지, 절대로 아냐.

쾌람 스와디의 별장이라고 하는 곳은 생각 외로 정말 호사스러웠다. 새하얀 건물에 모양은 둥근 버섯을 몇 배 확대시켜 놓은 듯한 모습이었다. 둥근 버섯이 대여섯 개 연달아 있는 모습이 앙증맞다고 할까, 아니면 요상하다고 해야 할까. 어쨌든 안으로 들어서자 햇볕이 전혀 들지 않아 시원했다. 펜게이드에서는 일직선의 회랑이 건물을 연결시켰는데 이곳에선 화려한 색채로 장식된 공중 계단이 그것을 대신했다. 전체적으로 건물들은 모두 하얀색이 주조를 이루었지만 파랑, 노랑, 초록 등 각양각색의 타일을 바닥과 벽에 박아 펜게이드의 건물들과는 색채 자체가 달랐다.

나는 희미한 기억 속에서 저 희고 푸른 색채의 공중 계단이 원당이 살던 곳의 건물과 비슷하다고 생각했다. 왠지 친근감도 들었다.

"어서 오세요!"

"어서 오십시오!"

먼지투성이의 일행이었지만 맞이하는 자들은 친절하기 짝이 없었다. 넓은 소매를 가진 가운을 입은 남자—아마도 하인이나 집사쯤인 듯한—와 화사한 분홍빛의 옷을 걸친 여자들이 줄지어 서서 환영의 인사를 건넸다.

"정말 오랜만입니다, 키에디 전하."

무릎을 꿇고 인사를 하는 고용인들에게 키에디는 사람 좋은 미소를 지어 보이며 재촉했다.

"너무 지쳤어. 어서 목욕과 음식을 대령하라고."

"맡겨주십시오. 모두 이리로 드시지요."

능숙하게 키에디의 몸에서 먼지투성이 가운을 벗겨낸 중년의 하인은 내게로 미소를 보였다.

"이국인이신 걸 보니 키에디 전하의 대전사이십니까?"

"아, 아직 아냐. 일단은 내 손님이야. 신세를 졌거든."

키에디가 급히 말을 바꾸었다. 하지만 음흉한 눈빛이 슬그머니 스쳐 지나가는 것을 나는 놓치지 않았다.

"전하의 손님이시라면 기꺼이 모시겠습니다. 이쪽으로."

하인은 웃는 낯을 바꾸지 않은 채 손짓했다. 그러자 분홍빛의 나풀나풀한 옷을 걸친 풍만한 여인—그렇다. 풍만한 여인이었다! 온몸의 굴곡이 다 드러나는 무척이나 야한 옷을 걸친 이십 대 초반의 여자였다—이 앞으로 나서더니 내게 엉덩이를 살랑이며 속삭이듯 말했다.

"이리로 오시지요. 제가 모시겠습니다."
솔직히 말해 싫은 기분은 아니다.
뜨거운 지옥 구덩이 속을 헤매다 나왔더니 반라의 미인이 맞이한다는 것은 꽤 기분 괜찮은 일인 것 같다. 나는 험험 헛기침을 하고 싶은 것을 억지로 누르고 그녀의 뒤를 따라 걷기 시작했다.
"쉬세요!"
마레가 뒤에서 야릇한 울림이 담긴 인사말을 던졌다.
그래, 쉬고말고!

"어마나. 정말 멋진 체격이세요."
여자는 정말로 속삭이듯 말했다. 이 여자의 원래 버릇인지는 몰라도 나긋나긋하게 가르랑거리는 목소리는 노골적인 유혹의 빛깔을 담고 있었다. 은은한 황금빛의 피부와 풍만하고 부드러운 몸매, 그리고 도톰한 입술과 눈꼬리가 조금 치켜 올라간 눈매. 엄청난 미인은 아니었지만 보통 하녀의 수준은 충분히 뛰어넘은 여자다.
아아, 좋다. 뜨끈한 물에 몸을 담그자 정신이 나갈 정도로 황홀했다. 온몸의 근육들이 저마다 자기주장을 하며 나서자 더 더욱 기분은 고조되었다.
"역시 전사이시군요. 정말 굉장히 멋지세요."
감탄하는 여자는 이미 속옷까지 몽땅 젖어 있었다. 굳이 온몸이 다 비치는 얇은 옷을 입고 목욕 시중을 드는 저의가 슬슬 이해되기 시작할 무렵 검은 눈동자를 반짝이던 그녀가 내 등을 밀며 말했다.
"그리고 보니 제 이름도 말씀드리지 못했군요. 나리, 저는 에메랄다. 스와디 마님의 접대 노예랍니다. 이렇게 멋진 나리를 모시게 되어 기뻐요."

"……."

할 말이 없다.

이제 슬슬 그녀의 손길은 내 등을 넘어 어깨로, 그리고 목을 지나 가슴으로 이어지고 있었다. 노골적인 찬탄이 섞인 그 손길에 동하지 않는 것도 아니었지만 이 나이에 쉽게 동할 것도 아니다. 그런데 정말 내 나이는 몇일까나.

"됐다."

"어마. 제가 마음에 안 드세요? 만약 그렇다면 미동도 준비되어 있답니다."

"됐어. 마실 거나 가져와라."

내가 왕년에 황태자였기에 망정이지 보통 남자라면 이런 여자의 목욕 시중에 뒤로 자빠질 정도로 놀랄 것이 분명했다. 그녀는 완전히 알몸이나 다름없는 상태로 일어서더니 투덜거렸다.

"아아, 아까워라. 맨날 배불뚝이 아저씨들만 상대하다가 모처럼 근사한 미남을 만나나 싶었더니. 나리, 진짜로 제가 마음에 안 드세요?"

"됐다니까."

"칫."

노예치곤 진짜 버릇없군. 리베이드의 노예들은 다 이런가.

그녀는 내 앞을 유혹하듯 엉덩이를 흔들며 욕탕에서 나갔다. 정말 탱탱한 엉덩이여서 나도 순간 넋을 잃었다. 진짜 화끈하긴 하네.

혼자 남아 욕탕을 천천히 구경했다. 보통 욕조를 방 안으로 들여와 목욕을 하는 펜게이드와는 달리 이곳은 아예 욕탕이 따로 있었다. 바닥에 깔린 색색의 돌들과 벽에 그려진 벽화가 호사스럽다. 생각 외로 욕탕에 그려진 그림들은 음탕한 그림들이 아니라 사막을 달리는 전사들을 그린 것이 대부분이었다. 어쩌면 이 욕탕 자체가 전사용인지도 모른다. 손님 접대를 위한 객실이 따로 있을 테니까.

뜨끈한 욕조에서 일어나 수건을 적당히 찾아 물기를 닦아냈다. 기분은 더 더욱 상쾌하다. 옷가지가 준비되어 있긴 하지만 입는 법을 잘 모르기 때문에 여자 노예가 오기를 기다리기로 했다. 욕탕에서 막 나서자 휘장이 겹겹이 쳐진 침실이 있었다. 침실은 눈이 피곤할 정도로 화려한 색채로 가득 차 있었지만 침대 자체는 푹신해 보여 마음에 들었다.

막 침대에 알몸으로 앉는 순간이었다. 침대 정면에 거울이 걸려 있었다.

"……!"

나도 모르게 흠칫했다.

얼굴.

록그레이드의 얼굴에 너무 익숙해져 있었는지도 모른다. 이 밤색 머리칼의 전사는 솔직히 말해 너무나 낯설었다. 그동안 찬찬히 얼굴을 뜯어볼 기회가 없어서 몰랐는데 이 얼굴은 정말로 낯선 모습을 하고 있었다. 원래 거울이란 귀한 물건이라 보통 사람이 아침에 일어나 세수를 하며 거울을 본다는 것은 쉬운 일은 아니다. 레다이에드와 함께 있을 때는 별 생각이 없었는데 오늘 이렇게 새삼스레 혼자 내 얼굴을 보자니 너무 낯설어서 숨이 막힐 지경이었다.

밤색 머리칼에 각진 얼굴, 초록색의 눈동자.

하지만 몸은 여전히 록그레이드의 몸이었다. 단련되고 또 단련된 소드 마스터의 몸. 또한 마법사의 몸.

분명히 느끼는 것이지만 나는 역시 마법을 쓰는 것을 회피하고 있었다. 뭐가 두려운 것인지 나도 잘 모르겠지만 마법을 쓰기가 두려웠다. 하긴 쓸 일도 그동안 없었지만.

"어머나, 나오셨어요?"

둥근 쟁반에 마실 것과 신선해 보이는 과일을 한 바구니나 가져온 에메랄다는 나를 보고는 호들갑을 떨었다. 그리고는 탁자 위에 쟁반을 내려놓고 내 알몸을 흥미진진하게 바라보더니 물었다.

"마사지를 해드릴까요?"

"됐어. 마실 거나 줘. 뭔가?"

말젖일까 두려워하는 나를 보고 그녀는 상큼하게 웃었다.

"과일과 벌꿀을 넣고 만든 과실주에요. 드세요."

한 잔 따라 마시자 기분이 더할 나위 없이 좋아졌다. 게다가 과일을 하나 집어 들고 와작 씹자 입 안 가득히 퍼지는 싱그러운 향기가 그동안의 피곤을 완전히 몰아내었다.

"흠."

내가 만족해하는 표정을 짓자 에메랄다는 두 손을 걷어붙이더니 유혹하듯 속눈썹을 내렸다.

"마사지하게 해주세요, 나리."

Chapter 52

 "제대로 된 리베이드의 만찬을 한 번 즐겨보는 것도 좋지!"
 에람이 내 어깨를 두드리며 말했다.
 나와 마찬가지로 성장한, 그는 들판에서 봤던 모습과는 달리 상당히 근사했다. 짙은 감색의 셔츠에 하얀 가운을 걸치고, 거기에 가문을 상징하는 에르차를 길게 목도리처럼 두르고 있었다. 신발도 전에 보았던 그 구멍투성이 장화가 아닌, 얄팍한 샌들. 구질구질하던 턱수염도 곱게 손질해 아주 반듯하기만 하다. 햇볕에 그을린 얼굴도 강인해 보이는 턱과 입매도 강인한 전사 그 자체로 보인다. 수선스럽기만 하던 어제와는 전혀 다른 얼굴.
 "푹 잤지?"
 "그래."
 "시중은 잘 들던가?"

"나쁘진 않았어."

솔직히 귀찮았다. 마사지를 해준다고 매달리는 것도 그렇고, 치근덕거리는 것도 싫었다. 그냥 아름다운 여자를 보는 것만은 괜찮지만 이 얼굴은 진짜 얼굴도 아니다. 그 만들어진 얼굴을 바라보며 미남이라며 달라붙는 게 기분 좋을 리 있을까.

"음, 이곳은 오래된 도시기 때문에 대개 손님은 늙은 상인이 많다구. 그래서 덕분에 가끔 이곳에 오면 여자들에게 엄청난 환대를 받곤 하지. 흐흐흐."

내가 시큰둥한 표정을 짓든 말든 상당히 과장된 늑대 흉내를 내면서 그는 나를 아래위로 훑어보았다.

"어쨌거나 갈고닦으니 자네, 진짜 미남이네."

"……."

갈고닦긴 닦았다.

먼지투성이였던 상태에서 벗어나 뽀송한 새 옷을 걸치자 날아갈 것 같은 기분이었다. 나는 초록색 셔츠에 흰색 가운, 그리고 보랏빛 에르차를 목에 걸고 있었다. 말을 달릴 때와 달리 목에서부터 허리까지 늘어진 에르차는 꽤나 근사했다. 색채는 굉장히 화사하지만 나름대로 꽤나 가라앉은 색조라 보기엔 위엄이 있었다. 밤색의 머리칼은 제멋대로 자라 있었는데 그걸 다듬고, 수염도 깎았다. 게다가, 그 마사지…….

향유로 전신 마사지를 받은 건 처음이었다. 머리끝부터 발끝까지 향유를 바르고 근육을 문지르고 상냥한 애무를 받았다. 낯 뜨겁긴 하지만 진짜 호사긴 호사다. 록그레이드 시절에도 여자에게 마사지받은 적은 없었다. 아, 벤이 발 씻어준 적은 있었다.

에람과 함께 둥글게 휘어진 통로를 지나자, 시원한 바람이 부는 정원이 나왔다. 사막이라고는 믿어지지 않을 정도로 잘 꾸며진 정원은 작지만 굉장히 아늑했다. 펜게이드의 정원은 관목과 화초들로 채워지는데 이곳은 돌과 화초, 그리고 작은 정자로 만들어져 있어 굉장히 아기자기했다. 크기도 내 정원에 비하면 화원이라 부를 만했다.

"근사하지?"

"그렇군."

사막을 지나와 이런 것을 보니 정말로 눈이 즐거웠다. 옆에서 에람이 잘난 척을 하든 말든 모른 척하고 나는 나름대로 감탄했다.

"그런데, 록베더."

"응?"

"자네는 결혼했나?"

"아니."

"그럼 리베이드에서 정착할 마음은 있나?"

갑자기 진지하게 물어오는 에람의 말에 그는 고개를 저었다.

"생각 안 했는데."

"그럼 생각해 봐."

뜨거운 눈길로 보는 게 두려워 나는 슬그머니 시선을 돌리고 앞서 걷는 시녀들의 엉덩이를 주시하기로 했다. 그랬더니 나의 의도를 오해했는지 에람이 내 어깨를 치며 웃었다.

"그래, 알고 있어. 땡기겠지. 오늘 맘껏 즐기고 리베이드의 여자들이 얼마나 아름다운지 온몸으로 느끼라구."

그리고선 음흉한 어조로 귓가에 속삭였다.

"그리고 나서 결정해."

"뭘?"

소름이 끼치는 그 어조에 그를 슬그머니 밀치자 에람은 다시 솥뚜껑 같은 손으로 나를 덥석 잡으며 속삭였다.
 "주인님의 곁에 있으면 얼마나 아름다운 여자들이 많이 생기는 줄 알아? 주인님은 다른 건 몰라도 여자만큼은 절대로 아쉽게 하지 않아. 알아듣겠어?"
 "……."
 진짜, 땀난다.
 "늦으셨군요."
 쿠에드가 아는 척을 해왔다. 그 역시 화사하게 차려입었는데 그 때문에 동안인 얼굴이 더 어려 보였다. 그와 함께 있는 마레는 여자를 둘이나 끌어안고 있었다. 그럼에도 불구하고 왠지 여자 노예들이 더 기뻐하는 듯하다. 그 외에도 전에 봤던 무뚝뚝해 보이는 몇 명과 스와디의 집사라는 구와르, 그리고 내게 시비를 걸었던 자들까지 모두 있었다. 시비를 걸었던 자들은 나와 시선이 마주치자 의외로 적의를 보이지 않았다. 조금 뚱한 표정이긴 했어도.
 에람과 함께 들어선 곳은 커다란 홀이었다. 어쩌면 커다랗다는 표현은 좀 안 맞을지도 모른다. 줄줄이 천장에서 내려오는 휘장과 아름다운 타일들로 장식된 탓에 넓게 보이지는 않았다. 하지만 타원형으로 줄줄이 놓여진 작은 테이블 위에는 음식이 가득 놓여 있었고, 반라의 여자들이 요염한 미소를 지으며 반기고 있었다.
 "어서 오세요!"
 "이쪽으로 오세요!"
 내 방을 담당하는, 아니, 나를 담당하는 노예 에메랄다가 달려오며 팔에 매달렸다. 그 뒤를 따라 에람의 담당 노예인 듯한 여자가 에람의 팔을 잡아끈다. 그리고는 마련된 좌석에 앉혔다.

"이쪽으로 앉으세요."

에메랄다는 노예치고는 정말 과하게 차리고 있었다. 검게 빛나는 보석을 이마에 붙이고 풍만한 가슴을 온통 은으로 만든 굵직한 목걸이로 가린 채였다. 온몸의 굴곡이 훤히 다 드러나도록 딱 달라붙는 드레스는 겨우 허벅지까지 간신히 가리고 있었다. 두 팔과 종아리는 고스란히 노출되어 다 벗은 것이나 다름이 없었다. 펜게이드에서도 이런 차림새는 없다. 다른 노예들의 차림새도 다 비슷했다. 어떤 노예는 아예 가슴과 하반신만을 가렸을 뿐 팔과 어깨를 고스란히 드러내고 있었다. 또 어떤 노예는 팔은 가렸으되 다리는 허벅지까지 찢어진 드레스를 입고 있었다. 한마디로, 이건 육체의 향연.

"어서 앉게나!"

키에디의 목소리가 들려왔다. 안쪽 휘장이 쳐진 곳에 그의 자리가 마련되어 있었다. 자세히 보니 위쪽으로 올라갈수록 상석인 모양이다. 내 좌석은 키에디와 마주 보는 편에 마련되어 있었고, 내 옆으로 에람, 그리고 푸람의 자리가 있었다. 좀 더 밑으로 쿠에드와 마레가 보였다. 줄줄이 다 자리를 잡고 앉자 텅 빈 가운데 자리로 한 여자가 걸어오더니 악기를 들었다. 그러자, 덩치 큰 무크루가 한껏 치장하고 나와 여자의 앞에 섰다.

사랑스런 여인이여
내게 한 송이 꽃을 나누어주오.
그 꽃잎 하나하나에 모두 사랑을 담아
그대에게 다가가리니.

아아, 또 연가다. 나는 지긋지긋해지는 기분이 되어 미간을 찌푸렸다. 그러자 에메랄다가 내 잔에 술을 따랐다.

"어머나, 무크루님의 노래가 싫으신가 봐. 이방인이시라 그런가요?"

"글쎄."

무뚝뚝하게 대답해도 에메랄다는 웃는 낯으로 공손히 안주를 내민다. 됐다고 고개를 돌리자 에메랄다가 한숨을 폭 쉬더니 속삭인다.

"아우, 너무하시네. 제가 손님 접대를 못한다고 채찍이라도 맞길 바라세요?"

그 말에 뜨끔했다. 생각해 보면 에메랄다는 그저 손님 접대를 잘하기 위해 내게 애교를 떠는 것 그 이상도 그 이하도 아니었다. 나 잘났다고 혼자 고고한 척할 상황이 아니라는 이야기다.

"알았다."

내가 작게 대답하자, 에메랄다는 생긋 웃으며 내 팔뚝에 뺨을 댄다. 가운 위이긴 하지만 여자의 뺨이 와 닿는 기분은 나쁘지 않았다.

지긋지긋한 그 노래는 계속 줄줄이 이어졌다. 몇몇은 눈물을 글썽이고, 몇몇은 뺨을 붉힌다. 하지만 내 쪽에서 보자면 말 그대로 지루할 뿐이었다. 그래도 술이 입에 맞아서 좋았다.

"너무 분위기가 가라앉은 거 같은데?"

내 눈치를 보고 있었는지 키에디가 한마디 던졌다.

그러자 구와르가 갑자기 박수를 쳤다. 그 소리에 갑자기 음악 소리가 요란하게 바뀌기 시작했다. 피리를 부는 것인지 묘하게 빽빽대는 소리와 함께 눈앞이 살색으로 가득 찼다.

"에?"

놀랐다. 정말 놀랐다.
"와후!"
"좋았어!"
전라의 무희들이 옷 대신 화려한 장신구로 치부를 가린 채 달려나왔던 것이다. 너무 놀라서 먹던 것도 안 넘어갈 지경이다. 이런 퇴폐적인 춤은 내 생전 처음이다!
완전히 벗은 여자들은 늘씬하고 풍만한 미인들이었다. 네 명의 무희는 모두 젖가슴과 치부를 가느다란 삼각띠만으로 가리고는 요염하게 춤을 추기 시작했다. 음악도 요사스럽게 흘러가기 시작한다.
"어때? 멋지지?"
넋을 잃은 나를 보고 에람이 묻는다. 눈가를 찡긋거리는 품이 영 기분 나쁘다.
"놀랐다."
"그렇지? 놀 때는 화끈하게 노는 게 리베이드 식이다. 어정쩡하게 여자들과 어울려 춤이나 추는 것과는 다르지."
잘난 척하는 에람에게 뭐라 한마디 해주고 싶었지만 찬물을 끼얹는 것 같아 관두었다. 확실히 눈요기도 되는 것이고, 충격적이긴 했지만 저 풍만한 미인들에게 눈을 돌릴 정도로 나는 도덕군자가 아니다.
"……"
그래, 조, 조금 멋지기도 해.
모인 사내들의 박수 소리가 요란하게 터지고 휘파람과 온통 음담패설이 허공으로 날아다녔다. 나는 내 팔에 매달린 에메랄다를 슬쩍 보았다. 아무래도 보는 내가 민망하기 때문이다.
무희들은 다리를 쩍쩍 벌리지를 않나, 엉덩이를 흔들지를 않나, 말 그대로 요염하다 못해 음탕할 지경인 자세로 춤을 추고 있었고, 사내들은 침을 튀기며 소리를 질러댔다. 그 와중에 있는 나는 정말 뭐랄까, 슬슬 당혹스러워지기 시작했다.

펜게이드에서는 저런 춤을 연회석상에서 추지 않는다. 사교계의 무도회가 전부다. 뭐, 음탕한 욕심을 가진 남자가 여자들을 데려와 알몸으로 춤을 추게 할 수는 있을 것이다. 하지만 그건 어디까지나 개인 살롱을 가졌다거나 혹은 매춘굴에서나 가능한 일이다. 이렇게 멀쩡한 명문가의 저택 연회에서 벌어질 일은 결코 아니었다.

"춤 잘 추죠?"

에메랄드가 술잔을 따르며 속삭였다. 점점 소란스러워서 그녀의 목소리가 잘 안 들렸다. 그녀는 그것을 눈치 채고는 여전히 속삭이는 어투로 내 귓가에 입을 댔다.

"춤 연습을 많이 한답니다."

"너도 춤을 추냐?"

"물론이죠. 접대 노예는 배울 것이 많아요."

그녀는 방긋 웃고는 내 손등 위에 말린 과일 한 조각을 올려놓더니 그것을 자기 입으로 물어 내 입가로 대준다. 좀 민망하긴 하지만 순순히 받아먹었다. 그러자 그녀는 거의 내 뺨에 뽀뽀라도 할 듯 얼굴을 들이댔다.

"정말 제가 싫으세요? 전 아까부터 몸이 달아 있는데."

화끈하긴 하지만 응하고 싶은 마음은 여전히 없었다. 됐다고 고개를 젓는 순간, 갑자기 키에디가 벌떡 일어섰다. 술잔을 높이 치켜든 그는 갑자기 춤추는 무희들을 바라보며 외쳤다.

"이런 융숭한 대접을 해주시는 쾌람 스와디님을 위하여!"

그 말이 끝나자 그의 주변에 있던 사내들이 일제히 술잔을 치켜들었다.

"위하여!"

"마님 만세!"

나도 얼결에 일단 술잔을 들어 올리긴 했지만 다른 자들처럼 소리를 지르지는 않았다. 어쨌거나 그렇게 외친 키에디는 나를 유심히 보면서 물었다.

"즐거운가, 나의 손님?"

"아. 그렇습니다. 융숭한 대접이로군요."

내 대답에 만족한 듯 키에디는 빙긋 웃더니 고개를 돌려 자신의 오른쪽 휘장을 향해 외쳤다.

"융숭한 대접에 다시 한 번 감사드립니다, 고모님!"

순간 나는 움찔했다.

설마 하니 이 질펀한 연회에 그 깐깐하다는 노마님이 참석해 있단 말인가? 어째서 나는 기척도 느끼지 못했을까. 술이 확 깨는 기분이었다.

치렁한 휘장이 겹겹이 쳐진 오른쪽의 맨 위 상석에서 답변이 터져 나왔다.

"즐겁다니 기쁘군. 자, 그럼 무희들은 그만 나가거라."

그 말을 듣는 순간, 나는 갑자기 소름이 와락 끼쳤다. 설마······.

발가벗은 무희들이 일제히 일어나 키에디의 오른쪽 휘장을 열어젖혔다. 그러자 그 위에는 몇 개의 계단 위에 금빛으로 빛나는 쿠션이 몇 개나 놓여진 화려한 자리가 마련되어 있는 게 보였다. 그리고 그 위로 길게 누운 여인과 여자 노예 세 명이 있었다. 오만한 고양이처럼 옆으로 누운 여인의 모습에서 나는 검공 가비라를 떠올렸다. 그에 못지않은 오만한 자세와 표정이었다.

"콰람 스와디!"

"콰람 스와디!"

사내들이 일제히 일어나 잔을 들어 경의를 표했다. 일어서지 않은 것은 나뿐이었다. 나는 어색하게 에메랄다의 부축을 받아 일어섰다. 그러자 계속 옆으로 누워 있던 그 여인이 천천히 일어나 앉았다.

검은 머리는 남자처럼 짧았다. 하지만 온몸은 남자라고 부를 수 없을 정도로 육감적인 몸매를 하고 있었다. 화사한 금빛의 비단 가운을 걸치고는 있었지만 여자라고는 믿기지 않을 정도로 탄탄해 보이는 팔은 고스란히 드러나 있었다. 강인해 보이는 쇄골 위로 금 목걸이를 한 단순한 모습이었지만 박력이 넘쳤다. 아니, 지나치게 넘쳤다.

"……"

시선이 마주쳤다.

나는 그녀가 미인이라는 것을 순순히 인정했다. 하지만 절세미인은 결코 아니었고, 또 흔히 볼 수 있는 그런 미인도 절대 아니었다.

남자처럼 짧게 깎은 머리 탓에 멀리서 보면 분명히 남자로 보였다. 넓은 어깨나 단단해 보이는 팔뚝도 그렇다. 무엇보다 키에디보다도 머리 하나는 더 큰 장신이 그러했다. 펜게이드에서도 장신이었던 나와 별로 차이가 나지도 않을 정도로 컸다. 비단 이불을 밟고 있는 발은 맨발이었다. 발목에 금으로 만든 고리가 보였지만 의외로 노예들보다도 걸친 장신구가 없었다. 하지만 분명히 남자라기엔 지나친 글래머였다. 체구가 큰 만큼 박력이 넘쳤다. 매처럼 날카롭게 보이는 눈매도, 조소를 띠고 있는 듯한 입매나 높은 코도 눈앞의 이 여자를 강인하다 못해

패기가 넘치는 모습으로 느껴지게 했다.

과연 이 여자가 콰람 스와디인 것인가. 저 검공마저도 말리지 못했다는 여장부? 생각보단 훨씬 젊었다. 이십 대 중반이나 후반?

"감사는 기쁘게 받지."

결코 여자라고는 생각할 수 없는 말투였다.

"오랜만에 그대가 방문해 주었으니 나로서도 반갑군. 나의 노예들은 그대의 전사들을 열심히 대접해 주었던가?"

"아주 훌륭했습니다. 저도 고모님이 이곳에 계실 거라곤 생각지도 못했답니다. 뜻밖의 즐거움입니다."

키에디는 고개를 숙이며 인사했다. 나이 차는 거의 나지 않거나 오히려 스와디가 젊어 보이는데도 불구하고 키에디는 공손히 인사했다.

"나도 예상 못했다. 난 리도에서 모래충을 없애고 돌아오는 길이었지. 그나저나 다들 건강해 보여 반갑군."

그녀는 오만하게 턱을 끄덕이더니 시선을 나에게 던졌다.

"이방인, 연회가 즐겁지 않은 모양이군. 아까부터 영 좋지 않은 표정이던데?"

"아니, 즐기고 있는 중입니다."

내가 공손하게 대답하자, 그녀의 눈이 빛났다.

"그런가? 그럼 이쪽으로 와 이국의 풍물을 이야기해 주지 않겠나?"

나는 잠시 머뭇거렸지만 별수없이 그녀의 자리 쪽으로 걸어갔다. 내가 그쪽으로 올라서자마자 노예들이 재빨리 휘장을 쳤다. 그러자 놀랍게도 소리가 차단되는지 삽시간에 조용해졌다. 키에디와 나, 그리고 스와디, 노예들만 남자 키에디는 진지하게 나를 소개했다.

"말씀드렸던 록베더입니다. 저를 구해준 자로 아주 강한 전사이지요. 저는 그가 저의 대전사가 되어주길 희망하고 있습니다."

그녀는 여전히 책상다리를 한 채로 나를 바라보고 있었다. 그녀의 자리 자체가 몇 계단 위였기 때문에 서 있어도 여전히 시선은 비슷했다.

"강한 것은 나도 알아."

그녀는 피식 웃더니 나를 정면으로 바라보았다.

"당신에게 제안할 것이 한 가지 있어."

"뭡니까?"

내가 묻자 그녀는 대답 대신 키에디를 향해 턱짓을 했다. 그러자 키에디는 공손히 고개를 숙이더니 휘장 밖으로 나갔다.

"……"

정적.

놀라울 정도였다. 고작해야 드리운 휘장 정도로 생각했는데 그것만으로도 이렇게 소리가 차단되다니. 아까 인기척을 거의 느끼지 못한 것도 무리가 아니었다. 방 하나가 새로 생긴 것 같다.

스와디는 노예에게서 술잔을 받더니 단번에 들이켰다. 지나치게 남자다운 그 태도에 조금 긴장되는 듯한 순간, 그녀가 번쩍이는 눈빛으로 나를 쏘아보았다.

"이야기는 간단해."

그녀는 그렇게 말하고는 나른하게 웃었다. 붉은 입술이 술에 젖어 빛났다.

"나의 남편이 되어달라는 거야."

나는 천천히 팔짱을 끼고 그녀를 똑바로 바라보았다.

매의 날갯짓 같은 눈썹이 인상적인 이목구비는 상당히 고집스러웠다. 하지만 윤기 흐르는 피부와 도독한 입술은 매혹적이다.

"그건 거절이 가능한 제안입니까?"

조용히 묻자, 그녀는 어깨를 으쓱했다.

"아니. 거절은 받지 않아. 만약 거절한다면 나는 그대에게서 모든 물품을 빼앗고 사막 한가운데로 쫓아낼 테니까."

"……."

농담이 아니다. 이 끔찍한 열기 속에서 나 혼자 어쩌라고? 여기는 아직 좌표도 알지 못한다. 길 안내도 없이 혼자서 사막을 건넌다는 것은 거의 불가능에 가까웠다. 물론 모든 감각을 총동원해서 움직인다면 전혀 불가능한 일은 아닐지도 모르지만 최소한 죽기 직전까지 몰릴지도 모른다.

"나는 강합니다, 콰람 스와디."

"원래대로 말하는 게 좋아. 그대는 존댓말이 어울리는 사내가 아냐."

그녀가 코끝으로 웃었다. 그 쾌활한 눈빛에 나도 조금은 경직된 기분이 사라졌다. 오만한가 하면 또 명랑한 것도 같다. 묘한 여자다.

"좋아. 그러지."

단번에 말투를 바꾸자, 옆에 있던 노예들이 움찔거렸다. 하지만 정작 스와디는 놀라는 것 같지 않았다.

"내가 보기엔 그대같이 강한 자는 펜게이드에서도 드물 것 같은데 어쩌다가 이곳으로 오게 된 거지?"

"산속에서 혼자 수련하다가 우연히 키에디 전하를 만난 것뿐이야. 그러다가 키에디 전하가 나에게 동행할 것을 청했고, 나 역시 리베이드에 한 번쯤은 가보고 싶은 충동이 있었기에 따라온 것에 불과해."

"산속에서 혼자 수련했다고?"

그녀는 미심쩍은 듯이 날 보더니 피식 웃었다.

"아무래도 상관없어. 단도직입적으로 말한다면 나에겐 남편이 필요해."

직설적인 어투에 나는 고개를 저었다.

"거절하겠어."

"이야기나 듣고 거절하지 그래?"

"아니, 별로 듣고 싶지 않군."

"도망가는 건가?"

그녀의 도발적인 말에 나는 한숨을 내쉬었다.

"이해가 안 가는군. 당신 같은 미녀가 왜 이런 식으로 결혼하겠다는 것이지? 당신은 부유하고 강하고 또 아름다워. 그런데 왜 나 같은 정체불명의 이방인을 데려다가 남편으로 삼겠다는 거지?"

"사정이 있다니까."

"그러니까 그 사정이 미심쩍다는 이야기지. 내가 알기론 리베이드에서는 결혼하면 여자 쪽이 분명히 불리하다고 들었다."

"그러니까 이방인인 그대와 결혼하겠다고 하는 거잖아?"

그녀는 피식 웃더니 나보고 앉으라고 손짓했다. 그 손짓에 따라 푹신한 방석 위에 앉았더니 다리가 꽤 불편하다. 스와디는 똑바른 자세로 다리를 꼬고 앉았지만 나는 그 자세에 익숙하지 않았다. 하지만 나는 곧 그 자세가 원당이 하고 있던 자세와 익숙하다는 것을 기억해 냈다. 그렇다. 원당도 바닥에 앉을 때 두 다리를 저런 식으로 꼬고 앉았었다.

조금 감상에 젖는 사이에 노예 하나가 무릎걸음으로 다가와 술잔을 채워주었다. 찰캉하고 노예의 무릎과 내가 찬 검이 부딪쳐 소리가 났다.

"아!"
그 순간 갑자기 그녀는 머리를 조아리고 벌벌 떨기 시작했다.
"용서해 주십시오!"
"됐어."
손짓했더니, 여자 노예는 달달 떨며 뒤로 물러섰다. 커다란 두 눈에는 불신의 빛이 떠올라 있었다. 새파랗게 공포에 질린 그 표정이 너무 적나라해서 나는 설마 하니 내가 죽이기라도 할 거라 생각한 걸까 싶어 놀랐다. 슬그머니 스와디를 보았더니 그녀는 눈을 가늘게 뜨고 나를 관찰하고 있었다.
"리베이드에선 전사의 검을 노예가 건드리면 그 죄를 피로 씻게 되어 있어."
"펜게이드에선 아니야."
"그런 것 같군."
그녀는 유쾌한 듯 웃더니 아직도 떨고 있는 노예에게 손짓했다.
"괜찮다니 물러가 있어라."
몇 번이고 머리를 조아리던 노예는 눈물까지 글썽인 채로 내게 인사를 하고는 뒤로 물러나 휘장 밖으로 나갔다.
"당신에게 뭔가 절박한 사정이라도 있는 건가? 어디서 굴렀는지도 모르는 개뼈다귀 같은 이방인을 불러들일 정도로?"
"자신을 그렇게 표현하다니 악취미네."
"남이 보기에 그렇다는 거지. 내가 누군지 아는 사람은 리베이드에서는 없어. 게다가 나에겐 돈도 명예도 없다."
"맞아. 하지만 그래서 나에게는 더 안성맞춤이기도 하지."
"뭐가? 아무것도 없으니 조종하기 쉽다는 이야기인가?"

"그렇게 말하면 그렇다고 말할밖에."

그녀는 고개를 끄덕이며 술병을 손수 기울였다. 황금으로 만든 술병에는 보석이 박혀 있었다. 호박색 액체가 남실거리며 향기를 뿜는 것이, 보통 명주는 아닐 듯싶다.

"왕께서 나에게 남부 라제르의 족장과 결혼하든가 모호 탈라만과 결혼하든가 양자택일을 하라 명을 내리셨지. 한 달 안에 결혼하지 않으면 안 돼."

"어째서 그렇게 급히 결혼시키려 하는 거지? 당신은 미망인이니 뜻대로 할 수 있는 것 아닌가?"

"그러게 말이야. 하지만 난 둘 다 싫거든. 라제르 족장과 결혼하면 나는 라제르로 이주하지 않으면 안 돼. 하지만 내 재산과 사업은 북부에 집중되어 있단 말이야. 모든 사업을 접어야 하지. 모호 탈라만은 내가 싫어하는 족속이야. 나이는 쉰이 넘어가지고 배만 나온 욕심 많은 돼지야. 그놈과 결혼한다면 나는 그 작자를 그 자리에서 때려죽일지도 몰라."

분개하는 그 어조에 나는 고개를 끄덕였다.

"이해는 가지만 그렇다고 해서 나와 결혼할 필요까지 있을까? 당신이 아는 젊은 전사 중에 골라도 충분할 텐데."

"납득하지 않을걸. 왕께서는 나를 어떻게 해서든 치워 버리고 싶은 모양이야. 젊은 미망인이 곁에 있는 건 불편하다 그거겠지. 주변의 모두를 결혼시키지 않으면 불안한지 몇 번이나 나에게 강요해 왔어. 그런데 불쑥 내가 남자를 구해 결혼한다면 납득하겠어? 내 지위에 어울리지 않는 남자라 하여 결혼 무효 판결을 내리게 될 거야."

"나라면 더 더욱 어울리지 않을 텐데? 정체불명의 이방인과 가비라가의 공주를 혼인시킬 리가 있을까?"

나는 혀를 찼다.

눈앞의 이 여자는 다름 아닌 검공 페논 가비라의 딸이다. 몇 번째 딸인지는 몰라도 딸은 딸이다. 다이사 왕녀의 고모이기도 하다. 의외로 가비라 가와 내가 인연이 좀 있는지 리베이드에서 부딪치는 자들마다 다 가비라 가의 사람들이다.

"하지만 다른 것이 있지. 그대는 강하다."

그녀는 묘한 웃음을 머금었다.

"나와 부딪쳤을 때 오러를 사용했지? 맨주먹에 오러를 사용할 수 있는 것은 보통 전사라고 할 수 없지. 나는 그때 얇은 장갑을 끼고 있었어. 하지만 그대는 목욕 중이었으니까 맨손이었지?"

그 말에 나는 그녀의 손을 새삼스럽게 바라보았다. 그러고 보니, 옅은 우윳빛이 도는 장갑을 양손에 끼고 있었다. 얼마나 얇은지 언뜻 봐서는 장갑을 끼고 있다는 것을 전혀 알 수도 없었다.

"당신의 진짜 정체가 뭔지는 몰라도 당신은 강해. 맨주먹으로 오러를 발할 수 있는 사람은 이 대륙에서도 몇 안 될 거야."

그렇다. 잊고 있었지만 오러 블레이드는 대개 미스릴 검으로 시전된다. 블랭크도 마찬가지다. 오러 실드도 그렇다. 내가 맨손으로 블랭크를 날렸을 때 다른 소드 마스터들이 얼마나 놀랐던가. 오러 실드도 마찬가지였다.

"그 정도의 강자라면 누구나 납득해. 게다가 나는 평소에 나보다 강한 남자가 아니면 절대로 재혼하지 않겠다고 맹세했으니까 더 더욱 그렇지."

그녀는 웃음을 머금고 말했다.

"강하기만 하면 된다는 건가? 하지만 그것 때문에 전 재산을 걸고

도박을 하겠다는 거야? 당신은 분명히 결혼하기 싫다고 했다면서. 설마 하니 나에게 한눈에 반했다는 것은 아닐 텐데."

그 말에 그녀는 크게 웃었다.

"솔직히 말하지. 당신은 펜게이드 인이야. 펜게이드에서는 여자 재산을 남자가 홀라당 집어먹는 법은 없어. 물론 양도하면 모를까."

"그건 그렇지."

"그러니까 다시 말해 당신과 결혼하면 나는 당신에게 모든 재산을 지참금으로 내놓지 않아도 된다는 이야기지. 게다가 당신이 훌쩍 떠나 버려도 모두들 납득할 거야."

그 말에 나는 미간을 찌푸렸다.

"그러니까 이건 어디까지나 명목상의 결혼이야. 당신에게 피해는 없어. 오히려 그대에게 이득일걸. 내 재산의 삼 분의 일을 주지. 당신이 펜게이드에서 결혼을 했어도 괜찮아. 리베이드에서는 아내는 몇이든 취할 수 있게 되어 있으니까."

"다시 말해 당신과 결혼하면 당신 재산의 삼 분의 일을 내줄 테니 당신 일에 간섭하지 말아달라 그거 아니야?"

"간단히 말하면 그래. 왜, 간섭하고 싶어?"

"설마."

그녀는 아주 산뜻하게 인정했다. 오히려 잘라 말하는 그것이 호감이 간다. 내가 아는 여자는 다양했지만 그중에서도 강한 것은 차이나 텅이었다. 물론 소울리에가 있었지만 그녀는 록그레이드의 여자였으니 열외로 치고.

차이나도 강했지만 이 여자의 경우와는 조금 다른 것 같았다. 일단, 통이 크다. 발가벗은 무희들 사이에서 오만하게 누워 있는 모습이 어울리는 것을 보면 보통 여자는 확실히 아니다.

"내가 당신과 결혼해 재산을 빼앗으려 들면 어쩌려고?"

"당신은 재물에 관심이 없는 남자야."

그 말에 나는 픽 웃었다. 어이가 없었다.

"농담하지 마. 난 욕심이 많아."

"당신은 필요없는 재물은 탐내지 않는 남자야."

그녀는 잘라 말했다.

"내가 오러를 사용한다고는 해도 난 보통 사람이라구. 돈 없이도 살 수 있는 영웅이 결코 아니야."

한 푼이라도 벌어보겠다고 얼마나 난리를 쳤던가. 안 그래도 내 수중에는 에메타이드의 호의로 받은 몇 개의 보석 외엔 재물이 없었다. 벤과 헤어진 것이 가장 후회되는 부분이 바로 그거였다.

"하지만 사치하는 사람은 결코 아니지."

그 말에 조금 말문이 막혔다.

"내 재산의 삼 분의 일이라고 해도 보통 사람은 미친 듯이 평생을 써대도 다 쓰지 못할 정도의 재물이야. 펜게이드 화폐로 따지면 100만 덴 가까이 될 테니까."

100만 덴.

그 액수에 눈이 튀어나올 지경이었다. 나야 1덴의 용병이라 불리던 처지가 아니던가. 그런데 100만 덴이라니. 그럼 이 여자는 전 재산이 300만 덴이 넘는다는 것 아닌가.

"당신이 하는 짓을 보아하니 평생 가야 당신은 100만 덴을 쓰지 못해. 게다가 내가 말하는 재산은 상회니까 당신의 재산은 놔두기만 해도 계속 불어나게 될 거야. 그러니 당신으로서는 아쉬울 것이 전혀 없을 텐데."

엄청난 액수에 귀가 멍멍해졌다. 내가 생각해도 나는 진짜 가난이 뼈에 사무쳤나 보다. 얼마 전까지 펜게이드의 제국 황태자였건만 돈에 환장하는 걸 보니.

"그도 그렇군……."

그녀의 말대로였다. 나는 구두쇠일 뿐 돈을 쓰는 법은 알지 못했다. 화려한 저택을 아름다운 미녀로 가득 채우고 금 식기, 은 식기로 음식을 먹어대는 것은 내 취향이 분명히 아니었다. 록그레이드의 화려한 방이 불편했으니까.

"나쁜 조건은 아니지?"

내 얼굴을 똑바로 보며 그녀가 웃었다.

"당신은 청혼자에게 주먹을 휘두른다며?"

내 질문에 스와디는 배를 잡고 웃었다.

"아아, 그건 확실히 그렇지. 하지만 그대는 나보다 강하잖아? 내가 덤벼봐야 그대의 옷자락 하나 건들지도 못하는 걸 뻔히 아는데 덤빌 필요가 있을까?"

나는 쓴웃음을 지었다.

사실 굉장히 구미가 당기는 일이긴 하지만 이렇게 좋은 이야기 속에는 반드시 뭔가가 있기 마련이다. 이 여자가 솔직한 것도 사실이지만 난 페논 가비라와 얼굴을 맞대고 싶은 마음은 조금도 없었다. 페논 가비라와 마주치면 그는 반드시 내 정체를 알아낼 것이다.

다른 것은 다 속여도 오러의 빛깔만은 속일 수 없는 것이니까.

개인마다 오러의 빛깔은 다 다르다. 특히 나처럼 검푸른 오러를 가진 인물은 굉장히 드물다. 대개의 사람들은 화려한 색상의 오러를 가지고 있었다. 금빛, 은빛, 초록빛, 보랏빛 등 형형색색이다. 하지만 검푸른 오러는 극히 드물었다. 어쩌면 내가 질투의 화신인 음험한 인격의 소유자여서 그런지도 모르고, 내가 흑마법사라서 그런지도 모른다. 그렇다면 록그레이드의 오러는 무슨 빛깔이었을까. 내 오러를 보고 벤이 조금 놀라긴 했어도 의심하지 않은 것을 보면 그 역시도 검푸른색이었을 것이다.

"나는 가비라의 공주님과 혼인할 정도로 대담한 사람이 아닌데."

웃으면서 거절하자 그녀는 눈썹을 치켜떴다.

"그것은 가비라의 이름이 무섭다는 뜻?"

"그런 셈이라고 쳐."

내 말에 그녀는 눈을 가늘게 떴다. 아무래도 버릇인가 보다. 어쨌든 저렇게 눈을 가늘게 뜨고 보는 표정은 박력이 넘쳐서 여자임에도 불구하고 압박감이 상승했다.

"거짓말하지 말아. 그대는, 귀찮은 거겠지."

조금 뜨끔했다.

"내가 뭐 그리 대단한 사람이라고 페논 가비라 공과 얽히고도 태연할 수 있겠어? 나는 담력도 약하고 소심한 사람이라고."

내 말에 그녀는 피식 웃더니 턱을 괴고 나를 주시했다.

"그대를 만나서 몇 번이나 웃었는지 몰라, 록베더."

갑자기 진지해진 어투에 가슴이 철렁했다.

"정식으로 청혼하겠어. 나랑 결혼해 줘, 록베더."

"……."

여자에게 청혼받는 것도 기분이 나쁘진 않다. 게다가 이런 미인이 두 눈으로 지그시 바라보며 하는 말이라니. 하지만 솔직히 말해 이거 꽤 무섭다.

"곤란해, 콰람 스와디."

내 말에 그녀는 한숨을 내쉬더니 다시 술잔에 술을 따라 마시기 시작했다.

"이봐, 내가 남자에게 청혼을 했다구. 그건 정말로 대단한 일이란 말이야."

말투가 꼭 시정잡배처럼 들렸다. 한탄하는 듯한 말이긴 하지만 웃음기가 섞여 있어 나도 모르게 한숨을 돌릴 정도다. 다른 여자였다면 얼굴이 새빨개져서 거절한 나를 향해 원망의 눈빛을 보낼 텐데 이 여자는 어째… 하기야 이건 진짜 결혼하자는 게 아니라 나를 방패막이로 쓰자는 의미긴 하지.

"쓸 만한 다른 남자를 고르는 게 좋겠어."

내 말에 그녀는 눈을 가늘게 뜨고 물었다.

"내가 당신을 발가벗겨 사막에 내동댕이쳐도 괜찮다는 말이지?"

그 말에 나는 어깨를 으슥했다.

"그렇다면 나는 그대의 조카인 키에디 전하를 인질로 끌고 나가겠어. 당신 자신이 말한 것처럼 나는 강하니, 그 하나를 빼내 옆구리에 끼고 달리는 것도 별로 어렵진 않아."

그 말에 그녀는 미간을 찌푸렸다.

"왜 내가 아니고 키에디지? 차라리 나를 제압하겠다고 위협하는 게 빠르지 않겠어?"

"당신이란 여자는 내가 인질로 잡으면 어쩌면 나와 신혼여행을 떠났던 거라고 주장할지도 모르니까."

그 말에 스와디는 배를 잡고 웃었다.

나도 웃고 말았다. 진짜 상상이 된다. 내가 그녀를 질질 끌고 사막에 나간다. 그러면 그녀는 내 목을 잡고 탈탈 털면서 여자랑 단둘이 있었으니 이건 예외없이 결혼이야 하고 우긴다. 따라서 살려서 놓아주면 분명히 그녀는 나랑 결혼했다고 리베이드 전역에 알려 버릴 것이다.

웃음이 멈추고 그녀는 내 잔에 손수 술을 따라주며 말했다.

"그럼, 내가 당신에게 한눈에 반했으니까 청혼하겠다고 하면 받아줄 거야?"

"진담이 아니라는 것을 빤히 아는데 그걸 왜 받아줘?"

"진담이 아니라니. 당신이란 남자가 마음에 들지 않았다면 내가 이런 제안을 했을 것 같아?"

천연덕스럽게 받는 그 말에 나는 어이가 없었다.

"나랑 만난 게 몇 번이나 된다고? 설마 하니 내 엉덩이가 마음에 들어서 그렇다는 건가?"

그 말에 스와디는 술을 뿜어냈다.

"푸하하하하! 그것도 말이 되네. 맞아, 여지껏 본 엉덩이 중에서 가장 멋진 엉덩이였어."

"고맙군."

내 반응에 그녀는 킬킬대며 물었다.

"화 안 내?"

"칭찬하는데 화를 낼 필요가 있겠어?"

"하지만 이런 말을 다른 남자들에게 했다간 당장에 모욕했다며 펄펄 뛸걸."

그녀는 좀 씁쓸한 표정이었다.

리베이드의 남자들은 워낙 자존심이 강해 여자에게 그런 농담을 용납하지 못하는 모양이다. 충분히 이해가 갔다. 내가 언뜻 보아도 에람 등은 그런 면이 있었다.

"내가 결혼하지 않겠다는 데에는 그런 이유가 있어. 하지만 당신은 다르잖아? 그래서 마음에 들었어."

"나만 보면 주먹질하려고 달려들었으면서?"

"그건 당신의 실력을 시험해 보기 위해서였지."

어느새 그녀의 말투가 부드러워졌다. 오만하게 그대, 그대 하고 말하던 어투도 당신으로 바뀌었다.

"다시 말하지. 당신에게 피해는 없어. 나랑 결혼했다고 알리고 나면 어디론가 가버려도 괜찮아."

"그래도 돈은 준다는 거야?"

"물론이야. 껄끄럽다면 왕궁에서 오래 머물 필요도 없어. 아니, 아버질 만날 필요도 없지. 그냥 이름만 내놓고 사라지라구. 나랑 결혼했다고 증서만 써주면 돼."

"그렇게 해서 결혼이 성립돼?"

"리베이드에서는 남편이 여자 집을 찾아다니는 경우가 태반이야. 재수없는 여자는 지참금을 모조리 다 바치고도 일생 동안 남편 얼굴 한 번 못 보는 경우도 많다구."

"그런데도 참고 있단 말이야?"

놀라서 묻자 그녀는 쓴웃음을 지었다.

"리베이드에서 가장 자유로울 수 있는 것은 남자야. 그 다음이 미망인이지. 그래서 나는 미망인 자리를 고수해 왔던 거고."

"음."

"결혼하면 난 전 재산을 잃어야 해. 게다가 재수없으면 추방당하든가 남편 살인범으로 사형당하게 되겠지. 나란 여자를 좋아할 남자는 없다구. 최소한 이 리베이드에서는."

이 여자는 진짜로 할 셈이다. 나는 잠시 멍하니 그녀를 바라보았다.

"정말이야. 남자인 당신에게 불리한 것은 하나도 없어. 당신은 내가 마음에 안 든다고 그냥 떠나 버리면 그만이야. 나는 거기에 아무런 불만도 토해낼 수 없지. 게다가 리베이드에서는 알다시피 일부다처제이기 때문에 당신이 다른 여자랑 몇 번이나 결혼해도 아무런 상관이 없다고."

"……."

"당신은 떠돌이지? 그렇다면 집 한 채 장만하는 것도 좋지 않아?"

내가 말을 하지 않자, 그녀는 은근히 물었다.

"나에겐 리베이드 전역에 열두 채의 집이 있어. 그중 다섯 채를 당신에게 주겠어. 모두 노예도 딸려 있고 토지도, 말도 다 딸려 있지. 그냥 도착해서 쉬기만 하면 돼."

집.

갑자기 가슴이 두근거렸다.

"나는 당신에게 어떤 간섭도 할 수 없어. 물론 당신은 내 주먹을 피할 수 있으니 더 더욱이나. 내가 원하는 것은 오로지 남편이란 이름뿐이야."

나에겐 집이 없었다. 온전한 내 것이라고는 전혀 없었다.

스와디는 술을 단숨에 들이키더니 웃으면서 말했다.

"이렇게 좋은 조건은 없어. 당신은 그저 돈을 받기만 하면 되는 거라고. 계약서를 쓰자구."

그녀가 속삭이듯 말했다. 꼭 마족처럼 웃으면서 유혹하는 그것이 싫지 않았다. 오히려 너무나 달콤해서 가슴이 저리다. 아무것도 없는 나에게 집이 생긴다. 돌아갈 곳이 생긴다. 록그레이드의 이름 외에 록베더라는 이름으로 집이 생기는 것이다.

나는 눈앞에 앉은 여자를 물끄러미 바라보았다. 호탕하고 당당한 여자다. 대상인의 기질이 엿보이는 여자. 연인이든 아내든 어느 것인지는 모르겠지만 최소한 그녀는 친구가 될 수 있을 것 같았다.

친구라… 록베더의 친구. 록베더의 아내. 다른 누구도 아닌 바로 나의 것.

"……."

물론 적이 될 수도 있다. 만약 적이 된다면 아주 귀찮은 상대가 될 것이다. 이런 여자는 절대로 용서를 모를 테지.

내가 생각에 잠긴 동안 그녀는 현명하게도 아무런 말도 하지 않았다. 그저 연신 술을 마실 뿐이었다. 이미 한 병을 비웠는지 다른 술병을 집어 든다. 시중들던 노예는 어느새인가 보이지 않는다. 휘장 친 방에는 그녀와 나, 단둘뿐이었다.

유유히 자신의 술잔에 술을 따르는 모습이 아주 느긋했다. 시선도, 자세도 흐트러지지 않는다. 너무나 태연자약해서 방금 혼자서 술 한 병을 다 비운 사람처럼 보이지 않았다. 향기롭긴 하지만 술은 독주였다.

"한 잔 줘."

빈 술잔을 내밀자, 그녀는 주저없이 따랐다.

나는 술을 단숨에 마시고 대답을 기다리는 그녀에게 대답했다.

"좋아. 받아들이지."

Chapter 53

　결혼식은 일사천리로 진행되었다.
　나는 어어 하는 동안 그대로 휩쓸려 가서 여자 노예들에게 이리저리 주물러지고, 만져지더니 새신랑답게 옷을 끼어 입고 큰 키에도 불구하고 나름대로 화사하게 꾸민 신부와 결혼식을 올렸다.
　원래 리베이드에서는 결혼식을 삼 일에 걸쳐서 한다고 한다. 첫째 날은 혼례를 알리는 선서가 있고, 둘째 날은 합방, 셋째 날은 남자의 집에 여자가 들어가는 것이라 했다. 하지만 스와디는 그렇게 하지 않았다. 그녀는 하루 동안 모든 예식을 마친 것이다. 집안 전체가 들고일어나 반대할지도 모르지만 어쨌거나 그녀는 키에디 한 사람을 증인으로 놓고 신관을 불러들여 기습적으로 결혼식을 올렸다. 식을 올리는 동안 키에디의 얼굴은 창백하다 못해 노랗게 변해 있었다.
　"믿을 수가 없습니다! 당신과 고모님이라니! 당신이 고모부가 되는 거라니!"

결혼식이 끝나자마자 키에디는 펄펄 뛰었다.

"게다가 고모님이 저런 혼례를 치르다니요. 이건 거의 야합입니다! 고모님의 혼례라면 당연히 검공께도 알리고, 왕께도 알려서 소라성을 울려야 하는데!"

"소라성이 뭐야?"

내가 묻자 스와디는 귀찮다는 듯이 대답해 주었다.

"왕족이 결혼할 때 부는 나팔."

"고모님! 정말로 이 사람과 결혼해도 되는 겁니까? 왕의 격노를 어찌 감당하시려고요!"

그는 도저히 믿어지지 않는다는 듯 몇 번이나 나와 스와디를 번갈아 보았고 스와디는 천연덕스럽게 말해 주었다.

"네가 중매인이 되는 셈이야. 그와 나는 사막의 샘에서 만났지."

"사막의 샘이요?"

미심쩍은 듯 키에디가 날 바라보았다. 나는 어깨를 으쓱했다.

그래, 당신과 야영했던 그 샘터 말이다.

나와 키에디가 어떤 눈빛을 주고받든지 신경 쓰지 않고 그녀는 허공을 바라보며 과장되게 말했다. 누가 봐도 거짓말이라는 것을 단숨에 알아차릴 정도로.

"달빛 아래서 만나 첫눈에 반해 버렸어. 그는 강하고 또한 아름다웠고."

"아름다워?"

키에디가 의심스럽다는 듯이 날 바라본다.

그녀는 나를 향해 눈을 찡긋했다. 예의 그 엉덩이 이야기다.

나는 그렇게 주워섬기는 그녀를 보며 그저 웃을 뿐 할 말이 없었다. 저렇게 능글맞게 말하는 여자는 정말 처음이었다. 꼭 친한 친구가 곁에 있는 것 같은 느낌이었다.

"한 번 주먹을 교환하고서 나는 알았지. 이 남자가 내 반려라는 것을."

그녀는 너무 태연한 얼굴로 소름 돋는 이야기를 아무렇지도 않게 해 냈다. 그리고는 내게 재촉하듯 묻는다.

"그렇지?"

"그렇고말고. 달빛 아래 선 스와디의 모습은 황홀할 지경이었지. 에르차를 둘러써 얼굴이 보이지 않는데도 나에게 주저없이 공격하던 그 모습은 차라리 한 마리의 황소를 연상케 했어."

"황소?"

기가 막히다는 듯 키에디는 입을 쩍 벌렸다.

"마누라에게 황소라고 말하는 건 너무 지나치지 않아?"

길게 누운 채 불평을 토하는 그녀에게 나는 빙긋 웃어주었다.

"아름다운 황소였다니까."

"그나마 다행이네."

그녀는 그렇게 말하고 또 큰 소리로 웃었다. 나도 웃고 말았다.

그런 그녀와 나를 번갈아 보던 키에디는 기가 막히다는 듯 머리를 짚었다.

"정말, 고모님은 어찌시려고 이런 일을… 그리고 록베더, 자네도 어쩌려고 이런 일을 받아들였어?"

"어허! 이 사람은 이제부터 네 고모부야. 건방진 말투는 삼가!"

스와디의 호통에 키에디는 다시 목을 움츠렸다.

"어쨌든 고모님, 할아버님이 가만히 계실 리가 없어요. 게다가 왕께선 남편감을 고대하고 계셨는데 이런 식으로 이방인과 야합하듯 결혼식을 치르시다니오. 이건 나중에 큰 문제가 될 겁니다."

그녀는 코웃음을 쳤다.

"내가 알아서 해. 게다가 나는 강한 남자와 결혼하겠다고 몇 번이나 선언했어. 왕께서도 받아들이지 않을 수 없을 정도로 록은 강해. 그러니까 괜찮아."

록이라고 부르는 그녀의 말에 나도 모르게 움찔해 버렸다.

록. 록이라. 너무 친숙해서 기분이 묘해지는 어감이었다. 나를 록이라고 부른 것은 그녀가 처음이었다.

"하지만……."

불안한 듯 나와 스와디를 번갈아 보던 키에디는 한숨을 내쉬었다.

"집안 어르신들은 정말로 가만 계시지 않을 겁니다, 고모님. 난리가 날 거라구요."

"괜찮다니까. 그보다 너는 대전사를 얻게 되어 기쁘지 않니?"

"에?"

"네 고모부가 네 일을 도와줄 거야. 기쁘지?"

그 말에 나는 쓴웃음을 지었다.

"아! 그러시다면야 정말 감사하죠!"

키에디가 여지껏 찡그렸던 얼굴을 활짝 펴고 나에게 고개를 숙였다.

"고모부님, 감사합니다!"

"…어이, 어이. 난 허락하지 않았어."

내 말에 스와디가 의미심장하게 웃었다.

"당신의 강함을 마음껏 보여줄 기회인데 뭐가 문제야? 키에디의 대전사가 되어 우그르 타므스에서 당신이 바이샤를 두들겨 준다면 당신의 자격에 대해서 논할 사람은 없을 거야."

"호오."

리베이드는 강하고 담대한 자를 사랑한다고 다이사 왕녀가 그랬었지. 그녀는 표범처럼 눈빛을 빛내며 말했다.

"바이샤를 가차없이 해치워. 압도적인 차이를 보여주라고. 강하면 강할수록 좋아."

"그래도 당신 조카 중 하나인데 그렇게 박살 내라고 말하면 심하지."

내 말에 그녀는 어깨를 으슥했다.

"조카가 얼마나 많은지 발치에 수북하다고. 용돈 달라고 조르는 놈부터 지참금 보태달라고 떼쓰는 계집애까지. 바이샤는 좀 박살이 나도 괜찮아. 녀석은 돈도 많고, 힘도 있는 놈이니 죽지 않을 정도로만 만져 줘. 안 그래도 성질이 나빠 손을 좀 봐주어야 했어."

그 무서운 말에 키에디는 어깨를 움츠렸다.

"고모님, 제가 용돈을 타 쓰던 것은 10년도 더 전의 일인걸요."

"예나 지금이나 너는 여전히 곤궁한 것은 사실이지. 지금에서야 말하지만 당신이 저 녀석의 손님으로 가지 않은 것은 천운이야. 만약 갔더라면 분명히 굶었을걸."

스와디의 가차 없는 말에 키에디는 펄펄 뛰었다.

"고모님! 너무하십니다!"

"너무하긴. 사실이지. 만약에 네 처, 말리야가 없었더라면 너는 지금 이 자리에 있지도 않았어."

그 말에 키에디는 한숨을 내쉬었다.

"그야 그렇지만……."

"그 주제에 아니꼽게도 두 번째 아내를 맞이하겠다고 소동을 만들고, 거기다가 대전사를 찾는답시고 펜게이드로 불쑥 떠나가 버린 놈이 뭐가 할 말이 있다는 거야? 말리야가 어느 정도 유능하니까 네 집안을 다스릴 수 있는 거야. 두 번째로 맞이할 아이에게도 그건 확실히 해 둬."

키에디는 난색을 표했다. 그는 구해달라는 듯이 날 바라보았지만 내가 듣기에도 그녀의 말은 구구절절 옳은 것뿐이었기에 고개를 끄덕였다.

"옳은 말이야. 새 아내를 얻었다고 가난할 때 얻은 아내를 구박한다면 사내도 아니지."

내 말에 스와디가 놀란 듯 날 돌아보았다. 그 표정에 나는 오히려 뻘쭘해졌다.

"뭐야?"

"아, 아니. 과연 이방인이다 싶어서. 그런 말을 하다니 놀라워."

그녀는 남자처럼 허허 웃더니 잔뜩 쪼그라든 키에디를 턱짓으로 가리켰다.

"사내도 아니다란 말을 그런 데에 적용시킬 줄은 몰랐어. 리베이드의 사내들은 모두 아내를 얻어 재산을 불릴 생각만 하거든."

"그럼 리베이드의 사내들은 대체 뭘 하는 거야? 설마 하니 부잣집 여자들만 노리고 놀고먹는 거야?"

놀라 되묻자 키에디가 어처구니없다는 듯 혀를 찼다.

"무슨 소릴 하는 거, 겁니까? 남자란 모름지기 바깥일에 전념해야 하는 것이죠. 집안일은 여자가 알아서 하고 바깥일은 남자가 알아서 하는 것이 당연한 겁니다."

"바깥일이라는 것에는 보통 돈 벌어와서 여자를 먹여야 하는 일도 속하지 않나? 그거 못하면 병신이라 불리는 게 정상 아냐?"

"그, 그럼 저보고 병신이란 겁니까!"

그 말에 키에디의 얼굴이 새빨갛게 달아올랐다. 스와디는 배를 잡고 데굴거렸다. 누워 있는 상태라서인지 정말 잘 굴러다닌다.

"글쎄, 그건 잘 모르겠지만 어쩐지 이해가 안 가는걸. 보통 결혼하면 남자가 아내와 자식을 벌어 먹이는 게 당연한 것이라고 생각해서 말이야. 뭐, 이곳의 풍습이 내 생각과는 다른 것이 그리 놀랄 일은 아니지만."

나는 계속 웃고 있는 스와디를 돌아보며 말했다. 어쩐지 둘이 합심해서 키에디를 놀리고 있는 것 같은 기분이 든다.

"고모부님, 말씀이 지나치십니다. 리베이드의 남자들은 전부 사내다운 자들입니다. 여자와 결혼해서 재산을 불리는 것은 당연한 일이지요. 자식들을 낳고 가문을 부흥시키기 위해서니까요. 뭐, 제가 그다지 능력이 있는 남자가 아니라는 것은 확실하지만 그렇다고 해서 병신 소리를 들을 정도로 멍청한 것은 아니란 말입니다."

화가 났는지 열변을 토하는 키에디의 얼굴은 시뻘겋게 달아올라 있었다. 아마 내가 자신의 고모와 결혼하지 않았더라면 당장에 달려들 기세였다.

"아니 뭐, 너를 욕할 상황은 아니지. 펜게이드에도 부유한 상속녀와 결혼해 한몫 보려는 자들은 많아. 게다가 나 역시 나보다 스와디가 훨씬 부자니."

내 말에 웃고 있던 스와디가 갑자기 발끝으로 앉아 있는 내 정강이를 쓸었다. 난데없는 이 행위에 놀라 펄쩍 뛰어오를 뻔했다. 키에디는 얼굴이 새빨개져서 고개를 홱 돌린다.

"아아, 결혼 잘했어."

"…이건 뭐야?"

내가 내 정강이를 쓸어 올리는 그녀의 발가락을 보며 묻자, 그녀는 킬킬대며 웃었다.

"그야 물론 사랑의 애무지."

"사랑의 애무를 벌건 대낮에 조카 앞에서 하냐?"

"그야 남편이 너무 사랑스러워서 참지 못했기 때문이지."

그 대꾸에 허탈한 웃음만 나왔다. 키에디는 펄펄 뛰었다.

"고모님! 정말 너무하십니다! 이러니 검공께서도 고모님에 대해 마음을 놓지 못하는 겁니다! 아무리 그래도 그렇지, 대낮에 나, 남자의 다리를 더듬다니요!"

"남자가 아니라 남편이잖아?"

"그, 그런 짓은 단둘이 있을 때 해주십시오!"

"그럼, 너 나가."

그 말에 키에디는 새빨갛게 된 얼굴로 벌떡 일어나더니 나를 경멸의 눈초리로 바라보았다. 어찌 저런 소리를 듣고도 가만있느냐는 그런 태도였다.

"고모부님도 여자에게 저런 소리를 듣고 가만 계시다니, 정말 무르시군요. 당신이 남편이라면 고모님을 채찍질해서라도 버릇을 가르쳐야 하는 것 아닙니까!"

"지금 나에게 네 고모를 때리라고 하는 거야?"

아연해져서 묻자, 키에디는 엄숙한 얼굴로 외쳤다.

"아내가 현숙하지 못하면 남편이 당연히 훈계해야 하는 겁니다. 고모님은 현숙한 아내로서의 기본적인 태도를 갖추지 못하고 있습니다. 그런 걸 놔둔다면 체면에 손상이 갑니다."

"누구 체면?"

"남편의 체면이죠!"

대단히 불쾌해졌다.

스와디는 흥미진진하다는 듯 나와 키에디를 주시하고 있었다. 물론, 그 상황에서도 그녀의 발가락은 내 무릎 언저리를 계속 쓰다듬고 있다. 망할!

"애정 표현을 좀 했다고 아내를 때려?"

"애정 표현이오? 저건 외설적인 태도예요!"

펄쩍 뛰는 키에디를 보고 나는 고개를 설레설레 저었다. 그런데 부부 사이에도 외설이라는 단어가 통용되는 건가?

"이봐, 스와디."

"응?"

스와디는 내 무릎을 발가락으로 간질이다 말고 날 바라보았다. 아무래도 아예 키에디를 무시하고 있었던 모양이다.

"교육 좀 시켜줘."

"뭐?"

"결혼한 지 얼마 안 된 몸으로 왕자씩이나 되는 인물에게 손댈 순 없잖아? 그러니 당신이 나서야지."

내 말에 키에디는 입을 벌렸다.

"뭐라구요?"

스와디는 씨익 웃더니 주저하지도 않고 벌떡 일어섰다. 그러더니 새

신부의 화려한 가운을 벗어던지며 알통을 드러냈다. 늠름하다.
"좋아. 남편이 명령하면 따르는 것이 아내의 도리."
그녀가 키에디를 향해 성큼성큼 다가가자, 그는 비명을 지르며 달아났다. 그 모습을 보아하니 평소에도 꽤나 두들겨 팼던 모양이다.
"하하하하하."
그녀는 허리에 손을 얹고 호탕하게 웃었다. 얼마나 웃었는지 얼굴이 새빨갛게 달아올라 있었다. 허리에 손을 얹는 그 건방진 자세는 새신부의 화사한 의상에는 전혀 어울리지 않았지만 어쨌거나 키 크고 글래머인 그녀에게는 꽤나 어울렸다. 명문 가비라 가의 공주님이라기보다는 꼭 산적 여두목 같은 인상이다.
키에디가 사람 좋은 얼굴을 하고 있는 것은 역시 남자끼리 있을 때의 이야기인가 보다. 아무리 그래도 그렇지, 자기 고모를 때리라고 갓 결혼한 고모부를 충동질시키다니. 이게 말이 되는 일인가. 펜게이드의 귀족 사회에서도 여자의 지위가 낮긴 하지만 그래도 아내를 구타하는 짓은 경멸당하는 일이다. 뿐만 아니라 여자의 친정에서 안다면 분기탱천할 일이라 쉬쉬할 노릇인데 여기선 오히려 훈계하라고 윽박지르다니.
"……."
나는 잠시 산적 두목 같은 인상의 아내를 바라보았다. 여자라고는 믿을 수 없을 정도로 단단해 보이는 주먹, 키에디보다도 굵은 근육질의 팔뚝.
하긴, 무리도 아닌가. 항상 맞고 있던 키에디라면 이해도 간다.
"나, 역시 결혼 잘한 거 같아."
그녀는 갑자기 묘한 미소를 머금으며 나를 돌아보았다.

"왜?"

"왜라니? 새신부가 요염한 미소를 머금으며 신랑을 유혹하는 거지."

요염이라기보다는 음험한 미소였다. 그녀는 문가에 서 있던 노예들에게 나가라고 손짓하더니 앉아 있는 내 앞으로 무릎걸음으로 다가와 얼굴을 들이댔다. 붉은 입술과 향기로운 체향이 코끝으로 달려들었다. 갑자기 단둘이 있다는 것이 굉장히, 엄청나게 부담스러웠다.

"지금은 신혼의 시기야. 그리고 오늘은 첫날밤이지."

"해도 안 졌는데 무슨 첫날밤? 지금은 대낮이야."

은근슬쩍 두려워진다. 나는 엉덩이를 슬그머니 뺐다.

"등불을 끄면 어두워진다구. 그리고 우리 둘밖에 없잖아?"

내가 피하니 더 다가온다. 그녀는 은근슬쩍 내 코 끝에 키스했다. 어쩐지 분위기가 끈끈해지는 것 같아 애써 시선을 피하며 방 안을 훑어보았다.

"밥은 안 먹어?"

"배고파? 내가 먹여줄까?"

굵은 팔뚝이 내 앞으로 다가와 흔들렸다. 그리고는 애교스럽게 말린 과일 한 쪽을 내 입에 들이댄다. 별로 먹고 싶진 않았지만 안 먹으면 가만두지 않을 것 같아 일단 순순히 입을 벌리자, 대뜸 달려들어 입술을 겹쳤다.

"웃!"

이렇게 우악스런 키스를 당해본 것은 난생처음이었다.

그녀는 날 말 그대로 으스러지듯이 끌어안고 키스를 퍼부었다. 내 배 위에 올라탄 채로 키스를 퍼부어대는 그녀를 피해 순간 나는 그녀를 내던져 버릴까 하고 생각했다.

"그런데 계약서상에는 남편의 의무를 행하지 않아도 된다고 말하지 않았어?"

겨우 입술이 떨어지고 나서 그렇게 묻자, 그녀가 흠칫하더니 날 바라보며 물었다.

"설마 하니 당신, 고자야?"

"그건 극히 건강해. 하지만 굳이 부부처럼 합방하지 않아도 되잖아? 어차피 명목상의 부부잖아?"

그 말에 그녀는 이상하다는 듯 날 바라보며 물었다.

"내가 싫어?"

"아, 뭐, 그런 건 아닌데."

"그럼 사양할 게 뭐가 있어? 우린 결혼했고, 오늘은 첫날밤이야. 난 당신이 좋고, 당신도 내가 좋다고 했잖아?"

좋다는 말까지는 하지 않았는데.

"의외로 당신 소심하네. 설마 하니 내가 온순하게 옷 벗겨주길 기다리는 새 신부가 아니어서 실망한 거야?"

"아니, 실망하지는 않았는데……."

좀 실망하긴 했다.

스와디는 웃었다. 눈가로 번지는 미소에 나도 모르게 긴장이 풀렸다. 이거 남자로선 꽤나 창피한 일인데? 여자가 덮칠 때까지 당하고 있다니 말이야.

"난 당신 좋아해. 내가 남자를 이 정도로 좋아해 보긴 처음이야."

그녀의 직설적인 말이 꽤나 귀여웠다. 이 덩치를 한 여자가 귀엽다고 생각하는 것도 좀 문제이긴 하지만 솔직하고 당당한 면이 부러울 정도다. 그래, 좀 부럽다.

나는 그녀의 이마와 숱 많은 눈썹을 손가락으로 훑었다. 반듯한 이마가 이 여자의 성격을 고스란히 드러내고 있었다. 하지만 결국 이런 관계도 사상누각이다.

"그렇게 웃지 마, 남편."

그녀가 갑자기 조용히 말했다.

"응?"

"난 속지 않아. 당신은 분명히 보기보다 나이가 많을 거야. 나는 그걸 알아."

순간적으로 나는 움찔했다.

그녀의 새까맣고 진지한 눈이 날 똑바로 바라보고 있었다. 정말로 까맣고 흑백분명한 눈동자였다.

"나를 버리고 가도 괜찮다고 말했었지. 나는 약하지 않아. 하지만 최소한 당신도 나도 서로 호의를 가지고 있잖아? 그러니까 자질구레한 일로 망설일 필요는 없다고 생각해."

자질구레한 일이라… 나는 쓴웃음을 지었다.

내 정체에 관한 것, 마족에 관한 것. 그게 자질구레한 일이던가. 뭐, 따지고 보면 별게 아닐 수도 있겠지. 당장 눈앞에서 무슨 일이 벌어지는 것도 아니고 그저 앞날이 두렵다는 막연한 불안감뿐이니까. 한 줌 흙도 남기지 못하고 소멸해 버린 록그레이드에 비하면 별게 아닌지도.

"그렇네."

그녀의 뺨을 쓰다듬으며 나는 동의했다. 그래, 사실 망설일 필요는 없었다. 이 여자는 내가 록베더가 된 이래 최초로 나 좋다고 달려든 여자였다. 지위도 뭣도 아무것도 없는 나에게 호감을 표시해 온 최초의 여자. 나에게 집을 주겠다고 선언한 여자. 동등한 계약 관계로 내가 책

얽히거나 얽힐 필요가 없다는 여자다.
"그러니까, 자자구."
그녀가 웃으면서 말했다.
"그거 참, 낭만이 없네."
"그럼, 합방하자고 할까?"
"관둬."

"즐거운가?"

아침에, 아니, 새벽에 예의 그 목소리에 이끌려 눈을 뜨자 옆 자리가 비어 있었다.
화려하기 짝이 없는 금빛과 보랏빛, 녹색이 엉킨 비단 침상 위에 나 혼자 누워 있었다. 나는 순간적으로 내가 진짜 결혼을 했나, 진짜로 여자랑 잤나 의심이 들어 미간을 찌푸렸다.
그렇다. 알몸인 걸 보니, 자긴 잤다.

"즐거운가?"

또다시 들리는 목소리. 즐겁냐고? 아직은 잘 모르겠다.
나는 침상에서 일어섰다. 침대가 낮아서 좀 묘한 기분이다.
비릿하면서도 달콤한 향기가 나는 향로가 옆에서 하얀 연기를 한 줄기 피어올리고 있었다. 침상 위로 드리워진 휘장을 젖히자 희미한 햇빛이 이국적인 둥근 창가로 들어서고 있었다. 그리고 그 창가 바로 아래에 놓인 책상에 그녀가 앉아 있었다.

순간, 목소리가 사라졌다. 아니, 목소리의 여운이 사라져 버렸다고 나 할까.

"……."

그녀는 그냥 앉아 있기만 한 것이 아니었다. 바삐 일하고 있었다. 산처럼 쌓인 서류의 산 속에서 그녀는 이리저리 미간을 찌푸리며 계산에 열중하고 있는 듯했다.

"주인님, 일어나셨습니까?"

그녀의 바로 옆에 서 있던 남자 노예가 나를 보더니 고개를 푹 숙이며 무릎을 꿇었다.

"아아."

나는 휘장을 쥔 채 한 걸음 나섰다가 조금 낭패했다. 알몸이었던 탓이다.

"잘 잤어요, 주인님?"

책상에서 고개만 돌린 채 스와디가 인사했다. 그녀는 싱긋 웃더니 턱짓했다.

"뭐라도 먹어. 배고파?"

"별로. 달지 않은 차나 한 잔."

"곧 올리겠습니다, 주인님."

내가 알몸이어도 놀라지 않고 노예는 침착하게 고했다. 그리고는 문가에서 대기하고 있던 노예들에게 턱짓을 했다. 그러자 문가에 있던 여자 노예들이 다가와 내 몸에 가운을 걸쳐 준다, 어쩐다 하며 부산을 떨었다.

"바쁜가 보군."

내 말에 스와디는 콧등을 찡그렸다.

"아아. 벌여놓은 사업이 많아서. 당신은 오늘 뭘 하고 싶어? 예쁜 애들은 많으니까 마음껏 골라도 괜찮은데……."

"됐어."

어젯밤 같이 지낸 주제에 아침에는 딴 여자를 권한다는 건가 싶어 나는 좀 불쾌했다. 그러자 스와디는 책상 위에서 안경을 꺼내더니 코끝에 걸며 물었다.

"화났어, 주인님?"

"뭐야, 그 주인님이라는 호칭은?"

"결혼한 여자는 남편을 주인님이라 불러."

"거슬려. 이름을 부르도록."

내 말에 그녀는 눈을 크게 뜨더니 웃었다.

"알았어, 록."

"난 슬슬 목욕이나 하고 쉬겠어. 바쁜 마나님은 일이나 해."

적당히 손을 저어 보이자 스와디는 건성으로 고개를 끄덕이더니 다시 책상으로 얼굴을 박았다. 나도 별로 할 말은 없기에 노예들이 인도하는 대로 밖으로 나와 목욕탕으로 들어갔다. 여자 노예들이 달려들어 마사지를 해준다, 시중을 든다고 난리를 치기에 모두 내쫓았다. 아무리 여자가 좋아도 어쨌거나 신혼이다. 갓 결혼해서 아내를 놔두고 다른 여자와 지분거린다는 건 양심상의 문제다.

모처럼 느긋하게 목욕을 즐기고 나오니 홀에 식사가 준비되어 있었다. 향기로운 음식들이 줄지어 놓여 있는 식탁을 보니 기분이 좋았다. 시중을 들겠다는 노예들을 다 물리치고 나자, 스와디가 바쁜 걸음으로 홀로 들어왔다.

"아, 배고파."

"먹어."

"음, 바빠 죽겠어."

그녀는 내 옆으로 오더니 넓적하게 구운 빵과 고기를 끼워 덥석 물었다. 느긋하게 먹는 나와 달리 급히 먹는 그녀를 보자, 좀 미안해졌다.

"그렇게 바빠?"

"응. 예정과 달리 결혼을 했는 데다가 당신과 실랑이하느라 이틀 정도 일을 못했으니까."

"흠. 그래도 각 상단에는 관리자가 있을 것이고, 이런 외진 도시에 일이 몰릴 일도 없을 텐데?"

내 말에 스와디는 순순히 고개를 끄덕였다.

"당신 말도 맞아. 나 사실 도망친 거야. 왕이 하도 결혼하라고 윽박지르기에 수도에서 달아나 여기까지 온 거지. 파아드는 외진 도시인데다가 사막을 가로질러야 하기 때문에 왕의 사자도 쉽게 오지 못하는 곳이거든. 그래서 일부러 내가 여기서 일을 보겠노라고 서류까지 들고 온 거야."

"저런."

"적당히 일을 마무리하고 당신과 함께 수도로 가서 왕께 결혼했다고 고하고 나면 일은 간단해져. 그때부턴 당신도 하고 싶은 대로 해도 돼."

명랑한 그녀의 말에 나는 쓴웃음을 지었다. 어지간히 가차 없는 여자였다. 밤새 같이 지낸 일은 별게 아니라는 투다. 나로선 정말 처음 품은 여자인데. 조금 자존심이 상했다.

'하지만 그게 또 나에게는 편리한 것도 사실이지.'

내가 누군지도 잘 모르고 앞으로 무슨 일이 벌어질지도 모르는 이 상황에 내게 매달리는 여자는 사실 달갑지 않다. 마족이 언제 득달같이 달려들지 알 수도 없고, 페논 가비라가 내가 누군가를 알아채고 추궁하기라도 하면 만사 다 끝장이다.

"천천히 먹어. 체할라."

내가 포도주 잔을 하나 들어 그녀에게 권하자 그녀는 눈을 크게 뜨고 웃었다. 어쩐지 뻔뻔한 그녀답지 않은 수줍은 웃음이었다.

"당신하고 같이 있으면 내가 꼭 철없는 계집애 같은 기분이 들어."

"설마. 이렇게 덩치 큰 계집아이가 있을까."

"아니, 당신 눈초리가 꼭 아버지처럼 보인단 말이야."

"그건 실례야. 난 그렇게 나이 먹지 않았다구."

그러자 가슴 한구석에서 누군가 속삭였다.

정말?

역시 여자란 예리한 걸까. 나보고 나이 많아 보인다고 말한 사람은 그녀가 처음이었다.

"내일 모레 수도로 출발할 거야. 키에디도 함께 갈 거야."

"왜 그리 급하지?"

"곧 열신의 시기가 시작되잖아. 그전에 출발해야지. 수도 데카르로 가는 데만도 꼬박 열흘은 걸릴 거야."

"그 우그르 타므스란 곳은 수도에 있는 건가?"

"맞아. 우그르 타므스는 전사 양성소 비슷한 곳이야. 어린 소년들을 모아 경험있는 전사들이 가르침을 주는 곳이지. 또한, 수시로 대전이 열려. 결투라든가 재판을 위한 공식 대결 같은 것들 말이야."

"일종의 학교 같은 곳이군."

"전사들의 학교라고도 할 수 있지."

"당신도 거길 나왔어?"

내 질문에 그녀는 눈을 크게 뜨더니 어이가 없다는 얼굴로 되물었다.

"여자를 거기에 넣어줄 거 같아?"

"아아, 그건 좀 낭비로군. 당신 같은 여자가 단지 여자라는 이유로 배우지 못했다니."

"공식적으로 여자는 학교에 못 가. 이름 있는 가문의 여자라면 글을 배워 장부를 쓰거나 할 수 있지만 평범한 여자는 까막눈인 것이 보통이지."

"그건 펜게이드에서도 마찬가지야."

나는 희미하게 기억을 되살렸다. 그러고 보니 펜게이드에 여자를 위한 학교가 있었나? 하지만 적어도 능력이 있다면 인정을 받긴 받았던 것 같은데.

"어쨌든 당신은, 편히 쉬고 있어. 난 일이나 마저 처리하고 올게."

"그래, 열심히 일해서 내 용돈을 벌어줘."

그 말에 그녀는 아차 하더니 손뼉을 쳤다. 그러자 문가에서 급히 노예 하나가 들어왔다.

"미흐가르, 지금 주인님께 1만 리가를 드려."

"알겠습니다."

노예가 고개를 숙이고 사라지자마자 그녀는 진지하게 말했다.

"당신에게 용돈을 주는 걸 잊었어. 돈을 줄 테니 느긋하게 도시를 구경하라고. 모레 출발할 테니까 그때까지만 들어오면 돼."

"…여자에게 용돈 받아 보는 건 난생처음이야."

나는 왠지 감개무량해져서 그렇게 중얼거렸다. 만약 내 옆에 록그레이드가 있었다면 내 머리통을 후려갈겼을 것이다. 그의 자존심에 여자에게, 그것도 갓 결혼한 마누라에게 돈 받았다고 하면 기겁을 하겠지.

"그래? 그럼 그동안은 역시 혼자서 벌었어?"

흥미가 솟는지 그녀가 물었다.

"그런 셈이지."

솔직히 말하면 벤이 돈을 가지고 왔었다. 나야 어디 돈 한 푼 있었던가. 황태자씩이나 되는 신분에 돈 한 푼에 연연할 수는 없었지. 그러고 보면 난 역시 돈을 번다기보다는 얻어다 쓰는 데 익숙한 셈인가.

피식 웃자, 스와디가 뺨에 키스를 했다.

"자자, 그런 얼굴 하지 말고 놀다 와. 심심하면 키에디를 앞세우고 다녀와. 내 돈을 받는 게 그렇게 자존심 상하는 일이야? 어차피 내 재산의 삼 분의 일은 당신 것이라고 계약서까지 썼으면서."

"자존심 상할 것까진 없어. 이제껏 없었던 일이라 좀 당황했을 뿐이지."

나는 애써 변명을 하고 식사를 마쳤다. 스와디는 먹는 둥 마는 둥 하고는 금세 자리를 박차고 일어나 일하러 가버렸다.

노예가 돈주머니를 건네주긴 했지만 사실 뜨거운 도시를 돌아다니면서 구경할 마음은 별로 없었다. 차라리 모처럼의 휴식 시간이니 그동안 몸을 좀 풀어볼까.

"몸을 단련할 만한 공간이 있나?"

돈을 가져온 노예에게 묻자 노예는 공손하게 대답했다.

"마님께서 단련하시던 수련장이 있습니다. 안내하겠습니다, 주인님."

미흐가르라고 했던가. 노예는 이십 대 초반의 청년이었다. 반듯해 보이는 외모에 나긋나긋한 태도가 굉장히 공손해 보였다. 상반신은 벗고 바지만 입고 있었는데 그 때문인지 가운을 걸친 내가 봐왔던 자들보다 훨씬 초라해 보였다. 나중에 안 것이지만 노예들은 가운을 입지 못한다고 한다.

절묘하게 휘어진 공중 계단을 지나 안쪽으로 안쪽으로 걸어 들어가자 넓은 공간이 나타났다.

타원형의 공터였는데 그것도 완전히 공터라기엔 무리가 있다. 밧줄이 친친 동여진 기둥이 여기저기에 박혀 있고, 한 귀퉁이에는 사람 모양을 그려놓은 가벽이 세워져 있었다. 그 사람 모양의 그림은 주로 머리와 심장에 해당하는 부분이 뭉개져 있었다. 이 정도라면 보통 수련장에 익히 있을 장면이었다. 하지만 단 하나 다른 것이 있었으니…

"……."

이 그림의 사타구니는 정말 완전히 뭉개져 있었던 것이다!

"이거, 스와디가 한 거지?"

나는 원초적 공포를 느끼며 물었다. 정말 남자라면 누구든 섬뜩하게 느껴질 그림이다.

"네에."

미흐가르도 부르르 떨며 대답했다.

갑자기 눈앞으로 스와디가 두 주먹 불끈 쥔 채로 그림의 사타구니를 연타하는 광경이 그려지기 시작했다. 광기를 두 눈에 번뜩이며 잔인하기 이를 데 없는 미소를 띤 그녀, 사타구니만을 중점적으로 연타하는 그녀.

"ㅇㅇㅇㅇㅇㅇ음."

신음이 절로 나온다. 나는 애써 그 장면을 지우려 애쓰면서 태연한 척 물었다.

"무기나 뭐 그런 것은 없나?"

"저쪽에 구비되어 있습니다."

미흐가르가 서둘러 안내했다. 나는 사내들의 원초적 공포를 상호 간에 이해했다고 느끼며 그의 뒤를 따라 걸었다. 공터 뒤쪽으로 작은 건물이 하나 있었는데 그 안에는 간이로 만들어진 욕조와 각종 무기가 즐비하게 마련되어 있었다. 건틀릿로 보이는 것만 십여 종, 거기에 메이스나 모닝스타를 비롯한 격타 무기가 대부분이었는데 간혹 쇠로 만든 봉이나 어설픈 검 몇 자루가 놓여 있었다. 정말로 스와디만을 위한 물건들인 모양이다.

"아무리 그래도 그렇지, 쓸 만한 검은 정말 하나도 없군."

"검을 별로 좋아하지 않으십니다. 마님께서는 어릴 때부터 부친 되시는 분과 항상 다투셨습니다."

"검술은 익히지 않는다고 말인가?"

내 질문에 미흐가르는 실수했다고 느꼈는지 얼른 입을 다물었다. 하지만 내가 빤히 바라보자 마지못한 듯 말을 이었다.

"여자치고는 정말 천부적인 몸을 타고났다고 가비라공께서는 항상 절찬하셨는데 그게 안 좋았던 것 같습니다. 마님께선 검을 들고 싶지 않다고 선언하셨으니까요."

"허참."

생각해 보니 그 말도 맞는 것 같았다.

다이사 왕녀는 육체적으로 따지자면 스와디보다는 못할 테니까. 스와디는 체격적으로도 정말 검술이든 무투든 그것들을 익히기에 완벽한 체형을 하고 있었다. 남자 못지않은, 아니, 리베이드 인치고는 큰 키에 긴 팔과 다리. 게다가 담대하면서도 신중하고, 신중하면서도 과감하다.

기초부터 착실히 검술을 익힌다면 그녀는 분명 대단한 실력자가 될 것이 분명했다. 그럴 경우 스와디에겐 차이나 등의 여자 소드 마스터에게서 나타나는 약점이 없을 것이다. 근본적으로 완력이 약하다는 약점 말이다.

아무리 소드 마스터라 할지라도 육체적인 약점은 약점이다. 보통 검사와 싸운다면야 이기는 게 당연하겠지만 같은 소드 마스터라면 이야기가 다르다. 근본적으로 근육량이 적은 여자가 남자를 이기려면 기술 이상의 뭔가가 필요하다. 내가 차이나를 밀어붙여 이긴 것도 내가 그녀보다 마나 운용 기술이 더 능숙한 것도 있긴 있지만 근육량의 차이도 분명히 있는 것이다. 하지만 스와디의 경우는 보통 남자보다 우수한 육체적 능력을 가지고 있는 것은 분명하니 차이나 정도의 실력을 갖추었을 경우 더 더욱 강할 것이다.

"스와디는 언제부터 검을 놨지?"

"열여섯 살부터입니다. 나파이샤르를 본격적으로 익히시겠다고 했죠."

"나파이샤르?"

"전통적인 권법입니다. 격투술이죠. 주로 주먹과 발차기를 이용합니다. 남부 라제르 부족에게서 전래된 것으로 알려져 있죠. 원래 리베이드 인들은 태어나면서부터 남자라면 누구든 기본기는 배웁니다."

"그것을 익힌다고 검을 놨단 말인가?"

"네. 검은 재미없다고 하시면서. 그래서 난리가 났었지요. 가비라 공께서는 펄펄 뛰고 매질까지 하셨지만 결국은 마님의 고집에 지셨습니다."

나는 쓴웃음을 지었다. 검공이라 알려진 페논 가비라가 얼마나 원통

했을까 상상이 가고도 남는다. 저런 천부적인 재질을 가진 자식이 아버지의 검술을 이어받지 않고 난데없이 주먹질을 하겠다고 나섰으니 기가 막혔을 것이다. 그래서 다이사 왕녀에게 시선을 돌렸을지도 모른다.

뭐, 그야 어쨌거나 나도 느긋하게 수련 좀 하기로 마음을 먹었다. 아직까지도 나는 내 생각대로 몸을 움직이는 게 아니라 거의 본능으로 움직여 왔다. 결국 이것은 내 자신의 능력을 파악하지도 못하고 있다는 이야기다. 이래서야 말이 안 되지.

미흐가르를 물리친 뒤에 나는 검을 뽑아 들었다.

원당이 쓰던 것처럼 바스타드 소드와 크레이모어를 섞어놓은 듯한 장검. 아직은 제대로 휘둘러 본 적도 없었다. 나는 심호흡을 하고 아주 천천히 검을 움직이기 시작했다. 일단은 몸부터 풀고 내가 할 수 있는 게 어디까지인가를 알아보는 게 좋겠다고 생각했다.

몇 번 검무를 추듯이 움직이자 몸 안의 오러가 흥겨운 리듬을 타기 시작했다. 전에도 느꼈지만 나는 원당 덕분인지 아니면 또 다른 누구 덕분인지 다른 소드 마스터들과 오러 운용법이 다르다. 훨씬 더 융통성이 있다고나 할까, 변칙적이라고나 할까.

"문제는, 대체 뭘 어떻게 했는지 나도 모른다는 거지."

철검에서 검은 오러가 뿜어져 나오기 시작했다. 얼마나 강한 오러를 뿜어낼 수 있는지 나도 모르니까 있는 힘껏, 가능한 한 강하게 마나를 끌어 모았다.

순간, 검이 검은 안개를 토해냈다. 검은 짐승이 흥겨운 리듬을 타고 검신을 타고 흐른다. 검푸른 오러는 하염없이 길어지더니 전에 보았던 데블린 후작의 오러 블레이드처럼 늘어나 살아 있는 뱀처럼 흔들리기 시작했다. 슬쩍 휘둘렀더니 말 그대로 탄력성을 가진 것처럼 휘익 하고 허공을 격해 날아가더니 스와디의 기둥들 중 하나를 스륵 베어버렸다. 소리없이 베어져 날아가 버린 기둥은 나무로 만든 게 아니라 흙을 빚어 만든 것이기에 조금 놀랍긴 했다. 어쨌거나 내 오러 블레이드는 얼마나 지속될까 싶어 내내 이런저런 모양으로 만들어 휘둘러 보았다. 고삐에서 풀려난 듯한 내 음흉한 오러는 들끓는 마나를 흡수하며 말 그대로 날뛰었다. 나도 모르게 웃음이 터져 나올 듯한 해방감에 나 역시 들떴다.

"하하하핫!"

사악사악 얼마나 잘 베어지는지 나도 모르게 그녀의 욕조가 놓여져 있던 건물 하나를 베어버렸다. 상반부가 홀라당 베어 넘어간 건물을 보고 나도 모르게 흠칫해, 오러 블레이드를 거두었다. 나중에 그녀가 알면 난리칠 것이 분명하다. 아니다. 만약 오러 블레이드를 펼쳤다는 게 밝혀지면 더 골치 아프다.

나는 얼른 그 흔적을 없애기 위해 블랭크를 날리기로 마음먹었다.

가만있자, 나는 블랭크를 몇 개나 날릴 수가 있을까? 일곱 개를 연타한 적은 있었는데 그 이상은? 나는 흥미진진해서 블랭크를 날리기 시작했다. 검끝에 오러가 맺힐 때마다 그대로 난사했다.

하나, 둘, 셋, 넷, 다섯, 여섯, 일곱, 여덟, 아홉, 열, 열하나, 열둘, 열셋, 열넷!

고스란히 열네 개를 뽑어낸 뒤에 나는 조금 헐떡였다. 하지만 더 한다면 그 두 배를 뽑아낼 수도 있을 것 같았다. 그렇게 따진다면 정말로 나는 엄청나게 강한 것이다!

"후우."

나 자신의 강함에 놀라 버렸다. 아니, 록그레이드의 강함에도 놀랐다.

내 지식이야 어쨌든 이 몸은 록그레이드의 것이었다. 내 지식으로 그의 몸을 운용하는 데 거침이 없다면 그의 몸은 내 상상을 초월하는 훌륭한 것이라는 것이 된다. 자신의 능력 이상의 오러를 운용한다는 것은 그만큼 몸에 무리가 가는 일이다. 그런데 지금 나는 그저 숨이 조금 찰 뿐 땀 한 방울 나지 않았다.

드래곤과 마족들이 탐을 낼 만도 하다. 인간의 몸으로 이 정도로 완벽할 수는 없다. 나는 조금 착잡해져서 한숨을 내쉬었다. 정작 그 주인인 녀석은 사라져 버리고 몸을 가로챈 나는 여기서 그 모든 이점을 누리고 있다니. 새삼스럽게 씁쓸한 감정이 스며들었다. 그렇다. 어떻게 말해도 나는 녀석의 것을 모두 빼앗은 자였다.

조금 흥이 깨져서 검을 거두자 그제야 주변이 눈에 들어왔다.

"헉!"

초토화.

말 그대로 주변은 초토화였다. 내가 오러 블레이드로 날려 버리고 블랭크 열네 개로 박살 내버린 건물은 아예 흔적도 남아 있지 않았다. 그저 남은 것은 돌무더기뿐. 게다가 단련장은 이제 여기저기 패여 엉망진창이다. 고르고 고른 바닥에 아예 거미줄처럼 줄이 죽죽 가 있으니 사용이 불가능할 지경이다. 만약 마누라가 이게 무슨 짓이냐고 묻는다면?

나는 조용히 사라지기로 했다.

그런데…….

"젠장."

스와디의 저택 밖으로 혼자 나가려 했지만 쉽지 않았다. 미로처럼 엉켜 있는 복도나 공중 계단이 너무 복잡해서 나가는 길목을 찾을 수가 없었다. 게다가 아무리 봐도 여기는 정문이고 뒷문이고 따로 없는 것 같다. 반지하에 묻혀 있다시피 한 건물 구조라 흐르는 바람을 찾아 나서려 해도 쉽지 않았다. 방향 감각조차 믿을 수 없다.

"아아."

꼭 미로같이 생긴 저택을 한참 헤매다가 나는 마침내 항복을 선언했다.

"이봐."

쟁반을 하나 들고 가던 노예가 나를 보며 고개를 푹 숙였다. 아직은 어린 계집애였다.

"도시를 구경하고자 하는데 네가 안내를 좀 해줄 수 있겠느냐?"

그렇게 묻자, 노예는 부르르 떨더니 망설이는 어조로 대답했다.

"죄송합니다. 저는 내원의 노예라 밖으로 나갈 수가 없습니다. 원하신다면 외원의 노예를 불러올까요?"

"그래? 그럼 내원의 노예는 밖으로 나갈 수 없다는 이야긴가?"

"그렇습니다. 내원에서 일하는 자는 못 나가도록 되어 있지요."

"알았다. 그럼 불러와라. 나는 여기서 기다리고 있겠다."

"잠시만 기다리십시오, 주인님."

조금 찔리긴 했지만 나는 복도에서 기다리기로 했다.

내원이고, 외원이고 구분할 수 없었지만 어쨌거나 노예를 불러오는 게 좋을 것 같았다. 초행인 주제에 혼자서 나가려 했던 것이 어리석었다.

나는 벽에 난 작은 창문을 바라보며 한숨을 내쉬었다. 대체 어쩌다가 결혼까지 하게 되었는지… 기분이 묘하다.

스와디는 좋다. 그녀 말대로 나에겐 매달리지 않는 여자가 필요했다. 강해서 자기 혼자서 잘하는 그런 여자. 언제 떠나도 될 그런 존재.

하지만.

만약 내가 그녀와 결혼해 아이를 가지고, 또 가정이라고 할 만한 것을 누릴 수 있다면, 또 그렇게 된다면······.

나, 아니, 록그레이드를 닮은 아이가 태어나는 것일까. 스와디를 닮은 아이가 태어나 나를 향해 아빠라고 부르게 되는 것일까. 그래서 한 가족이 이루어져?

"끔찍하군."

그래. 끔찍하다. 남의 몸으로 애 낳는 게 된다.

어젯밤의 일로 스와디가 애를 가지면 어떻게 하지?

갑자기 불안해졌다. 정말로 아이가 생기면 어떻게 할까 싶어 두렵다. 물론 스와디는 그냥 키우면 된다고 하긴 하겠지만 나는?

"나는 정말로 가정을 갖는 게 두려운 걸까?"

정상적인 결혼을 해서 아이를 가지고 아내와 아이를 데리고 산다. 그리고 천천히 늙어가고 웃고 울면서 살아간다는 것. 정말로 그게 두려워? 흑마법사이기 때문에?

희미한 감정이 고개를 들었다.

어차피 내가 죄책감을 느끼고 있는 록그레이드는 사라졌다. 아예 소멸했다. 그렇다면 그의 몸을 가지고 내가 행복하게 살아간다는 게 뭐가 나쁘지? 내 자신이 누군지는 모르겠지만 어쨌거나 새로운 이름대로 살아갈 수 있잖아? 내키는 대로, 원하는 대로 얼마든지 살아갈 수 있는 힘이 내게는 있다. 게다가 스와디란 여자는 내가 동전 한 푼 없는 남자라도 상관없다며 받아들였다. 황태자여서가 아니라 소드 마스터여서가 아니라, 어쨌거나 내가 마음에 든다며 받아들였다. 그건 바로 나 자신, 록베더로서 받아들인 것이 아니던가.

나는 갑자기 웃었다. 적어도 그녀와 같이 있으면 나는 즐거웠다. 그녀는 내게 아무것도 원하지 않으니까 즐겁다. 모든 것을 다 가진 여자니까 그녀에겐 내가 줄 것도 없다. 오히려 그녀가 나에게 용돈을 주는 것이다. 그런데 내가 거부할 필요가 어디 있어? 완전히 새로운 얼굴, 새로운 나라, 새로운 이름인데. 내 어디에도 제국의 황태자 록그레이드 팰러스의 이름은 없다.

나는 갑자기 들떴다. 그렇다. 리베이드에서 나는 완전히 새로운 신분이다. 콰람 스와디라는 가비라 가의 말괄량이 공주님의 남편인 것이다. 아무것도 거리낄 필요가 없다.

"주인님, 외원 노예인 하비입니다."

아까 갔던 노예가 또 다른 남자 노예를 데리고 왔다. 키가 작고 새까만 피부를 가진 앙상한 남자였다. 미흐가르처럼 반듯한 얼굴을 하고 있진 않다. 날 보자 고개를 푹 수그리면서 절을 했다.

"나는 지금 밖으로 나가려 하니, 네가 길 안내를 해라. 이 도시는 처음이라 낯설기만 하구나."

내 말에 노예는 기쁜 듯한 표정을 지었다. 힘든 일거리에서 해방되어 기쁜 모양이다.

"하비입니다. 정성껏 모시겠나이다."

그와 함께 저택을 나가면서 나는 무수한 노예의 인사를 받았다. 어떤 자는 옷을 입고 있긴 했는데 공손히 인사하는 것을 보면 하인인 모양이다. 나로선 하인과 노예의 구별을 옷 입고 안 입고로 구분할 수 밖에 없었다.

"외관상 웃옷을 입지 않은 것이 노예입죠. 마님께서는 굉장히 관대하시기 때문에 노예 시장에서도 평판이 좋지요."

"그런데 외원 노예와 내원 노예의 구분은 뭐지?"

"아, 네. 외원 노예는 계약한 노예입니다. 돈이 필요하거나 빚을 지고 일정 기간만 노예가 되기로 한 겁니다요. 저는 3년 계약이지요. 제 마누라의 병치레 때문에 그렇게 되었죠. 그래도 외원 노예라서 집으로도 다닐 수 있는 겁니다."

"그럼 내원 노예는?"

"태어났을 때부터 노예인 거죠. 노예와 노예 사이에서 낳은 아이요. 그런 애는 어차피 밖에 내놔도 노예밖엔 될 수 없어요."

"그렇군."

"접대하는 여자 노예들은 내원인가, 외원인가?"

"섞여 있습니다. 대개는 내원이지만 외원 노예도 많아요. 아까 저를 안내한 꼬마 계집애는 접대 노예가 낳은 아이입니다. 애를 낳고 어미는 죽었는데 애비가 누군지 모르니 결국 별수없는 거죠."

하비는 조금 조심스러운 듯 내 눈치를 보았다.

"어디로 안내할까요?"

나는 어느새 저택의 밖에 나와 있다는 것을 깨달았다.

길목이 좁아서 햇빛이 직접적으로 닿지는 않았지만 집 안에 있던 때와 달리 뜨거운 기운이 물씬 느껴졌다. 초라한 황색 거리는 인적이 드물었다. 아마도 더워질 한낮이라 그런 모양이다. 벌써 해가 중천에 떠서 그림자가 무척 짧았다.

"이 시간에는 모두들 낮잠을 잔답니다. 그래서 볼거리가 없습니다."

"그렇군. 그럼 키에디의 기사들이 머무는 곳을 안내해 주겠나?"

"아, 키에디 전하의 거처입니까? 이쪽으로 오십시오."

별수없이 나는 키에디의 일행이 있던 곳으로 향했다.

Chapter 54

 내가 전에 머물던 곳은 생각 외로 스와디의 거처와 굉장히 거리가 있었던 모양이다. 걸어오면서 계산해 보니 이 저택은 호리병 모양이었다. 보통 손님들이 묵는 곳은 호리병의 불룩한 부분이고 주인이 머무는 곳은 잘록한 부분이다. 그리고 잘록한 부분보다 더 안쪽인 곳이 바로 내가 수련 좀 한답시고 두들겨 부쉈던 장소인 듯했다.
 접대 노예 몇 명이 나를 보더니 반색하며 무릎을 꿇었다.
 "어마나! 주인님!"
 "새 주인님께서 납시셨네!"
 그리고 이곳은 접대 노예들이 머무는 장소이기도 했다. 즉 여자가 바글거리는 장소였다는 이야기다. 노골적인 여자들의 추파를 애써 모른 척하며 걸었다. 혹시 내가 마음에 들면 접대 노예에서 침실 노예로 승격될 수 있기 때문에 다들 호시탐탐 노리는 것이라고 은근슬쩍 하비가 조언했다. 진짜 골치 아프네. 이래서야 예전 황궁에 있을 때와 다를 것도 없다.

시끌벅적한 여자들의 소란을 뒤로하고 마네와 쿠에드의 거처로 한참 가는데 갑작스런 소란이 밖에서 들려왔다.

"이거 놔라!"

"안 됩니다요!"

"이래서는 안 되는 거요!"

"놓으라니까!"

고개를 돌리니 불안한 표정을 지으며 몇몇 노예가 복도를 달려오고 있었다. 몇몇은 흥미진진한 눈초리로 나를 관찰하는 눈치다. 나와 관련된 일인가 싶어 조금 가슴이 뜨끔했다. 혹시 스와디가 내가 박살낸 그 수련장을 보고 날 잡아오라고 한 건 아니겠지?

"아, 주인님! 여기 계셨습니까?"

복도를 달리다시피 해서 뛰어오던 구와르가 날 보더니 눈을 부릅떴다. 그의 얼굴에는 난처한 기색이 역력했다.

"무슨 일이냐?"

그는 조금 망설이는 듯한 태도로 허리를 숙였다.

"아, 주인님께서는 그다지 신경 쓰시지 않아도 되는 일입니다만, 조금 난동을 부리는 자가 있어서 말입니다."

"난동? 누구냐?"

내 질문에 구경하던 접대 노예 중 하나가 슬그머니 지껄였다.

"마님의 구혼자……"

"뭐?"

내가 고개를 돌려 그렇게 중얼거린 여자를 쳐다보자, 그녀는 기겁을 하고는 고개를 푹 숙였다. 구와르는 못 마땅한 기색이 역력한 얼굴로 혀를 찼다.

"스와디의 구혼자?"

내 말에 그는 조금 난처한 얼굴로 턱수염을 쓰다듬었다.

"죄송합니다만 이건 마님도 몇 번이나 거절하신 일입니다. 주인님, 어디까지나 그자 측에서 혼자서 달려드는 상황이니까요."

"다시 말해 스와디의 구혼자라는 이야기지? 그것도 열렬한?"

흥미진진해서 되묻자, 구와르는 난처한 얼굴로 대답했다.

"그렇긴 합니다만 세라임 화라는 아직 마님의 맨얼굴도 몇 번 보지 못한 처지랍니다. 게다가 아직 스무 살밖에는 되지 않았습니다. 그러니까 마님의 잘못은 결코 아닙니다."

"저런. 그건 스와디의 잘못인걸. 어쩌다가 어린애의 마음을 사로잡았단 말이야?"

내가 웃으며 말하자 구와르의 얼굴이 창백해졌다.

"절대로 마님의 잘못이 아닙니다. 젊은이의 정열이라는 것은 쉽게 막을 수가 없는 것이죠!"

"뭐, 그런 셈이지. 그나저나 그 친구도 보통은 아니군. 스와디에게 반하다니."

내 말에 구와르는 미간을 잔뜩 찌푸렸다.

그의 얼굴에 노여움이 스치는 것을 보고 나는 농담이 지나쳤나 하고 반성했다. 어쨌거나 구와르에겐 스와디가 십여 년을 함께 모셔온 주인인 것이다.

"어쨌거나 구경을 좀 하러 가지."

내 말에 그는 정말 난처한 얼굴을 하더니 별수없이 앞장섰다.

"당장 나와요! 나와주세요! 쾌람 스와디!"
애절한 고함이다, 이쯤 되면.
나는 우람한 노예들 사이에 갇히다시피 한 청년을 물끄러미 바라보았다. 창을 들고 선 덩치 큰 노예들은 무뚝뚝한 얼굴로 청년을 찍어 누르고 있었다. 가난한 집 아들은 아닌지 옷은 화려한 색상을 자랑하고 있었다. 둥근 뺨과 턱에는 아직 어린 티가 물씬 풍겼다. 하지만 완력은 보잘것없는지 노예들에게 짓눌려 바닥에 주저앉아 있었다. 덕분에 잘 차려입은 화려한 옷도 엉망진창이었다.
"이러지 말고 어서 가시오!"
"어서 가라니까!"
"소란을 떨어서 무슨 소용인가!"
"결혼식은 어제 올렸다니까!"
노예가 짓누르고 하인들 몇이 그를 둘러싼 채 달래고 있는 것이 한두 번 이런 짓을 한 게 아닌 모양이다. 예닐곱 명이나 되는 하인은 남의 이목이 두려운지 아예 청년을 몸으로 가리고 설득하기도 하고, 호통치기도 하고 반복하였다. 하지만 그 노력도 무색하게 청년은 여전히 일그러진 얼굴로 소리치고 있었다.
"당신을 애모하고 있습니다! 스와디! 꽃처럼 아름다운 쾌람 스와디!"
나는 그 말을 듣고 우뚝 서고 말았다.
꽃처럼 아름다운 쾌람 스와디라…….
부지불식간에 구와르의 얼굴을 보았다. 그는 내 시선을 느끼고는 움찔했다. 그리고는 창백한 얼굴로 손을 내저었다.

"정말로 저자는 마님과 결코 단둘이 만난 적이 없습니다!"

그렇겠지. 정면으로 그녀를 봤다면 '꽃처럼 아름다운' 이란 형용사를 쓰지 못했을 것이다. 아니, 절대로 못 쓸걸. 그녀는 꽃이라면 식충화에 속하는 여자다. 조금 귀엽긴 하지만.

난 문득 구와르가 얼굴색까지 변해서 당황해하는 것이 스와디의 정조 문제라는 것을 깨달았다. 다시 말해 그는 남편인 내가 아내인 스와디의 남자 관계를 의심할까 봐 두려운 것이다. 리베이드에서는 이런 일이 벌어질 경우 아내를 죽일 수도 있다고 한다. 자기 고모를 때리라고 내게 충고한 키에디의 경우만 봐도 그렇다.

어제 결혼식 올린 새 신부에게 웬 남자가 뛰어들어서 사랑한다고 외친다면 그 남편이 절대로 참을 리 없다. 신부의 정절을 의심하는 것도 당연할 것이다.

그러나……

나는 정상적인 남편이 아니고 그녀도 가녀린 신부가 아니다.

나는 팔짱을 낀 채 걱정하는 구와르를 안심시켜 주었다.

"걱정하지 말게나. 설마 하니 내가 저런 애송이를 스와디가 상대했다고 의심하겠나?"

그 말에 구와르의 안색이 풀렸다.

"그렇습니다. 당연한 말씀이십니다."

"어쨌거나 저 애송이를 풀어주게. 내 아내에게 그렇게나 열렬한 사랑을 바치고 있다는데 그 얼굴 한 번쯤 봐주는 게 인지상정이겠지."

내 말에 그는 조금 당황하는 얼굴이 되더니 청년을 막고 있는 노예들에게 손짓했다.

"주인님께서 나오셨다! 놔주랍신다!"

그 말에 노예들과 하인들을 비롯한 모든 사람이 일제히 내 쪽을 돌아보았다. 하인들의 얼굴에서 순식간에 혈색이 사라졌다. 모두들 구와르와 같은 생각을 하고 있는지 어쩔 줄을 모르는 표정이었다. 한 명은 억지로 청년의 얼굴을 은근슬쩍 몸으로 가리면서 어떻게든 내 눈은 가리려고 했다. 충성스러운 하인들이다.

"주인님, 소란을 피워서 죄송합니다."

"네, 하지만 별것 아니니 곧 처리될 것입니다. 미친자가 난데없이 뛰어들어……."

필사적으로 변명을 하려는 하인들을 구와르가 손짓해 막았다. 그들은 구와르와 나를 번갈아 보다가 단념하고는 슬금 물러섰다. 구경꾼들 사이에서도 긴장감이 도는지 잔뜩 굳은 얼굴들이다. 나는 갑자기 여기서 그 청년의 얼굴을 꼭 보고 싶은 충동을 느꼈다. 대체 어떤 녀석이기에 감히 저 스와디에게 '꽃 같은'이란 수식어를 붙일 수 있는 것일까.

"저기, 고모부님!"

그러고 보니 키에디와 그의 전사들, 혹은 낯선 자들도 구경꾼이 되어 있었다. 키에디는 날 보더니 급히 내게 다가왔다.

"고모부님, 이것은……."

그도 변명하려는 기색이라 나는 관두라고 손을 들어 막았다.

그의 뒤로 에람과 푸람 등이 줄줄이 다가왔다. 그들은 날 보더니 눈으로 인사하며 조금은 껄끄러운 표정을 지었다. 아무래도 갑자기 내가 그들의 상전이 되었으니 어찌 대해야 할지 당혹스러운 눈치였다.

"워낙에 고모님이 아름다우신 분이라 물색 모르는 녀석들이 청혼한답시고 나타나는 겁니다. 제가 아는 구혼자만도 스무 명이 넘었으니까 무리도 아니지요."

내가 대전사를 해준다고 말해서일까, 굉장히 싹싹한 태도였다.

"하지만 모두 고모님이 물리쳐 버리셨지요. 어떤 작자는 고모님을 납치하려는 그런 간 큰 짓도 했지만 역시 고모님이 두들겨 내버리다시피 하셨지요."

나는 순간 사타구니가 뭉개진 한 남자의 그림이 떠올라 섬뜩해졌다. 그래, 무리도 아니다.

"그러니까 걱정하실 것은 없습니다."

"걱정하지 않아."

나는 풀려난 청년을 바라보며 말했다.

걱정할 리가 있나. 오히려 남자 쪽이 더 걱정이다. 어설프게 스와디에게 덤비기라도 했다간 일생의 한이 될 것이다.

청년은 나를 보더니 입을 딱 벌렸다. 그러더니 씩씩대며 내 앞으로 걸어왔다. 허리에 매달린 시미터가 흔들렸다.

"당신, 당신이 스와디님의 남편이란 말이야?"

가까이서 보니 더 어려 보였다. 키는 내 가슴팍에 올 정도이고, 둥근 뺨에 둥근 턱을 가진 소년티를 벗지 못한 청년이다. 흥분했는지 얼굴은 새빨갛게 달아올라 있었는데 먼지를 뒤집어써서 옷도 머리칼도 엉망진창이었다. 노예들도 아마 청혼자만 아니었어도 두들겨서 내쫓았으리라.

"대체 어떤 방법으로 그녀에게 접근한 거야? 가비라 가의 공주님께 너 같은 놈이 어울릴 거 같아?"

잔뜩 찡그린 얼굴로 열변을 토하지만 얼굴 자체가 곱상해서인지 박력은 전혀 없었다.

"어째서 얼굴 허연 이방인 따위가 그녀의 남편이 될 수 있지? 무슨 비겁한 수를 썼나? 가련한 그녀에게?"

가련한 그녀? 나는 막 웃음이 터지려는 것을 억지로 참았다. 저 주먹을 가진 스와디가 가련한 그녀라니. 이 녀석의 눈은 삐기라도 한 건가?

"너!"

내가 비웃는다고 생각했는지 청년은 소리를 버럭 내지르면서 내 멱살을 향해 손을 뻗었다. 키에디가 급히 그 손을 후려쳤다.

"어디서 행패냐!"

"웃기지 마! 그녀는 내 것이야! 나만이 그녀의 반려가 될 수가 있다!"

잔뜩 흥분한 청년이 내게 주먹질을 하려는 순간, 나는 손을 뻗어 그 이마를 밀어냈다. 아니, 잡았다.

"억! 이놈!"

키가 작으면 팔다리도 짧다. 목 하나는 물론이고, 내 가슴팍에 오는 작자라 팔도 확실히 짧다. 내가 이마를 꾸욱 눌러주고 있는 동안 청년은 열심히 내게 주먹질을 하려 했지만 팔이 짧아 내 몸에는 닿지도 않는다.

"윽! 이거 놔라!"

발버둥 치면 칠수록 상당히 흉한 몰골이다.

발길질을 해도 슬쩍 피하니 닿지 않고, 주먹질을 하자니 내게 닿지도 않는다. 팔 길이의 차이가 이 정도면 애와 어른의 싸움이다.

"푸하하하!"

"저런, 저런!"

보고 있던 사람들이 일제히 웃음을 터뜨렸다. 노예마저도 웃어버리는 이 상황이 수치스러웠는지 발버둥 치던 청년은 움직임을 멈추고 날 증오하는 눈으로 쏘아보았다.

"이 비겁한 놈! 당당히 나서는 게 어떠냐?"

"내가 왜?"

"나랑 스와디님을 두고 결투하는 거다!"

청년의 외침에 나는 픽 웃었다.

"난 이미 그녀와 결혼했는데?"

그 말에 그의 얼굴이 꽉 구겨졌다.

"이익!"

청년은 시미터를 뽑아 들었다. 그 기세에 내 뒤에 있던 자들이 일제히 무기를 집어 들었다. 그는 이글거리는 눈으로 고래고래 고함을 질렀다.

"사내라면 여인을 얻기 위해 싸워야 하는 법! 나서라! 나 세라임 화라는 네게 결투를 신청하겠다."

나는 팔짱을 낀 채 고개를 내저었다. 어이가 없어서 참. 이런 애송이와 결투라니. 그것도 그 스와디를 위해서? 이것도 새로운 경험이라면 경험일까.

"무기를 뽑아라!"

"별로 뽑지 않아도 상관은 없을 거 같군. 원한다면 덤벼."

내 말에 세라임 화라는 청년은 안 그래도 큰 두 눈을 부릅뜨며 달려들었다. 시미터가 하얗게 빛을 발하며 허공을 찔러왔다. 날렵하긴 하지만 싸움에 능한 것도 아닌 것 같고, 그렇다고 해서 검술이 능란한 것도 아닌 어정쩡한 상태.

나는 고개만 슬쩍 돌려 피했다. 그러자 그 다음에는 가슴을 노린다. 나는 그것도 슬쩍 한 걸음 물러서서 피했다. 그러자 약 올랐는지 악악

대면서 마구잡이로 시미터를 휘둘러 댔다.

"맞아! 맞아 죽으란 말이야!"

시미터란 아무래도 검신이 넓다 보니 휘두르면 다른 종류의 검보다 훨씬 박력이 있다. 휘익휘익 하고 바람 이는 소리까지 난다. 찌르는 검과는 벼려둔 날의 차이가 상당히 커서 굉장히 날카롭기도 하다. 덕분에 시미터를 직접 대면하면 보통의 숏 소드에 익숙한 사람들은 당황하게 된다. 나도 페논 가비라의 시미터에는 적잖이 당황했었다.

하지만 이 자그마한 청년이 악다구니를 쓰며 달려드는 모습은 전혀 위협적이질 않아서 하품이 나올 정도다. 나는 팔짱을 낀 채 청년이 휘두르는 검을 적당히 피했다. 도무지 손이 나갈 생각조차 들지 않을 정도였다. 그 모습이 더 화가 나 청년은 분노를 삭일 수가 없는지 멧돼지처럼 씩씩대며 소리쳤다.

"당당하게 대하라니……!"

퍽 하고 청년이 앞으로 고꾸라졌다. 다리가 꼬여 제풀에 넘어진 것이다.

"우하하하."

"어이가 없네!"

"화라 가문의 공자도 정말 너무 심하다!"

구경꾼들이 웃느라 난리다. 키에디도 활짝 웃으면서 내게 공치사를 했다.

"정말, 고모부님도 참. 확실히 강하시군요."

"그렇습니다요. 아무리 뭐라도 저쪽은 무기를 뽑아 들었는데."

구와르도 감탄한 듯한 얼굴로 말했다. 하지만 나는 좀 얼굴이 뜨거웠다. 저런 어린애를 놔두고 여기저기서 칭찬을 받다니. 차라리 무시하는 게 옳았을까.

"이제 관두고 슬슬 들어가지."

내가 그렇게 말할 때였다.

"이익! 거기 서라!"

쓰러졌던 세라임이 이를 갈며 일어섰다. 땅바닥에 쓰러질 때 면상을 박았는지 코피가 흐르고 있어 더 가관이었다. 모두 웃음을 터뜨렸지만 청년은 분해서 견딜 수 없는지 눈물을 글썽인 채 내게 외쳤다.

"나를 무시할 수는 없어! 스와디님을 향한 나의 마음을 이렇게 짓밟다니! 네놈이야말로 냉혈한이야!"

"그럼 남의 신혼을 망치려고 난입한 너는 옳단 말인가?"

내 질문에 그는 흠칫했다.

그는 흐르는 코피를 주먹으로 닦으며 나를 쏘아보았다. 원통해서 견딜 수가 없는지 눈물이 글썽거리다 못해 주루룩 흘러내렸다.

"스, 스와디님은 내 것이야. 난데없이 튀어나온 네게 빼, 빼앗길 순 없어!"

"정말 못 들어주겠군! 이보게, 화라 가의 친구! 고모님은 예전부터 자신보다 강한 남자가 아니라면 결혼하지 않겠다고 했어! 자네가 정녕 가비라 가의 여걸이라 불리는 고모님보다 강하다고 자신하나?"

보다 못한 키에다가 끼어들었다.

"2년만 지나면 가능하다!"

대뜸 대답하는 그 태도에 나도 슬슬 정나미가 떨어졌다.

"미안하지만, 젊은이. 자네는 2년은커녕 10년을 수련해도 스와디에겐 못 이겨. 그녀는 너보다도 훨씬 강하거든."

그 말에 이 애송이는 눈을 세모꼴을 한 채 날 노려본다.

"그럼 당신은 더 강하다는 거냐!"

"정말 할 말 없군. 이 어린애를 내가 어찌했으면 좋을까……."

그 순간 뒤에서 주인공이 나타났다.

"두들겨서 내쫓으면 되지요."

스와디였다.

그러나 그녀는 내가 아까 보았던 모습과는 달리 몸에 잘 붙는 얇은 드레스를 입고 있었다. 붉은빛이 도는 그 드레스는 풍만한 가슴과 허리를 고스란히 드러내는 상당히 야한 것이었다. 거기에 근육질인 팔뚝은 교묘하게도 하얀 가운에 숨기고 있었다. 짧은 머리는 진주로 장식한 보관으로 은근슬쩍 마무리하고 귀에는 역시 진주 귀고리를 했다. 거기에 풍만한 가슴을 강조라도 하듯 자잘한 진주에 커다란 보석을 박은 목걸이를 걸치고 있었는데 그 모습은 모르는 사람이 보면 진정 절세가인이라 할 만도 했다.

그녀는 여자 노예 둘을 거느리고는 우아하게 걸어와 내 앞에 섰다. 그리고는 천연덕스럽게 내 팔짱을 끼더니 달콤한 목소리로 물었다.

"나의 귀찮은 구혼자를 혼내주고 계셨군요, 주인님?"

소름이 쫘아아아악 끼쳤다. 나는 지금 이 여자가 정상인가 싶어 쳐다보았다. 아무래도 스와디의 탈을 쓴 다른 여자 같다.

"저는 당신밖에는 몰라요. 그러니 화를 내지 마세요."

"…어디 아파?"

내 질문에 그녀는 대답 대신 싱긋 웃으며 내 발등을 꽉 밟았다. 아프다.

"이런 일이 자주 반복되면 절 음탕한 여자라고 생각하실까 봐 두려워요."

팔짱을 낀 팔에 힘이 들어가는 것이 범상치 않다. 나는 이 무시무시한 여자를 보며 조용히 내 의견을 말했다.

"당신, 진짜 아프지?"

하지만 대답 대신 돌아온 것은 인정사정없는 발등 공격이었다. 나는 아파서 눈물이 날 것 같은 것을 억지로 참고 그녀가 원하는 대로 연기를 하기로 했다. 조금 더 계속되면 아예 발등 뼈가 부러질까 두렵다.

"당신이 그런 여자가 아니란 건 내가 더 잘 알고 있지."

내가 그녀의 허리를 한 팔로 휘감으며 뺨을 쓰다듬자, 그녀의 얼굴이 살짝 경직되었다. 이래 뵈도 한때는 바람둥이 황태자라 불렸던 몸이야. 아버지의 첩까지 유혹해 냈던 남자라구. 비록 내가 하진 않았지만.

"하지만 이런 일이 계속되면 나 역시 참을 수는 없을 거야. 아름다운 당신을 다른 남자의 눈에 띄게 할 순 없거든."

나는 내가 두르고 있던 에르차를 스륵 빼내어 그녀의 얼굴을 가렸다. 베일처럼 드리운 에르차에 그녀의 눈이 동그랗게 커졌다. 실로 이런 느끼한 말을 들어본 것은 그녀로서도 처음이었으리라.

"당신이 아름다운 게 죄인 거지. 하지만 나는 마음이 그다지 넓지 못하단 말이지."

여기저기서 헉 소리가 터져 나왔다. 바로 내 앞에 있던 키에디의 목소리다. 뿐만이 아니라 다른 노예들을 비롯해 주변의 하인들까지 헐떡이고 있었다. 충격이 너무 큰 걸까 하고 느긋하게 생각하고 있는 순간, 그녀의 입에서 나온 말에 나는 섬뜩했다.

"어마, 부끄러워라."

그녀도 지지 않았다.

그녀는 두 팔을 들어 내 목을 휘감더니 당장 입이라도 맞출 듯 웃으며 속삭였다.

"당신은 충분히 마음이 넓은 분이에요. 만약 나라면 저기에 서 있는 애송이를 단칼에 베어버렸을 거예요."

그녀의 눈동자에서 엷은 살기가 배어 나왔다. 아마도 저 가련한 구혼자 청년이 굉장히 짜증스러웠던 모양이다. 그래도 그렇지, 잔인하기도 해라.

그 싸늘한 말에 청년은 크게 충격받았는지 시미터를 떨어뜨렸다.

"스, 스와디님!"

이젠 슬슬 불쌍해지기 시작했다. 나는 그녀의 허리에 팔을 감은 채 청년을 내려다보며 말했다.

"이제 그만 떠나라. 내 여자의 아름다움에 혹했다는 것을 충분히 이해하니까 너의 무례는 없었던 걸로 해주겠다."

창백하다 못해 시퍼렇게 질린 얼굴을 한 청년은 고개를 푹 숙이고 떨어진 시미터를 다시 주워 들었다. 그리고 한숨을 내쉬고는 아름답게 차려입은 스와디를 잠시 바라보다가 고개를 돌렸다. 축 늘어진 어깨를 하고 사라지는 청년에게 동정을 표하는 자는 불행히도 아무도 없었다. 스와디의 하인들이나 키에디들은 모두 나와 그녀를 거의 넋을 잃고 바라보고 있었다. 그 심정 내가 알지. 말 그대로 기가 막혀서 말이 안 나오는 것이겠지.

"그……."

"저, 정말 어울리세요!"

갑자기 키에디가 말을 더듬더니 외쳤다.

나는 이제 가련한 구혼자가 사라졌으니 들러붙는 짓은 그만두려고 그녀의 허리에서 손을 뗐다. 하지만 스와디는 여전히 나를 안은 채 움직이지 않았다.

"그래?"

키에다는 얼굴이 붉어진 채 동의를 구하듯 구와르의 옆구리를 찔렀다.

"정말입니다. 처음엔 잘 몰랐는데 정말 두 분 잘 어울리세요. 고모님이 워낙에 거구인지라 어울리는 남자가 없었는데 지금 보니까 정말 천생연분이세요."

"난 거구가 아니라 그저 키가 클 뿐이야."

스와디가 반발했지만 그녀의 말은 아무도 듣지 않았다.

"그렇습니다. 정말로 잘 어울리십니다. 스와디님과 어울리는 분이 이 세상에 계실 줄이야……"

구와르의 한탄 섞인 감탄은 실로 실감났다. 그는 마치 그동안 겪어 왔던 모든 일들을 되새김질이라도 하는 듯 허공을 바라보고 있었다. 어째 꽤나 많은 고초를 겪은 듯한 얼굴이었다.

"덩치가 어울린다는 말이겠지."

내 말에 스와디가 자기 얼굴을 가린 에르차를 풀어냈다.

"그런 거지요, 주인님!"

"소름 끼쳐. 그런 말투."

내 말에 그녀는 소리 높여 웃었다. 기품 높은 공주님이 아니라 다시 산적 두목으로 귀환이다.

"내 얼굴을 다른 남자들에게 보여주고 싶지 않다며?"

은근슬쩍 옆구리를 찌르는 얼굴이 상당히 음흉하다. 아, 내 생전 여자에게 음흉이란 단어를 쓰게 될 줄이야.

"나밖에 모른다며?"

슬쩍 반격하자, 그녀는 곧장 내 목에 두 팔을 감더니 뺨에 입술을 들이댔다. 헉 할 정도로 엄청난 완력에 숨이 다 막혔다.

"난 좋은 남편을 가졌단 말이야."

그녀의 눈이 반짝였다.

"좋은 거래를 했어. 아주 후하게 이득을 봤는걸."

그 말에 나는 씁쓸해졌다. 아무리 이 거구의 여자가 귀엽다고 생각하게 될지라도, 이 여자가 내 아내라는 이름을 가지고 있다고 해도 진짜는 아니다. 이건 거래일 뿐.

"들어가서 점심이나 먹자구."

그녀는 내 팔을 잡아당기며 선언했다. 모처럼 근사하게 입은 옷에 어울리지 않게 성큼성큼 걷는 모습이 너무나 사내다워 슬펐다.

"아, 참 그리고 당신은 나에게 할 말이 아주 많을 거야. 난 그러리라고 봐."

갑자기 그녀는 나를 향해 윙크했다. 굉장히 무서운 것을 본 것 같은 기분에 부르르 떨자, 그녀는 눈을 가늘게 뜨고는 웃었다.

"내 연무장을 아예 박살을 내놨더군. 당신이란 사람, 내 생각보다도 훨씬 강한 거 같아. 우리 거기에 대해 이야기 좀 하자구. 대체 무엇을 어떻게 하면 돌기둥을 그렇게나 깨끗이 양단할 수 있으며……."

그녀는 심호흡을 했다. 검은 두 눈에 흥분이 고스란히 살아 있었다.

"집 한 채를 순식간에 날려 버릴 수 있는지!"

"집이라니. 아주 작은 건물이었을 뿐야."

내가 변명하자, 그녀는 코웃음을 쳤다.

"작은 건물? 이곳 파아드의 건물들은 전부 진흙을 구워 만든 벽돌로

지어져. 그런 까닭에 쉽게 부술 수 없지. 그런데 당신은 그걸 아주 깨끗이 잘라냈다구. 마치 케이크를 자르듯이 말이야."

나는 그저 어깨를 으쓱했다.

"그래서?"

그녀는 다시 내 팔뚝을 잡아당겼다. 풍만한 가슴이 팔뚝에 와 닿자 기분이 묘하게 흐뭇해졌다. 아주 묘하게.

"그러니까 할 말이 아주 많다는 거지. 예를 들자면 당신의 실력은 어느 정도인가 하는 것 말이야. 최소한 블랭크를 사용할 수 있는 것은 분명한 것 같고……."

그녀는 열기가 담긴 눈으로 날 흘긋 보았다.

"적어도 저 정도라면 소드 마스터는 되어야 할 것 같단 말이에요, 주인님."

생긋 웃는 입술이 너무 붉어 무섭다.

"하지만."

나는 진지하게 말했다.

"나는 정말 모르겠는걸."

순진한 듯한 표정으로 말하자, 그녀의 눈이 가늘어졌다. 그녀는 잠시 내 팔뚝을 꽉 잡았다가 놨다.

"알았어. 모르는 걸로 하고 싶다면 그렇게 해."

뜻밖이었다.

나는 그녀가 집요하게 매달릴 거라 생각했다. 다들 그렇게 하지 않았던가. 대체 어떻게 마나를 운용하느냐, 힘은 어느 정도 되느냐 하고 말이다.

"그런 표정하지 않아도 돼. 내가 전에 말했듯이 당신은 내게 그런 걸 설명할 의무는 없지. 이미 당신은 나와 결혼해 주었으니까."
그녀는 어깨를 으슥했다.
"당신의 정체가 무엇이든, 얼마나 강하든 그건 내가 캘 문제가 아니겠지."
냉담하게 느껴질 정도의 반응이라 나도 모르게 조금은 주춤했다. 이 여자의 말이 진심인지 아닌지 알 수 없었다. 이 대륙에 소드 마스터라는 존재는 엄청난 것이다. 리베이드에도 검공 페논 가비라가 있다고는 해도 그의 나이 이미 70여 세가 넘었다. 그런 그의 뒤를 이어 새로운 소드 마스터가 나타났다고 하면 흥분하지 않을 수 없는 게 보통일 텐데.
"진심이야?"
그렇게 묻자 그녀는 냉담하게 대꾸했다.
"어차피 대답해 줄 것도 아니잖아? 그리고 나는 당신이 강하다는 것만 알면 되는 거지. 우리의 계약에는 그것 이외엔 아무것도 없으니까."
그 말에 나는 씁쓸하게 웃었다.
"그건 좀 서운한데. 난 그래도 당신이 캐물을 줄 알았어. 그래서 어떻게 회피하나 하고 고심했다구."
"그럴 거라 생각했어. 하지만 만약에 당신은 도망가려 하고 나는 뒤쫓으려 하면 이건 편안한 관계라 할 수 없지 않아? 내겐 당신에게 참견할 권리가 없어."
"아내잖아?"
"계약한 아내지."
그녀는 짧게 말하고는 나를 똑바로 바라보았다. 맑은 검은 눈동자가 놀랄 정도로 아름답다.

"원한다면 참견해 주겠지만 그 이상은 안 해. 뒤늦게 당신의 정체를 알게 된다고 해도 원망 안 해. 처음부터 당신을 원한 것은 나니까."

나는 그녀의 어깨를 감싸 안았다.

묘했다. 정말 이상했다. 어째서 이 여자는 이렇게나 나에게 필요한 말만 해주는 걸까.

"내가 괴물이라도 괜찮다는 거야?"

웃으며 묻자, 그녀는 꽤액 하고 그다지 매력적이라고는 할 수 없는 소리를 내질렀다.

"농담하지 마. 괴물이라면 곤란하다구! 아이 아빠가 괴물이면 난 괴물을 낳게?"

"내 아이를 낳을 마음은 있는 거야?"

내 질문에 그녀는 어이가 없다는 얼굴로 물었다.

"당신 애 못 낳는 몸이야?"

"아니, 그건 아닌데."

"그렇다면 낳게 되겠지. 물론 당신이 내 침실을 찾지 않는다면야 모르겠지만 정상적인 남녀 사이에서 애 낳는 것은 당연한 일 아니야?"

"그건, 그렇군."

"애 낳았다고 해서 당신 발목 잡고 늘어지진 않아. 아이는 내 아이가 될 거고, 나의 후계자가 될 거니까. 당신도 후계자가 필요해?"

그 질문에 나는 잠시 표정을 누그러뜨렸다. 이렇게 정나미 떨어지는 말만 하는데도 귀엽게 보이는 것은 역시 내가 나이가 든 탓일까. 그녀는 여자로서 독특한 게 아니라 사람으로서 독특한 것인지도 모른다.

"난 됐어. 그리고 당신 이외의 아내는 아마 앞으로 없을 거야."

손가락을 뻗어서 이마를 만졌다. 반듯한 이마에 손이 닿자, 그녀의 눈동자가 잠시 흔들렸다. 그 눈가에 키스하자 그녀의 얼굴이 놀랍게도 조금 붉어졌다. 그것이 놀라워서 어깨를 끌어안자, 스와디가 속삭였다.
"저기, 혹시 당신 바람둥이야?"
"…바람둥이였지."
쿡쿡 웃으면서 대답해 줬다.
"그렇네. 나 같은 여자를 상대로도 이럴 정도라면 당신도 보통 바람둥이는 아니었을걸."
"너 같은 여자?"
"그렇잖아? 이 덩치에 이 성격에, 이 말투에… 모두들 싫어한다구. 나를 보고 달려드는 녀석들은 대개가 다 내 가문과 재산 때문이야."
그녀의 난폭한 말에 나는 가련한 구혼자를 바라보던 그녀의 눈길을 기억해 냈다. 정말로 증오에 찬 시선이었다.
"재산만이 아니라 당신은 정말로 멋져."
내 말에 그녀는 코웃음을 쳤다.
"당신 눈에나 그럴지 모르지. 당신은 이방인이니까. 어쨌거나 리베이드에서는 나 같은 여자는 끔찍한 추녀로 취급해."
"어째서? 키가 큰 게 무슨 죄라고? 키가 큰 미녀라면 저 시그린 왕국의 아그네시카 공주도 있어. 그녀도 당신만큼 크다구."
내 말에 스와디는 고개를 갸웃했다.
"시그린의 결혼 못한 노처녀 공주 말인가? 그녀는 얼마 전 펜게이드 황태자에게 채여 되돌아왔다고 하던데. 그 여자가 예뻐?"
나는 조금 흠칫했지만 애써 역설했다.
"물론이지. 후리후리한 키에 굵은 눈썹을 한 것이 너랑 조금은 비슷해. 그녀도 키가 작은 왕자는 싫다며 거절했기 때문에 노처녀인 것이지 모자라서 노처녀인 것은 아니야."

그 말에 스와디는 웃었다.

"키가 작은 왕자가 싫다고 결혼을 안 했대? 그건 또 어떻게 알았어?"

"내가 용병이었으니까 조금 안면이 있었던 거지."

갑자기 진땀이 흐르는 기분이었다. 아아, 입을 잘못 놀렸다.

"일개 용병이 일국의 공주와 그런 사적인 이야기를 할 정도로 가까워?"

미심쩍다는 눈빛이기에 나는 애써 태연하게 주장했다.

"내가 직접 들은 게 아니고 그녀의 시녀 중 하나와 우연히 알게 되어 들은 거야."

"아하, 당신은 공주님의 시녀를 유혹했었군."

이야기가 또 어떻게 그렇게 돌아가나. 나는 허허로운 웃음을 머금었다.

"뭐 어쨌든 간에, 자기 비하는 관두라구."

"자기 비하라니!"

그녀는 눈을 크게 떴다. 그리고는 갑자기 배를 잡고 깔깔 웃었다. 산적 두목의 부활이다.

"아아, 내가 자기혐오에 빠져 있다고 생각해서 그렇게 열심히 내 비위를 맞춰준 거야? 그거 고맙네. 미안하지만 나는 자기 비하는 안 해. 비록 내가 리베이드에서는 추녀로 통한다는 것쯤은 알고 있지만 그건 리베이드의 사내들이 좀스러워서 그런 거지 내가 못나서 그런 건 아니거든. 난 머리도 좋고, 강하고, 부유해. 그리고 이 모든 것은 다 내가 만들어낸 재산이니 더 더욱 내가 잘났다고 생각한단 말이야."

의기양양하게 말하는 그 말에 나도 피식 웃었다.
"맞아. 당신은 대단해."
"요즘 들어 사업이 좀 부진해서 기분이 우울했는데 당신과 결혼한 것은 역시 잘한 거 같아. 당신은 내가 요즘 한 것 중 제일 성공적인 투자였어. 은덩이인가 하고 들이팠는데 의외로 금덩이였던 거야."
"그래, 난 금덩이쯤은 되겠지."
자조적으로 그렇게 중얼거리자 그녀는 내 팔을 잡아당기며 말했다.
"자, 가서 점심이나 먹으면서 투자 이야기나 하자구."
"그럽시다, 마님."
우리의 대화를 듣고 있던 키에디를 비롯한 사람들은 따라오지 않았다. 아마도 이런 대화를 더 이상 듣고 싶지 않았던 모양이다. 하지만 구와르는 노골적으로 스와디를 책망하는 눈초리로 쏘아보고 있었지만 스와디는 신경 쓰지 않았다.
"죄송합니다, 주인님. 제가 아무래도 부덕한 탓에……."
구와르의 한탄 섞인 사과에 나는 고개를 끄덕였다.
"그동안 고생이 많았겠군."
"알아주시니 그저 감읍할 따름입니다."
한숨을 내쉬던 구와르는 스와디의 도끼눈에도 지지 않고 앞장섰다. 감히 주인님을 앞장세울 수는 없다는 그의 태도에 나는 적지 않게 감명받았다.
"구와르는 내가 열두 살 때부터 집사였지. 원래는 내 남편의 집사였는데 내 집사가 되었어."
스와디가 내 시선을 눈치 챘는지 설명했다.
"알아둬. 내 집사는 모두 다섯 명이야. 여기 있는 구와르는 내 신변에 대해 담당하는 집사로 나와 항상 행동을 같이하지. 그 외에 아침에 본 노예 있지?"

"아?"

나는 희미하게 그녀의 책상 옆에서 지키고 있던 남자를 떠올렸다.

"텟살이라고 해. 그의 아들은 미흐가르. 둘 다 봤지? 내 장부에 대한 일들을 돕고 있어. 그러니까 불쾌하다고 해서 죽이거나 하지 마. 곤란해지니까."

나는 별말없이 고개만 끄덕였다. 일없이 사람을 죽일 필요가 있을까.

"그리고 내 대행을 맡고 있는 쥬이크 시보는 지금 수도 데카르의 본가에 있어. 대집사장이라고 할 만하지. 꼬장꼬장한 성격이지만 그래도 사납진 않으니 문제는 없을 거야."

"그는 노예가 아닌가?"

"응. 장부 정리 담당만 빼고는 모두 내 일족의 한 사람이지."

"그런데 전 남편은 어떤 사람이었어?"

내 질문에 그녀는 고개를 갸우뚱했다.

"글쎄, 어떤 사람이었다고 설명하기가 어렵네. 잘 모르거든. 첫날밤을 치른 뒤에는 한 번도 본 적이 없었으니까."

"뭐?"

놀라 되묻자 그녀는 순순히 대답했다.

"놀랄 필요는 없어. 나는 열네 살, 그는 열여섯 살 때 결혼을 했는데 그 당시에 나는 그보다 머리 하나는 더 컸어. 그 때문인지 몰라도 그는 억지로 첫날밤을 치르고는 단 한 번도 날 찾지 않았지. 내가 어려웠던 것 같아."

"……."

"그는 아버지의 제자들 중 한 명이었는데 와이슈 가의 둘째로 잘생기고 굉장히 부유한 사람이었어. 우그르 타므스에 다니고 있었다가 아버지의 눈에 들게 된 거야. 그래서 결국 결혼하게 되었지. 아버지의 명으로."

상당한 미소년이었던 메기라 와이슈는 자신보다도 크고 억세 보이는 소녀가 마음에 들지 않았던 것 같다. 아무리 존경하는 검공의 딸이라 해도 자기보다 힘센 소녀라는 건 소년의 자존심상 견딜 수 없었던 것이리라. 어쨌거나 그는 첫날밤만 치르고 우그르 타므스를 떠나지 않았다. 우그르 타므스는 학교로 말한다면 기숙사 체제였던 모양이다. 그런데 그런 그가 2년 뒤에 덜컥 열병에 걸려 죽어버렸다. 그래서 스와디는 과부가 된 것이었다.

"그에게 정이 들고 말고 할 것도 없었군?"

"그래. 게다가 그가 죽은 뒤 그의 재산과 나의 지참금까지 합해 상당한 액수가 되자 구혼자들이 물밀듯이 들이닥쳤어. 뭐, 내 재산을 관리해 주겠대나."

그런 그들을 한주먹으로 때려눕히고 그녀는 자기 재산을 지키기로 맹세했다. 그리하여 10여 년간 불철주야 노력해 재산을 배로 불린 것이라 했다. 이런 상황에 또 다른 남편을 맞이해서 그 남편에게 재산을 빼앗긴다면 그녀로서는 견딜 수 없었으리라.

"다른 건 몰라도 아버지에게 그것 한 가지는 감사하고 있어. 만약 내가 보통 여자였다면 그저 추녀라 불리며 남편에게 구박받으며 집구석에 쭈그리고 앉아 있었을 거야."

그녀는 그렇게 말하며 턱을 치켜세우고 웃었다.

"훌륭해."

내 말에 그녀가 살짝 웃었다.

"당신의 칭찬은 진심이니까 받아들이지."

"그거 고맙군."

나는 그녀의 머리를 쓰다듬었다. 그러자 그녀는 묘한 표정을 지으며 내 손을 피했다.

"어린애 취급은 하지 말랬잖아."

"아아, 장해서 그런 거야. 얼마나 기특하고 장한지."

내가 음험하게 웃자, 그녀는 어울리지 않게 얼굴을 붉혔다.

"당신은 진짜 늙은이 같아!"

"……."

충격받았다.

Chapter 55

나의 충격에도 아랑곳하지 않고 옆에 있던 구와르는 한껏 만족스러운 표정이었다.

"정말 어울리는 두 분이십니다. 이 구와르, 정말 기쁘답니다."

어느새 점심시간이었다. 아침과 달리 구와르까지 달라붙어 식사 시중을 들고 있었다.

"말라이 훈제구이입니다."

갑자기 아주아주 친절하게 여자 노예가 내 앞 접시에 고기를 찢어놓았다. 어쩐지 아침과 달리 무척이나 친절한 것 같다.

"오호호, 이건 꿀에 절인 대추랍니다. 드셔보세요."

다른 여자 노예도 내 앞으로 과일을 내어놓는다. 아침에는 없었던 거다. 어제도 없었다. 슬쩍 스와디를 보았더니 그녀는 조금 어울리지 않는 표정을 짓고 있었다. 뭐랄까, 남들이 보면 쑥스러워하고 있다는 그런 표정 말이다.

"왜 그런 얼굴이야?"

내가 묻자 스와디는 흐 하고 웃더니 커다란 은잔에 찰랑일 정도로 가득 과실주를 따랐다. 그리고는 한 번에 좌악 들이킨다.

"……."

저거 아무래도 쑥스러워하고 있는 거 맞지?

"오늘 저녁에는 요리장이 무갈 케이크를 내어놓을 예정입니다. 사실은 아주 좋은 무갈이 들어왔거든요. 수확기가 아닌데도 잘 익은 무갈이 나온 모양입니다."

무갈이 뭔지 몰랐지만 과일 종류인 것 같다. 어쨌든 구와르를 비롯해서 노예들의 얼굴이 노골적으로 빛나는 걸 보아 굉장히 기뻐하고 있었다.

"오늘 밤은 오붓이 두 분이서 강에서 뱃놀이라도 하시는 게 어떤지요? 제가 수배해 놓겠습니다만."

"구와르, 뱃놀이라니! 그건 과해!"

스와디가 얼굴이 붉어진 채 외쳤다.

"아닙니다. 주인님께선 리베이드는 초행이시니 이곳 파아드의 명물인 등불뱃놀이를 구경하시는 것도 하나의 재미이지요."

"등불뱃놀이?"

"네. 열신의 시기가 오기 전까지 파아드의 강물은 제법 수량이 풍부하답니다. 그래서 매일 밤마다 물놀이를 즐기는 사람들이 강가로 몰려나오죠. 가죽으로 만든 작은 배에 등불을 달아 그걸로 이곳의 특산인 비불을 끌어 모으는 겁니다."

"비불?"

"빛나는 벌레랍니다. 이 시기에만 날아다니죠. 아주 아름다운 오색의 빛깔을 뿌리며 밤하늘을 수놓는데 이곳의 명물입니다."

"보고 싶은데."

내 말에 스와디는 헛기침을 했다. 그리고는 불만이라는 듯 투덜거렸다.

"당신이 몰라서 그래. 그 등불뱃놀이라는 걸 하게 되면 파아드에 널리고 널린 가수라는 놈들이 모조리 몰려나와서 진짜 웃기는 노래를 불러댄다구. 거기에다가 남자는 여자에게 연가를 지어 바쳐야 해. 그런 걸 하고 싶어?"

"아니!"

연가라는 말에 급히 외치자 구와르가 안타깝다는 듯이 설명했다.

"그렇게 심한 것은 아닙니다. 연가야 하고 싶지 않으면 안 하면 되는 거지요. 이렇게 아름다운 밤에 두 분이서 즐기는 것도 좋지 않겠습니까?"

그 말에 나는 물끄러미 스와디를 바라보았다. 그녀는 조금 미간을 찌푸리더니 물었다.

"혹시, 가고 싶어?"

"혹시가 아니라 가고 싶어. 만약 가기 싫다면 나 혼자 다녀와도 돼."

그 말에 스와디는 끄응 하고 신음하더니 다시 한 번 술을 들이켰다.

"알았어, 가자구. 대신에 연가는 절대 안 돼!"

"내가 연가를 짓는 걸 즐거워할 걸로 보여?"

내 질문에 그녀는 피식 웃었다. 소년처럼 보이는 얼굴이 드물게 순진했다.

"그건 아닐 거라고 봐."

스와디는 나와 시선을 마주하더니 조금 흠칫하고는 시선을 천장으로 돌렸다. 그리고는 못마땅한 얼굴로 투덜거렸다.

"이봐요, 주인님. 그런 눈으로 보지 말라고. 이래 뵈도 난 낼모레면 서른이 될 몸이라구."

"알고 있어."

옆에서 구와르가 흐뭇한 얼굴로 쳐다보고 있었다. 진짜 민망하군.

"그런데 왜 그렇게 묘한 얼굴로 날 보는 거야?"

"묘한 얼굴이라니."

"열 살배기 계집애를 보는 듯한 시선이잖아? 그러니까 당신은 늙은이라니까."

순간, 갑자기 그녀의 얼굴이 진지해졌다.

"솔직히 말해 봐. 당신 정말 몇 살이야?"

그 질문에 나는 조금 난감해졌다. 하지만 이 육체가 26세, 아니, 27세이니 그렇다고밖에 할 말이 없다.

"27세."

"거짓말!"

그녀는 단번에 잘랐다.

"내 나이 스물여덟 살이야. 당신이 나보다도 어리다고? 그 말이 사실이라면 이 자리에서 물구나무를 서겠다!"

나는 쓴웃음을 지었다. 정말 뭐라 말하기도 어렵다. 내 나이가 몇인지 나 자신도 잘 모르지만 그래도 이렇게까지 정색을 하는 걸 보니 서글프기도 하다.

"정말이야. 왜 그렇게 믿지 못하는 거지? 내가 그렇게도 늙어 보여?"

"당신의 눈매, 나를 대하는 태도, 그것 때문이지. 당신은 적어도 내 나이 이상이야. 구와르와 비슷할지도 모르지."

그녀의 단정적인 어투에 구와르의 얼굴이 굳었다. 그는 조금 망설이는 듯한 태도로 날 보더니 고개를 내저었다.

"마님, 주인님께서 제 나이라니. 그건 좀 심하시군요. 제가 보기엔 주인님은 오랜 수련으로 마음이 안정된 분이라 그렇게 보이는 것 아닐까 합니다만."

참고로 말하자면 구와르는 50대 정도다.

내가 별말을 하지 않자, 그녀는 고개를 내저었다. 그리고는 에라 모르겠다 하는 얼굴로 연거푸 술잔을 들이키더니 말했다.

"뭐, 할 수 없지. 당신이 아니라고 하면 아니랄 수밖에. 캐지 않겠다고 했으니 나도 더 이상 떠들지 않기로 하지."

나는 그저 그녀를 바라볼 뿐 할 말이 없었다.

내가 나이가 많다고 단번에 알아차린 사람은 오직 그녀뿐이었다. 록그레이드 시절에는 황태자였기에 오히려 아무도 눈치 채지 못했을 것이다. 그래. 그 당시 나는 황제 다음으로 권위에 넘치는 황태자였으니까.

나를 발가벗겨 보면 결국은 속은 늙은이요 겉은 젊은이라는 희한한 구조가 나올지도 모른다. 거기에 기억상실에 빈털터리로 음흉하고 음험한 흑마법사라는 인물이 도출된다. 그럼에도 불구하고 나를 매력적이라고, 은덩이인 줄 알았는데 금덩이라고 말해 주는 그녀가 고마웠다. 에메타이드가 그랬던 것처럼 아무것도 묻지 않으려 하는 그녀가 정말로 어여쁘다.

"아아, 정말!"

갑자기 뺨을 확 붉히면서 스와디가 소리쳤다.
"그렇게 보지 말라니까! 변태 중늙은이 같은 눈초리로 날 보다니! 당신도 정말 비위 좋아!"
"……."
조금 낭만은 없다.

"행복한가?"

또다. 하지만 이제 공포감은 느껴지지 않았다. 오히려 약간은 친근감을 느낄 정도였다.
"모르겠어. 난 정말로 모르겠어. 이게 행복한 것인가?"
대답은 없었다. 대신 한기가 어깨로 스며들어 왔다.
낯선 기온과 감촉. 나는 천천히 눈을 떴다.
어두운 방. 자줏빛과 짙은 녹색의 휘장으로 만들어진 방이다. 보드라운 최고급의 비단 감촉에 손바닥은 즐거운 호사를 누리고 있었다. 거기에 벌레를 쫓기 위한 연기가 이국적인 향로에서 희미한 회색 빛으로 흘러나왔다. 방 안으로 스며드는 빛은 그 회색 빛 연기를 투과하며 오색의 빛깔을 옅게 뿌렸다.
새벽이다.
나는 또 내가 누구였더라 하는 별로 도움도 되지 않는 생각을 떠올리며 눈을 뜬다. 아주 예전 록그레이드로서 눈을 떴을 때처럼 지금도 여전히.
"우움."
따스한 팔이 내 허리를 휘감아왔다. 익숙한 향내와 따스한 체온에 긴장한 몸이 절로 풀어졌다. 이런 식으로 잠을 깬 것은 처음이었다. 엄청나게 거북했다. 하지만 그만큼 달콤했다.
 고개를 돌려 그녀를 바라보았다.
 눈을 감은 그녀. 스와디는 술이 과했던 탓인지 깊이 잠들어 있었다. 짙은 눈썹처럼 속눈썹도 진한 그녀는 눈을 감은 것만으로도 얼굴에 그림자를 그리고 있었다. 눈을 감으니, 오히려 얼굴은 평범해 보였다. 그저 단정하게 생긴 여자의 얼굴이다. 그런데도 눈을 뜨면 이 여자는 산적 두목처럼, 강철의 전사처럼 강렬함을 드러낸다.
 '왜일까.'
 여자라면 여럿 있었다.
 아름다운 공비들 카치아와 에이리아, 그리고 록그레이드의 유일한 연인 소울리에. 그 외에도 끊임없이 다가오는 여자들이 있었다. 그런데 왜 이 여자와 결혼하게 되었을까. 단순히 그녀가 나에게 계약결혼을 요구했기 때문일까. 그도 아니면, 이 여자의 내면에 간직한 단단한 자신감에 매혹된 것일까.
 단단한 여자. 강한 여자. 나에게 아무것도 묻지 않는 여자. 내게 집을 주겠노라고 큰소리친 여자. 내게 바라는 것이 아무것도 없는 여자. 심지어 그녀는 내게 사랑도 원치 않았다.
 손가락으로 여자치고는 조금 긴 콧날을 쓸었다. 옛날에 코를 조금 다쳤는지 코의 중간쯤이 약간 휜 것 같다. 하지만 그럼에도 불구하고 그녀의 강렬한 아름다움은 여전했다. 아마도 이 여자의 아름다움은 갈색의 윤기있는 피부라든가, 단단하기 이를 데 없는 팔뚝의 강인함이 아니라 그 비할 데 없는 개성 탓일지도 모른다. 그래, 정말로 꽃에 비유한다면 식충화요, 동물에 비유한다면 황소다.

"쿡."

조금 웃었더니 감은 그녀의 눈이 부르르 떨렸다.

"…왜 웃어?"

나는 쉰 듯한 목소리로 물어오는 그녀의 이마에 가볍게 키스해 주고 일어났다. 그녀는 눈을 부릅뜨더니 내가 일어서서 침의를 걸치자 자신도 몸을 일으켰다. 머리가 남자보다도 짧은지라 뒷머리가 잔뜩 삐쳐 있는 것이 소년처럼 보여 조금 웃음이 난다.

"어디 가?"

"음, 그냥. 차 한잔 할까 싶어서."

"밖에 루가가 있을 거야."

"루가?"

"어젯밤 당신에게 추파를 열심히 던지던 아이."

그녀는 그렇게 말하고는 베개에 얼굴을 처박았다. 궁시렁거리는 것을 보아 잠을 깨운 게 불쾌했던 모양이다.

"한둘이 아니라 모르겠는걸."

"흐. 그럼 잘 놀아봐. 대신 여린 애니까 상처 입히진 말고."

그 극히 마누라답지 못한 대답에 나는 얼굴을 찡그리면서 쟁반 위에 있는 찻주전자를 들었다. 차갑게 식은 박하차가 찰랑거렸다.

"난 당신과 놀아볼까 했었는데. 어젯밤에는 뱃놀이도 가지 못했고 말이야."

"사양할래, 난 잠이나 잘 거야."

"저런. 당신의 실력을 좀 보고 싶었는데. 나파이샤르라고 했던가."

베개 속에 박혀 있던 머리가 번쩍 들렸다. 그녀는 잠 기운이라고는 조금도 없는 번뜩이는 눈으로 나를 바라보았다. 얼마나 열렬히 바라보는지 얼굴에 구멍이라도 뚫릴까 두렵다.
"대련하자구?"
"대련은 무슨. 당신 실력으로는 내 옷자락 하나 못 건드려. 난 어디까지나 당신을 지도해 주겠다고 하는 거야."
내 말에 그녀의 얼굴에 씨익 웃음이 떠올랐다. 대단히 도전적인 웃음이다.
"좋았어. 그 지도, 기꺼이 받지."
경이적인 속도로 세수를 마치고 간단히 옷을 걸친 그녀는 나를 오히려 재촉했다. 나는 차를 느긋하게 한 잔 마신 뒤에 세수를 하고, 가볍게 옷을 걸쳤다. 워낙에 그녀가 일찍 일어나 버릇해서 그런지 노예들은 이른 시간인데도 시중들 준비를 완벽하게 하고 있었다.
"저번의 그 공터로 가지."
"원래는 내 수련장이었는데 당신이 엉망으로 만든 거잖아."
"그래, 그래. 미안하게 됐군."
"별수없으니 내 전사들이 이용하는 곳으로 가지. 다른 사람들이 봐도 상관없다면."
"상관없어. 하지만 당신이 창피할걸."
"난 괜찮아. 강자에게 패하는 것은 수치가 아니야. 패한 것이 수치인 경우는 자신이 부끄러운 짓을 저질렀을 때라구."
그 고집 센 어투에 나는 다시 웃고 말았다.
"그렇게 웃지 마! 꼭 늙은이 같다니까!"
"어린애 취급한 거 아니야. 그저 예뻐서 봤다니까."
"아하. 그러서?"
그녀는 미심쩍다는 듯 나를 노려보았다.

"그런 말투도 늙은이 같아. 난 아버지랑 결혼한 게 아니라구."
"그것참 미안하게 됐군."
허탈하다.
나의 허탈함이야 어쨌든 스와디와의 대련 아닌 대련은 굉장히 즐거웠다. 그녀는 정말로 지칠 줄 모르는 황소 같았고 한편으로는 굉장히 가르치기 쉬운 학생이기도 했다. 사실 나는 말로 그녀를 가르칠 수준이 못 되었기 때문에 주로 몸으로 가르쳤는데 그 점이 또 그녀에겐 마음에 들었던 모양이다.
"오러를 쓸 줄 아는 것은 확실한데 너무 약해."
"나도 알아."
"마나를 느낄 수 있으니 오러를 쓸 수 있는 것이겠지만 운용법이 미숙하군. 혹시 혼자 독학한 거야? 아니면 부친이 가르쳐 주셨어?"
"그 부친이란 당신 장인이야."
"깜빡했군. 어쨌든 그 유명하신 장인께서 지도를 해주셨어?"
"……."
스와디는 입가를 굳혔다.
아무래도 검을 놓겠다고 말한 이래 전혀 부친과는 이야기가 없었던 듯하다. 그녀는 그게 중요하냐는 듯 나를 쏘아보았다.
"난 나파이샤르로 일가를 이루겠다고 맹세했어. 그러니까 검술에 미친 아버지와는 관계없어."
"그렇군. 하지만 네가 오러를 이용해서 주먹질을 하는 이상 마나 운용법에 대한 지식은 필요해."
나는 희미한 은빛을 뿜는 그녀의 두 주먹을 바라보았다. 확실히 주먹에 오러를 운용한다는 건 보통 발상은 아니었다.

"그 장갑은 미스릴 사슬로 만들어진 거지?"

"원사는 은실이야. 거기에 미스릴 사슬을 입힌 거지."

"그래서 은빛이 나는군. 무겁진 않아?"

"보통 사람들보다 몸 하나는 튼튼해."

"좋아. 그럼 운용법에 대해 말할까?"

"그래 주면 좋지."

그녀는 눈을 빛내며 씨익 웃었다. 장난꾸러기 같은 얼굴이다.

"나도 뭐라 말하기는 어렵지만 결국은 강약 조절과 마나의 운용법이 문제인 거지."

사람들은 누구나 마나를 느끼는 것이 아니다. 모든 문제는 거기서 시작된다. 결국 체질이라는 것인데, 마나 체질이 있고 영 둔한 체질이 있다. 마나를 느낄 수 있는 자는 극히 드물어서 수련을 많이 하거나 해서 몸 상태를 예민하게 만든 뒤 마나를 느끼게 된 자와 태어나서부터 마나를 느낄 수 있는 자, 둘로 나뉜다.

태생적으로 마나를 운용할 수 있는 자는 마나 운용 폭이 굉장히 넓다. 그리고 운용하는 데 큰 어려움을 못 느낀다. 왜냐면 그게 자연스러우니까. 오히려 안 쓰려는 쪽이 더 이상할 정도다. 간혹 어린애들이 엄청난 오러를 보여주는 경우가 있는데 그게 바로 이런 경우다. 하지만 이런 아이들도 마나에 대해 잊기 시작하면 그저 평범한 아이가 된다. 그러나 교육을 잘 받는다면 적어도 오러를 사용해 무기를 쓸 수 있는 정도의 실력자가 되는 것이다. 전통적인 기사 집안에서는 그런 태생적인 마나 체질을 찾아내기 위해 항상 사람들을 풀어놓고 있을 정도다. 하지만 사실 이런 체질은 꽤나 드물어서 성공하는 경우도 적다.

수련으로 마나를 느끼게 된 경우는 사실 많다. 대부분의 기사나 전사들이 그러하다. 심신을 안정시키고 고도로 발달된 육체가 되면 대기 중에 마나가 느껴지기 시작한다. 하지만 이 경우는 마나의 운용이나 축적시킬 수 있는 오러의 양 자체가 그다지 많지 않다. 즉 소드 마스터가 될 수는 없다는 이야기다. 게다가 잠시만 방심하면 마나를 잊게 되므로 항상 단련하고 수련하지 않으면 안 된다.

스와디의 경우는 전자와 후자가 섞인 묘한 케이스인 것 같다. 오러의 발현 자체는 꽤나 확실해서 마나를 느낄 수 있는 체질이 분명하다. 하지만 중간에 그것을 잊었다가 수련으로 도로 찾은 희한한 경우다.

"결혼하면서 수련을 관둔 거야."

그녀의 대답에 나는 조금 아연해졌다.

"결혼했다고 왜 관두었지?"

"남편보다 강하면 안 된다는 게 가장 큰 이유였어."

"……."

할 말이 없다.

그녀는 씁쓸하게 웃더니 나를 향해 콧등을 찡그렸다. 잘생긴 청년처럼 보이는 얼굴이 의외로 단아하다.

"웃기지? 어떤 남편은 가르쳐 주고 어떤 남편은 집어치우라고 해."

나는 처음에 그녀의 남편을 욕하고 싶었지만 차마 양심상 그렇게는 하지 못했다. 만약 내가 스와디보다 약해서 항상 주먹으로 얻어맞는다면 기꺼이 수련을 관두라고 말할지도 모른다. 뭐 지금에야 와선 별수 없지만.

"어쨌거나 다시 말하자면, 너는 그저 오러를 발현하는 데만 연연해 그 흐름을 놓치고 있다는 이야기지."

그녀는 진지하게 들었다.

흙바닥에 앉아 있는데도 별로 신경이 쓰이지 않는 기색이었다. 주변에 있던 그녀의 전사들은 그녀와 내가 나타나자 슬그머니 자리를 피했다. 아마도 주인이 수치심을 느끼지 않게 하려는 배려인 듯했다. 물론 그들이 배려를 하는 게 나인지 그녀인지는 잘 모르겠지만.

"항상 이론만 주저리 늘어놓는 게 싫었어."

먼지투성이가 된 채로 스와디가 투덜거렸다. 땀이 비 오듯 쏟아지는데도 그녀는 헐떡이기만 할 뿐 눈빛은 생생하다.

"어떤 이론?"

"나파이샤르의 마스터들은 모두 이렇게 말하지. '몸과 마음을 일치시켜 지극의 한계를 설정하라. 그리하여 그 한계를 넘어 무한의 힘을 발산하라'."

"말은 멋지군."

"그렇지?"

그녀는 그것 보라는 듯이 나에게 동의를 구했다. 발갛게 된 뺨이 귀엽다. 본인은 모르겠지만 뺨을 물들이며 나를 올려다보는 모습은 꽤나 소녀스럽다. 조금 크긴 하지만.

"하지만 생각해 봐. 몸과 마음을 일치시킨다고 치자구. 그 다음 지극의 한계를 설정하라는 건 결국은 너무 뜬구름 잡는 소리야. 기본적으로 마나를 느낄 수 있는 사람과 없는 사람이 있어. 그건 엄청나게 불공평하지만 할 수 없는 것이거든. 그런데 개나 소나 모두 다 그런 소리를 하면 어쩌란 거야? 먼 하늘을 바라보며 나는 마나를 느낄 수 있는 체질입니다 하고 외치라구?"

"그 말의 뜻은 그게 아닐걸. 나파이샤르라는 것은 체술이야. 몸을 어떻게 움직여 최고의 무기가 되느냐 하는 것이지. 몸을 쓰는 방법에 대한, 혹은 몸을 쓰는 무술인 거야. 나는 훌륭하다고 봐. 마나를 느낄 수 없을 경우 몸을 단련시키는 최고의 방법 중 하나야."

"나도 그렇게 생각하긴 해. 하지만 마나를 느낄 수 있는 자는 결국 무기를 집게 된다구. 끝까지 나파이샤르를 익히지 않아. 어차피 마나는 무기 없이 사용하기 어려우니까."

나는 고개를 저었다. 무기 없이 사용하기 어려운 게 아니라 무기 없이 사용하는 법을 아예 모르는 것이다. 실제로 나는 사용하고 있으니까.

"그럼 나파이샤르를 끝까지 익히는 사람은 얼마 없겠군?"

"그렇지. 일단 어느 정도 몸을 단련한 뒤에는 결국 무기를 들게 되는 거야. 우그르 타므스에서도 기본이라고 치지. 나파이샤르는 맨손으로 싸우는 걸 기본으로 하니까."

그녀가 보여주는 그 전통 무술은 발과 다리를 주로 이용하는 것이었지만 손과 팔꿈치도 사용하고 머리나 몸통도 사용한다. 말 그대로 온몸을 무기화시키는 게 이 무술의 목적이었다. 기원에 따르자면 마나라는 것을 못 느끼는 한 사냥꾼이 고심해서 만들어냈고 그의 제자들이 퍼뜨렸다고 한다. 하지만 그 사냥꾼이 언제 사람인지는 모른다. 확실한 것은 리베이드 남부에서 시작되었고 결국 리베이드 남성 전원이 조금씩은 다 익히고 있는 그런 무술이라는 것뿐이다. 나는 이 무술에 관심이 있었다. 원당이 보여주는 몸놀림과 어느 정도 닮은 것이 있었기 때문이다. 게다가 맨손으로 싸울 수 있다면 무기가 없을 경우 아주 유용한 기술이 될 것이다.

"다시 한 번 하지."

이마에 흐르는 땀을 닦아낸 스와디는 주먹을 쥐고 다시 일어섰다.

스와디와 함께 수도로 향하게 된 것은 그 다음날이었다.
전사 삼십여 명과 시종과 노예 합해 오십여 명. 거의 백 명에 가까운 숫자였다. 말은 짐말을 포함해 150여 필이 동원되는 큰 일행이었다. 물론 거기에 키에디의 일행이 끼어 있었다.
여행은 생각보다 쾌적했다. 워낙에 키에디와 달릴 당시 고생을 했기 때문이기도 했지만 나중에 들어보니 원래 파아드까지의 길이 고생길이고 파아드에서 수도까지는 2일 거리로 도시가 나타나기 때문에 그렇게 미친 듯이 달리지 않아도 된다고 한다.
어쨌든 스와디와의 여행은 생각보다 즐거웠다. 그녀도 키에디처럼 앞서서 달렸는데 일가의 족장이라면 당연히 무슨 일이 있어도 앞장서야 한다는 것이 불문율이란다. 원래는 내가 앞장서야 하지만 이방인인 데다가 초행길이었으므로 나는 그저 스와디의 곁에서 달리기만 했다. 그동안의 고생으로 말 타기에는 그럭저럭 숙달되었던 것이 다행이었다. 만약에 내가 그녀보다도 훨씬 느렸더라면 틀림없이 이 황소 같은 마누라는 나를 조롱했을 것이다. 그것을 상상만 해도 진땀이 흘렀다.
100여 명이나 되는 일행을 통솔하는 그녀의 역량이나 그녀의 말 한마디를 주의 깊게 들으며 따르는 모습들은 아주 인상 깊었다. 그녀의 일족들은 그녀를 존경하고 있는 듯 보였다. 하긴 내가 스와디에게 잘해줄 것 같아 보이자 금세 태도를 바꾼 것만 봐도 그렇다.
혼인식 첫날과 달리 둘째 날부터 나에게 쏟아지는 노예들과 시종들의 호의 어린 태도는 아무리 황태자 노릇으로 익숙해진 나라 할지라도 당혹스러운 것이었다. 그들은 내가 스와디와 따로 떨어져 있을 때도 아주 정성껏 대해주었다. 먹을 것이나 입을 것 할 것 없이 달려들어 서로 시중을 들려 했고 조금이라도 나를 편하게 해주기 위해 모포를 몇 장이나 끌고 달려와 자리를 깔아주었다. 사막의 험난한 여정을 생각한다면 시종들이 누군가를 시중들기 위해 달려든다는 건 쉬운 일이 아니다. 단련된 전사가 아닌 이상에야 노예들이나 시종들은 더 쉽게 지치기 마련이기 때문이다. 얼핏 보아하니 스와디나 키에디는 시중받을 생각 자체를 하지 않는 듯했다. 왕족인데도 말이다. 펜게이드의 귀족이라면 있을 수가 없는 일이다. 시종이야 말라 죽든 말든 반드시 시중을 받아야 한다고 생각하는 그들이라면.

한 가지 아쉬운 점이라면 스와디의 여자 노예들이 유혹해 오던 태도를 싹 바꿔 버렸다는 것이다. 아니, 별로 아쉽지는 않지만 어쨌든 육탄공세를 해오던 여자들이 안면을 싹 바꾸니 찝찝한 것은 사실이다.

"처음 노예들은 만약 주인님께서 마님께 만족하지 못하신다면 자신들이 나설 생각이었던 것이죠. 그런데 주인님이 마님께 반해 있다는 것을 확신하자 굳이 나설 필요가 없다는 것을 느낀 겁니다."

반해 있다니, 누가?

나는 구와르의 말에 반문하고 싶었지만 참았다. 여기서 아니라고 떠들면 스와디의 부하들이 당장 도끼눈이 되어 길길이 뛸 것은 분명했다. 나는 그저 쓴웃음을 지을 뿐이었다.

스와디의 전사들은 모두 검은 옷을 입고 있었는데 그들 역시 스와디에 대한 충성심은 깊어 보였다. 키에디의 전사들처럼 친근한 것은 아니었지만 그들도 펜게이드의 기사들에 비하면 거리낌없이 행동했.

나중에 이야기를 듣자니 정련된 전사가 스와디의 휘하에는 100명 이상이라고 한다. 여기서 정련된 전사라 하는 것은 애송이를 빼고 말하는 것이다. 키에디는 11명이지만 스와디는 전부 112명, 거기에 그들의 일족들과 그들을 시중드는 자들까지 포함하면 순 동원 인력은 약 500여 명. 이 정도면 리베이드의 일족들 중에서도 굉장한 숫자라 한다. 스와디의 직속만 그 정도라 하니 스와디 일족 전체가 다 나서게 된다면 가히 천 명 이상을 넘어간다는 이야기다. 그것도 스와디가 여자라서 그런 것이니까 만약 내가 주인이 되면 나를 위해 나설 전사는 기하급수적으로 늘 것이 분명하다고 구와르가 설명했다. 스와디의 일족은, 그녀가 거느리는 식구들을 말한다. 물론 가비라 전남편의 일족인 와이슈 가를 합한 것이다.

그녀가 어릴 때는 와이슈 일족도 꽤나 냉담했다고 한다. 무리도 아닐 것이다. 결혼 생활 자체가 길지 않았고 그녀는 너무 어렸으니 곧 결혼해 다른 일족들과 결합할 거라 상상하면 그들도 기분이 좋지는 않았으리라. 하지만 스와디가 결혼도 하지 않고 혼자서 집안을 일으키자 와이슈 일족은 열렬한 그녀의 추종자가 되었다. 내부에서는 물론 여자가 건방지다는 말도 있지만 스와디는 검공 가비라의 딸이다. 그런 그녀에게 대놓고 뭐라 할 정도로 담대한 자들은 없었다.

원래 가비라 일족 내에서도 그녀에 대한 반응은 썩 좋지 않았다. 특히 그녀가 검공 페논 가비라와 검술 문제로 척을 지게 되자 더 더욱 그녀에 대한 비난이 컸다고 한다. 하지만 맨손으로는 그녀를 이길 남자가 없다고 널리 알려지자 결국은 그녀를 인정할 수밖에 없었다. 그 후 사업을 확장하면서 그녀에게 충성을 바치는 새로운 자들이 속속 나타나고 전사층이 형성되었다. 그녀의 힘에 감복한 전사들이 늘어난 것이다. 우그르 타므스에서도 주인을 택하지 않은 자들은 꽤 많다. 그런 자들이 하나둘씩 그녀 하나만을 보고 충성을 맹세한 것이다. 가문에 따라 움직이는 대부분의 경우에 비한다면 이것은 꽤나 이례적인 일이었다고 한다. 덕분에 스와디의 일족은 거대해졌고 두 가문은 그녀에게 경의를 표하게 되었다. 특히 노예들의 충성은 더할 나위 없이 대단하다.

그래서 노예들이나 시종들의 눈에 내가 스와디를 아끼는 것처럼 보이자 나에게도 충성을 바치기로 했단다. 나는 웃고 말았다.

"불쾌하십니까?"

그렇게 열심히 설명하고 구와르는 나를 조심스럽게 바라보았다. 혹시 내가 불쾌해할까 봐 두려운 것 같았다.

"불쾌할 이유가 없잖아? 감탄스러울 뿐이지."

내 말에 그는 그게 진심인가 확인이라도 하려는 듯 주의 깊게 살피다가 미소 지었다.

"마음이 넓은 분이십니다. 진정 하늘만큼 넓은 마음을 가지신 분이군요."

그 버거운 칭찬에 나는 억지로 웃었다.

"뭔가 원하시는 게 있다면 말씀하시지요. 제가 어떻게 해서든 해드리겠습니다."

"아, 그럼 가죽 냄새가 나지 않는 과실주가 있다면 좀 주겠어? 다른 건 몰라도 가죽 냄새 나는 술이나 물만은 도저히 익숙해지지 않아서 말이야."

그 말에 그는 호탕하게 웃었다.

"알겠습니다. 곧 올리겠습니다. 은제 물병이 있으니 그걸로 올리지요."

과연 키에디와 여행할 때와 비길 수는 없겠다.

여행 5일째가 되자 짐 말 중에서 슬슬 늘어지는 것들이 나오기 시작했다. 그냥 달리는 게 아니라 짐을 실었기 때문에 그런 모양이다. 곧 사람도 슬슬 지치기 시작하는 자들이 눈에 보였다. 주로 짐을 부리는 시종들이었는데 그래도 우는소리를 하는 자들은 아무도 없었다. 그저 지친 얼굴로 돌아다닐 뿐이었다.

"괜찮아?"

스와디가 여전히 활기찬 얼굴로 물었다. 온통 먼지를 뒤집어쓰고 에르차도 헝클어져 있었지만 눈빛만은 생생하다.

"괜찮아. 엉덩이가 아플 뿐."

내 대답에 그녀는 빙긋 웃더니 내 엉덩이를 유심히 바라보았다. 여전히 음흉한 눈길이다.

"그 멋진 엉덩이가 아프다니 가슴이 아파."

"너야말로 그 아름다운 얼굴이 먼지투성이가 되었으니 가슴이 아파."

"변태 중늙은이 같은 소리 마!"

내 대답에 그녀는 소리를 빽 하고 질렀다. 아무래도 그런 말투에는 익숙해질 수 없는 모양이다. 황소처럼 씩씩대는 그녀를 보고 나는 웃음을 터뜨리고 말았다.

내 웃음소리에 주변의 시선이 쏠렸다. 본의가 아니었기에 나는 웃음을 억누르고 스와디의 뺨에 묻은 흙먼지를 닦아주었다. 그 단순한 동작에도 그녀는 부루퉁한 태도로 말을 돌려 도망간다. 그게 또 우스워 나는 어깨를 흔들며 웃었다.

"정말 놀랐다니까요."

미흐가르의 부친이라는 텟살이 감탄하는 어투로 말했다. 사십여 세 정도로 보이는 그는, 노예답지 않게 단정한 태도를 한 굉장히 잘생긴 남자였다. 장부 담당이라는 것은 그만큼 신뢰받는 노예라는 증거일 것이다. 그는 책상물림답지 않게 이 강행군에도 불구하고 지친 기색 하나 없었다. 오히려 젊은 미흐가르가 지친 얼굴이었다.

"마님을 10여 년간 모셔왔지만 저분을 어린애 다루듯 하는 분은 주인님이 처음이십니다."

"맞습니다."

옆에서 동의하는 것은 구와르의 휘하에 있는 전사 중 하나인 카셀허미. 그는 스와디의 전사들 중 가장 강한 자 중 하나라 했다. 펜게이드 식으로 말하자면 호위대장 격이다. 당당한 체구에 새까만 옷을 걸친 것이 굉장히 위압적으로 보이는 사내였지만 눈이 무척 커서 사슴처럼도 보인다. 여기저기서 쏟아지는 감탄의 시선에 얼굴이 다 뜨겁다.

"어린애 다루듯 하는 게 아니라 마누라 대하듯 하는 거야."

내 말에 전사들이 크게 웃었다.

내가 전사들의 호의를 얻게 된 것은 스와디와의 대련 아닌 대련이 계기가 되었다. 처음 전사들은 그녀의 남편으로 내가 갑자기 나타나자 무척이나 분개했다. 적어도 그녀의 상대가 되는 남자라면 대족장급이거나 일국의 공자 이상은 되는 남자여야 한다고 생각하고 있던 중에 난데없이 정체불명의 허연 이방인이 등장했으니 분위기가 좋을 리 없다. 하지만 그녀가 내가 자신보다 강하다고 설명하고, 그녀를 가르치는 내 모습에 나름대로 납득을 한 후에야 겨우 호의를 얻었다. 뿐만 아니라 그녀가 날 좋아한다고 소문이 쫘악 퍼졌다고 한다. 그렇지 않고서야 저 콰람 스와디가 남자와 어울릴 리가 없다는 것이다. 결국 본의 아니게 나와 스와디는 뜨거운 사랑에 빠진 신혼부부가 되었다. 물론

이건 나중에 카셀이 이야기해 준 것이지 나는 당시에는 몰랐다.

어쨌거나 나는 이들이 마음에 들었다. 스와디를 향한 충성심도 그렇고 나에 대한 태도도 괜찮은 것 같다. 뭐 이들이 어떻게 생각하든 별로 신경은 쓰지 않고 있었지만 호의를 보여주는 것을 싫어할 정도로 나도 바보는 아니다. 게다가 내가 책임지는 자들이 아니라 스와디의 가신들이다. 나는 그저 그녀의 옆에서 가만히 있다가 용돈만 얻으면 되는 것이다. 이 구조가 놀랄 만큼 마음에 들었다.

밤이 되면 두 개의 무리로 나뉘었다.

연가를 좋아하는 자들과 연가를 싫어하는 자들.

나는 물론 후자 쪽이지만 의외로 스와디처럼 연가를 싫어하는 자들도 꽤 있었다. 어쩌면 사실은 좋아하는데도 그녀가 싫어하니 싫어하는 척을 하는 것인지도 모른다. 어쨌거나 모닥불을 중심으로 두 패로 갈린 자들은 각자 하고 싶은 것을 했다. 스와디는 나와 가벼운 대련을 했고 다른 자들은 술을 마시거나 잠을 잤다. 카셀과 몇몇은 내가 하는 말을 듣기 위해 입을 꼭 다물고 침묵했는데 키에디의 수다 떠는 전사들에 비한다면 그 태도는 매우 훌륭한 것이었다. 물론, 스와디 자신이 키에디보다 훨씬 말수가 적어서 그런지도 모르지만.

더 깊은 밤이 되면 나는 그녀와 같은 천막에서 같은 모포를 덮고 잠을 잤다. 그녀는 따스하고 단단했다. 스와디의 품 안은 부드럽지는 않았지만 마음을 편하게 해주었다. 화려한 침상에서보다 더 깊은 연대감이 생기는 것은 묘한 일이다.

나는 정말로 편안한 밤을 보내고 있었다. 록그레이드가 사라진 이래로 말이다.

그 목소리만 빼면.

여행 8일째에 이르자, 슬슬 식량 사정이 달라지기 시작했다. 물은 중간중간 샘에서 보충했기 때문에 큰 문제는 없었지만 결국은 말린 과일이나 말린 고기에 질리기 시작한다는 이야기다. 벌레를 잡아 구워 먹는 자들도 몇 보였지만 나도 그러고 싶은 마음은 없었다. 당연한 이야기지만 벌레는 못 먹겠다.

"사냥을 할 거야."

"사냥? 이런 데서 뭘 잡는데? 들쥐?"

"당신은 모르겠지만 여기 지역에는 짐승들이 꽤 있어."

스와디가 피식 웃었다.

나는 그 말에 주변을 훑어보았다. 사막은 아니지만 텅 빈 황야였다. 바짝 마른 나뭇가지를 가진 작은 관목들이 군데군데 자라고 있었지만 생명력은 거의 느낄 수 없었다. 샘이 가깝다고는 해도 초록으로 보이는 것은 하나도 없다. 그런데 짐승? 뭔가 먹을 게 있어야 짐승도 있을 게 아닌가?

하지만 내 생각이 틀렸다. 내가 천막을 지키고 있는 동안 스와디와 전사들은 긴 꼬챙이 같은 막대기에 제법 큰 짐승을 몇 마리 잡아 꿰어 가지고 왔다. 그 외에도 주먹만한 정체불명의 열매도 한 무더기를 가지고 왔는데 대체 어디서 저런 걸 따 왔는지 짐작도 가지 않았다. 이 근처 어디에 저런 열매가 열릴 나무가 있단 말인가.

"열매가 아니라 뿌리야."

"엉?"

"이 근처에는 라그얄이라는 나무가 있어. 보기엔 보잘것없지만 그 뿌리에 이런 것이 달려 있어. 날로 먹으면 씁쓸하지만 굽거나 찌면 구수하고 달콤하기까지 해. 안성맞춤의 식량이지."

"호오."

나는 시종들이 불을 피우고 그 라그얄이란 뿌리 열매를 굽는 과정을 지켜보았다. 아닌 게 아니라 어른 주먹만한 것이라 두 개만 먹으면 배가 부르다. 맛은 정말로 구수했다. 모처럼의 별미였다.

잡아온 짐승은 여우만한 것으로 들쥐보다 배는 컸다. 털은 정말 짧고 보잘것없어 거의 들쥐 수준이었지만 살집은 많아서 먹을 만했다. 그것을 토막 쳐서 스튜처럼 물과 술을 넣고 끓였다. 약간 누린내가 나긴 했지만 술을 넣은 탓인지 제법 감칠맛이 있었다.

"아무것도 없는 것 같지만 그래도 잘 찾아보면 먹을 것은 있어."

"그렇군."

다소 감탄하며 동의하자 스와디가 날 흘긋 보며 물었다.

"왜 사냥을 같이 나가지 않았어?"

"귀찮아서."

"보통 사냥은 남자들의 전유물이잖아."

"전유물까지야. 네가 더 잘 아니 맡긴 거지."

스와디는 피식 웃고는 화제를 바꾸었다.

"조금 더 지나면 모래충의 서식지가 나와."

"모래충?"

"아주 귀찮은 놈이야. 샘 근처에서 살기 때문에 피하기도 어렵지."

모래충은 사람 몸통만한 거대한 벌레라고 한다. 꿈틀거리며 모래 속을 돌아다니다가 먹잇감을 찾는데 이것이 영리하게도 꼭 샘 근처에서 집을 만든다. 그 집은 얕은 구덩이 정도로 보이는 평범한 것이라 무심코 걷다가 모래충에게 걸리기 일쑤다. 사람만이 아니라 말이나 다른 짐승들도 걸려들게 되는데 일단 밟았다 하면 그대로 끝장이다. 입을 벌리고 누워 있던 모래충은 자신의 발에 사냥감의 다리가 들어오면 말 그대로 와작 하고 씹어 절단을 내버린다는 것이다. 그 후 다리를 잃고 버둥거리는 사냥감을 한 입씩 한 입씩 먹어치우며 모래 속으로 끌어들이고 마침내는 머리통 하나만을 남긴다. 어쩌면 이 사막에서 가장 무서운 짐승, 아니, 벌레일지도 모른다.

"한 입씩 한 입씩 먹어치운다고?"

내가 경악해 되묻자 스와디는 고개를 끄덕였다.

"그래. 게다가 교활하게도 샘을 중심으로 몇십 마리가 모여 집을 짓지. 처음 내가 당신과 만났을 때 나는 샘 주변의 모래충을 해치우고 돌아온 직후였어."

"어떻게 없애지? 집이라고 해도 너무 얕아서 쉽게 알아볼 수가 없다면서?"

"그래. 쉽게 알아볼 수가 없어. 그래서 일일이 무기로 찍어보며 가야 해."

그녀는 그렇게 말하고는 전사들 열 명을 앞으로 불러냈다. 그들은 자신들이 무엇을 해야 하는지 잘 알고 있었는지 각자 창과 같은 긴 꼬챙이를 앞으로 줄지어 내밀고는 일렬로 늘어섰다. 그중에 나와 스와디가 끼었는데 그녀는 주의 깊게 나에게 충고해 주었다.

"조금이라도 움푹 파인 곳이면 위험해. 일단 콰차로 쭈욱 끌어낼 것이니 그 뒤를 따라와야지 다른 곳으로 새면 안 돼."

"콰차?"

"저거야."

그녀가 가리키는 곳을 바라보니, 열 명의 전사는 각기 자신의 안장주머니에서 갈고리처럼 생긴 것들을 줄줄이 꺼내 들고 있었다. 낚시에 쓰이는 바늘처럼 구부러졌는데 크기가 상당히 크다. 그것들을 조심스럽게 한 줄로 이어 매다는데 꽤 무거워 보였다. 그리고 그렇게 줄줄이 달린 것을 각자가 든 창대에 매달았다. 그 다음에는 쇠사슬을 꺼내 창대와 창대를 연결한다. 다시 말해 횡으로 길게 늘어선 전사들이 각자 2페키 정도를 담당해 그 갈퀴로 모래를 긁어내는 것이다. 모래충은 얕게 숨어 있기 때문에 모래 위에서 그 정도라면 반드시라고 해도 좋을 정도로 갈퀴에 걸린다고 한다. 혹은 갈퀴를 피해 모래충은 더 깊숙이 숨는다. 그때 일행이 지나가는 것이다.

"과연."

내 말에 스와디가 쓴웃음을 지었다.

"여행자의 수가 많은 이유를 이제 알겠어? 두세 명으로는 정말 위험해. 모래충이 있으니까. 키에디와 함께 올 때는 몰랐지?"

"모를 수밖에. 구와르의 일행을 만날 때가 처음 샘에 도착할 때였으니까."

"그랬군. 키에디도 꽤나 위험한 여행을 한 셈이야. 만약 우리 일행을 만나지 않았더라면 샘을 빠져나오기 힘들었을 테니까."

그 말에 나는 키에디 쪽을 힐긋 보았다.

그들은 스와디의 전사들이 하는 양을 무심히 보고 있었다. 숫자가 적으니 이런 식으로 모래충을 물리치고 움직이기란 쉽지 않았을 것이다. 그래서 그렇게 샘가에서 일행을 만나자 기뻐했던 건가.

준비를 마치고 어느 정도 지나자 얕은 구릉과 바위들이 보였다. 스와디는 거리를 가늠하더니 턱짓을 했다. 그러자 횡으로 늘어섰던 전사들이 각자 이어진 쾌차를 들고 앞으로 나섰다.

"시작!"

스와디가 고함을 지르자, 맨 앞 열에 선 전사들이 일제히 내달리기 시작했다. 말발굽 소리에 콰르르 하는 묘한 소리가 섞였다. 무거운 콰차로 모래와 흙을 긁어대니 그런 소리가 나는 것이다. 그와 함께 엄청난 양의 흙먼지가 바람에 날려 우리를 덮쳤다. 에르차로 가리긴 했지만 정말 숨이 콱콱 막힐 정도로 싯누렇다. 그럼에도 불구하고 피하는 자들은 한 사람도 없었다. 함부로 일행을 이탈했다가 모래충의 먹이가 될지도 모르기 때문이다.

그나저나 감탄할 수밖에 없었다. 만약에 이어진 저 쇠사슬을 끌고 가는 전사들 중에 단 한 명이라도 느리거나 빠르게 달리면 사슬이 끊어지거나 낙마하게 될 것이다. 그런데 저렇게나 전속력으로 달리는데도 누구 한 사람 흐트러지는 법이 없었다. 말 그대로 일직선의 기마가 고스란히 모래를 긁어 헤치면서 내달리는 것이다.

"저거, 무겁지?"

"무겁지. 콰차를 쓸 만한 전사는 몇 없어."

스와디가 에르차를 손으로 눌러 먼지를 막으며 대답해 주었다.

"자, 출발!"

먼지가 가라앉기도 전에 싯누런 모래먼지 속으로 달리기 시작했다. 눈앞이 보이지도 않았지만 그래도 일직선으로 달린다는 의식은 있었다. 무엇보다 말이 알아서 달리고 있었던 것이다. 모래충에 익숙한 것인지 이런 일에 익숙한 것인지는 몰라도 재촉하지 않아도 말은 고스란히 전력으로 내달렸다. 앞이 안 보여 조금 걱정되기도 했지만 말이다.

"웃!"

먼지가 걷히자마자 갑자기 커다란 바위가 나타났다. 비명이 절로 나온다.

나는 가까스로 말고삐를 당겨 말을 멈추게 했다. 말은 앞발을 들어 올리며 거센 숨을 내쉬었다. 거품까지 이는 게 굉장히 지친 모양이다. 앞발굽이 바로 앞에 있는 바위를 걷어찼다. 하마터면 떨어질 뻔했지만 간신히 살아났다.

"후하."

하마터면 바로 바위에 그대로 돌진할 뻔했다. 가슴이 철렁했다.

말도 믿을 게 못 된다. 자신도 생각이 있으면 눈치를 챘어야지 어쩌면 그렇게 열렬히 바위로 돌진을 한단 말인가. 말의 눈은 나쁘다고 하더니 그 말이 사실인가 보다.

"하하하."

뒤에서 스와디가 웃었다. 그녀는 헐떡이고 있는 나와 말을 번갈아 보더니 손짓했다.

"이쪽으로 와. 혼자 마구 내달리더니 그래도 잘도 멈췄네."

"내가 바위에 부딪치면 넌 또 과부가 되는 거야."

빨리 알려주었으면 좋았을 텐데. 나는 투덜거리면서 그녀를 쏘아보았다.

"설마. 조금 부러지긴 하겠지만 죽기까지 하겠어?"

태연자약한 그 말에 얄밉기도 했지만 바보처럼 내달린 건 나 혼자이니 할 말도 없었다. 나는 스와디를 비롯한 다른 일행이 모여 있는 곳으로 말을 돌렸다.

먼지가 가라앉자 주변이 그제야 드러났다.

전에 도착했던 샘과는 규모가 다르다. 거대한 바위가 군데군데 놓여 있어 그늘이 져 있는데 그 바위틈에서 물이 흘러나왔다. 물이 금방 흐려졌던 전의 샘과 달리 이곳의 물은 아주 맑고 깊어 거대한 웅덩이를 만들어냈다. 물이 얼마나 깊은지 검푸르게 보일 정도였다.
"꽤 깊은데."
내가 놀라 말하자 스와디가 웃으며 말했다.
"물고기도 있어."
"헤에. 강도 아닌데?"
경이로울 지경이다. 이런 사막 한가운데 물고기가 다 있다니.
야영지를 만드는 시종들과 전사들은 놔두고 나와 스와디는 샘가를 거닐었다. 바위들은 굉장히 거대했다. 게다가 맨들맨들 빛이 났다. 나는 이 누런 색의 거대한 바위를 손끝으로 만져 보았다. 단단하면서도 매끄러웠다.
"모래바람 탓에 마모된 거야. 이곳의 바위들은 다 미끈해."
아닌 게 아니라 납작하게 누워 있는 바위들이 대부분이다. 바위 위에 올라서서 주변을 둘러보니 거대한 누런 짐승이 몸을 웅크리고 잠을 자고 있는 듯한 형태가 많았다. 가끔 사람이 조각이라도 한 듯한 기기묘묘한 바위들도 있었다.
"해가 지면 더 볼 만해."
스와디가 정신없이 구경하고 있는 나를 향해 말했다. 그녀는 허리에 손을 얹고는 열심히 움직이고 있는 자신의 부하들을 굽어보았다.
"어느 정도 천막을 다 친 것 같군. 저녁 준비를 하면 부르지. 더 구경할래?"
"됐어. 확실히 펜게이드에서는 구경할 수 없는 경치네."
내가 그렇게 말하는 순간이었다. 갑자기 비명이 터져 나왔다.
"끄아아아아악!"

Chapter 56

 스와디는 바람처럼 달려나갔다. 바위에서 바위로 날듯이 뛰어오르는 그녀는 정말로 빨랐다. 그녀의 뒤를 따르면서도 나는 적지 않게 감탄했다. 낯선 곳인데도 마치 평지를 달리듯 매끄러운 바위 위를 내달리는 것이다. 순전히 체력만으로.
 비명은 여기저기에서 들려왔다. 말의 비명 소리와 사람의 비명이 뒤엉켜 소름 끼치는 소리를 냈다. 모두 흩어져 야영을 준비하고 있었으므로 날뛰는 말의 폭주는 막기가 어려웠다. 공포에 질린 말들이 사방으로 뛰어다녔다. 몇몇 사람은 말에 채여 쓰러지기까지 했다.
 "모래충이다!"
 "조심해! 말을 잡아!"
 나는 모래밭에 구르는 사람의 머리통을 보고 경악했다.
 전사들 몇이 이미 무기를 들고 모래 속을 헤집으며 공격하고 있었다. 아직도 살아 있는지 비명을 지르며 한 사내가 하반신이 피투성이가 된 채로 모래 속에서 몸부림쳤다. 그를 구출하기 위해 전사들이 손에 손을 잡고 모래 구덩이 속으로 들어갔다.

"조심해!"

"헤이리! 잘 잡아!"

"살려줘!"

"살려줘!"

스와디는 제일 가까운 곳으로 달려갔고 나는 제일 멀리서 들려오는 비명을 따라갔다. 말들이 미쳐 날뛸 듯이 움직이는 바람에 온통 누런 먼지투성이라 앞이 잘 보이지 않았다.

"말을 잡아!"

"말을 진정시켜!"

여기저기서 명령을 내리는 소리가 들려왔다. 하지만 먼지는 쉽게 가라앉지 않는다. 앞이 안 보이니 공포는 더욱 증가하는 것 같았다.

"주인님!"

먼지 속을 뚫고 앞으로 나서려는 순간 바로 옆에서 누군가 내 팔을 움켜쥐었다. 얼굴만 겨우 익힌 전사였다. 그는 심각한 얼굴로 나를 막으며 외쳤다.

"위험합니다. 앞에는 모래층이 있어요!"

"다친 자는?"

"한 명은 이미 죽었고······."

나는 먼지를 손으로 휘저으며 앞으로 한 걸음 나섰다. 그러자 그제야 검은 옷을 입은 전사 둘이 긴 창대로 모래를 휘젓는 것이 보였다. 그리고 피투성이가 된 채 헐떡이는 남자가 한 명 쓰러져 있었다. 아니,

정확히 말해 쓰러져 있는 것이 아니었다. 그의 하반신이 모래 속에 박혀 있었다.

"아이시! 그를 잡아당겨!"

"여길 잡아!"

"정신 차리고 여길 잡아!"

고함을 지르며 쓰러진 남자를 잡아 올리려고 다른 자들이 애를 썼지만 헐떡이고 있는 남자는 피를 토하며 흐느적거리고 있을 뿐 던져 준 밧줄조차 잡지 못하고 있었다. 이미 눈에 초점이 흐리다.

"아이시!"

한 명의 전사가 그를 구하려는지 밧줄로 몸을 묶고 쓰러진 그에게로 다가갔다. 그리고 그의 팔을 잡는 순간이었다.

"크억!"

갑자기 전사의 발이 모래 속으로 푹 하고 꺼졌다. 분명히 겨우 발목까지였다. 그러나 그것만이 아닌지 금세 그의 몸은 앞으로 고꾸라지며 정강이까지 모래 속으로 박혔다. 넘어지지 않으려고 그가 비명을 지르며 버티자, 그의 몸을 묶은 밧줄을 든 남자들이 맹렬하게 그를 잡아당기기 시작했다.

"우이마! 기다려!"

"우이마! 정신 차려!"

다른 자들은 긴 꼬챙이를 들고 미친 듯이 모래 속을 찔러대기 시작했다. 하지만 목적하는 모래충은 쉽게 잡히지 않았다. 대신, 정강이까지 먹힌 우이마라는 전사가 비명을 지르며 다른 한쪽의 다리까지 빠졌다.

"빠, 빨리 끌어 올려!"

그가 고함을 질러대는 동안 새파랗게 질린 전사들은 그를 꺼내기 위해 밧줄을 힘껏 잡아당겼다. 세 명이 달려들자 겨우 그의 몸이 빠져나왔다. 그러자 그의 피투성이가 된 다리가 드러났다. 나는 경악했다. 아주 깊게 빠진 것도 아니었는데, 아주 잠시 동안이었는데도 그의 두 다리는 절단되어 있었다. 한쪽은 정강이까지, 한쪽은 발목이다.

"이 빌어먹을 놈!"

광분한 전사들이 모래를 마구 헤집었지만 모래충은 드러나지 않았다. 아니, 드러나지 않는 정도가 아니라 또 한 명이 억 소리를 내며 뒤로 쓰러졌다.

"쓰러지면 안 돼!"

다른 한 명이 그를 부축해 질질 뒤로 끌어당겼다. 하지만 비명을 지르는 그의 발목은 이미 절단된 상태였다. 말 그대로 진짜 끔찍한 괴물이었다.

"뒤로 물러나!"

나는 크게 고함을 지르며 앞으로 뛰어들었다.

"주인님!"

나를 말리던 전사가 기겁을 했다.

"주인님!"

"주인님, 안 됩니다!"

나는 쓰러진 남자를 향해 모래 위로 걸어 다가갔다. 하반신이 사라진 남자는 이미 죽었는지 조금도 움직이지 않고 있었다. 그의 팔을 잡아 막 들어 올리려는 순간, 발밑으로 무언가가 스르륵 달려들었다. 찌리릿 하는 묘한 살기가 신경을 건드렸다. 이런 건방진!

나는 크게 발을 굴렀다.

콰아아아앙 하고 굉음과 더불어 모래 먼지가 허공으로 치솟았다.
"한 놈이 아니었어."
전사들이 못 잡은 것도 당연했다. 모래충이란 놈은 한 마리만 나타난 게 아니었던 것이다. 나는 발바닥으로 느껴지는 진동에 다시 발을 굴렀다.

콰아아앙 하고 다시 모래가 들썩였다.
"주인님!"
전사들이 목이 메라 외쳐 댄다. 나는 대체 이것들이 몇 마리나 있는지 알아내기 위해 정신을 집중했다. 발에서 느껴지는 미약한 움직임이 멀어져 간다. 아마도 도망가는 듯하다. 하지만 마나를 느끼는 자가 짐승을 놓칠 수는 없는 법.

나는 모래 위를 내달리면서 손을 뻗었다.

블랭크가 작열했다. 또 한 번 콰앙 하고 모래가 들썩였다. 연속해서 몇 번 날리자, 한 마리는 분명히 맞췄다는 감이 왔다. 그리고 또 한 마리는 미치기라도 했는지 모래 속을 마구 내달려 도망을 가더니 바위에 부딪쳤다. 퍼억 하고 뭔가 터지는 소리가 났다. 나는 그 바위의 아래쪽에 몇 번 블랭크를 난사했다. 그러자 바위에 부딪쳐서 죽어버린 모래충의 시체가 드러났다. 아직도 꿈틀거리는 그 모습은 꼭 애벌레를 연상시켰다. 단지 표면을 덮고 있는 철사처럼 단단해 보이는 털들과 거대한 입이 달랐다. 크기는 놀랍게도 정말로 황소만했다.

내가 그것을 발길로 걷어차며 관찰하고 있는 동안 다른 전사들은 내가 잡아놓은 모래충으로 순식간에 몰려들었다.

"세상에! 이렇게 큰 놈이?"
"맙소사! 여기도 있어!"

전사 한 명이 완전히 박살이 나 산산조각이 난 모래층의 시신에 고함을 질러댔다. 먼지로 뒤범벅이 된 까닭에 주변이 잘 보이지는 않았지만 곤죽이 된 채 모래 구덩이 안에서 꿈틀대고 있는 끔찍한 짐승이 고스란히 노출되어 있었다. 아까 블랭크로 맞춘 놈이다.
"부상자는?"
"둘은 죽고 두 명이 중상입니다."
누군가가 대답했다.
나는 모래층의 시체를 보고 감탄하는 자들을 내버려 두고 스와디를 찾았다.
그녀는 꼬챙이에 모래층을 꿰어 끌어내는 중이었다. 이쪽도 부상자가 속출했는지 말 그대로 피바다였다. 눈이 벌게진 전사들이 서둘러 여기저기에 꼬챙이를 찔러대며 달려들고 있었다.
"다른 곳은?"
스와디는 굳은 얼굴로 턱짓했다.
"이미 달아났어. 당신이 내지른 게 블랭크였어?"
"그래."
"엄청나더군. 모래층은 진동에 약해. 아마 고막이 터져 버렸을 거야."
그녀는 한숨을 쉬고는 피투성이가 되어 쓰러진 자신의 부하들을 돌아보았다. 꽤나 많이 다친 기색이었다. 말도 몇 필 희생되었는지 신음을 터뜨리며 쓰러져 있었다. 피비린내와 모래층이 내뿜는 악취가 진동을 했다.
먼지가 가라앉고 다시 야영지가 정리가 되자 주변은 더 우울해졌다. 부상 열다섯 명에 사망자가 일곱 명이나 되었다. 시종이 넷 죽었고 전사가 셋. 한낱 짐승에 당하기에는 심한 피해였다. 키에디의 부하들 중에서도 한 명이 죽었고 두 명이 부상했다. 키에디는 울고 있었다. 열한 명의 전사 중 한 명이 죽었는 데다가 유달리 돈독했던 주종 간이라 슬픔을 억누르지 못하는 듯했다.

구와르는 심각한 표정으로 부상자들을 치료하라고 노예들에게 지시하고 있었다. 울먹이는 자들도 꽤 있었지만 소리 내어 우는 자들은 없었다. 하지만 놀랍게도 겁에 질려 쩔쩔매는 자들은 보이지 않았다.

"어째서 이렇게 샘 가까이까지 모래충이 몰려든 것인지 이해할 수가 없어."

스와디는 독주를 삼키며 미간을 잔뜩 찌푸렸다.

"게다가 굉장히 큰 놈들이었습니다. 5, 60년은 묵은 놈들일 겁니다. 아까 주인님이 잡으신 모래충은 엄청나게 컸어요."

"그럼 보통 모래충은 어느 정도 크기인데?"

궁금해져서 묻자 카셀이 자기 허벅지를 가리켜 보였다. 제법 굵직하다.

"이 정도입니다. 어른 허벅지만한 크기죠."

"하지만 사람을 잡아먹는다며? 그런데 그 정도 크기밖에 안 해?"

"그 정도 크기라 해도 힘이 엄청나게 셉니다. 게다가 입이 엄청나게 크니까요. 먹이를 먹은 모래충은 거의 두 배 이상으로 늘어나죠. 뱀하고 비슷합니다. 공처럼 부풀거든요."

"그렇군. 그래서 그 콰차라는 갈퀴로 긁어낼 수 있었다는 거군."

"네, 게다가 모래충은 소리에 민감합니다. 눈이 없거든요. 그래서 콰차로 한 번 바닥을 좌악 긁어주면 대개 도망가 버립니다. 그래서 그렇게 한 거죠. 하지만 이번에는 오히려 큰 놈을 끌어들인 셈이 되었나 봅니다."

카셀의 심각한 말에 스와디가 한마디 했다.

"보통이라면 이런 일은 없어."

"열신의 시기가 가까워지니 모래충들도 극악해진 모양입니다. 게다가 요 근래 여행자가 드물었으니까요."

한숨을 삼키며 카셀이 답했다.

"그런데 왜 샘 가까이에는 오지 않는다는 거지?"

"물에 닿는 것을 극히 싫어합니다. 게다가 물기가 있으면 모래는 단단해지기 마련이죠."

카셀이 대신 대답해 주었다. 그의 눈은 나에 대한 존경의 빛으로 빛나고 있었다. 말 그대로 반짝반짝 빛난다.

"블랭크를 그렇게나 쉽게 쓰시다니. 게다가 그 엄청난 힘은 대체 어떻게 하신 겁니까? 모래충을 단지 한 발로 해치우시다니요."

그는 흥분에 겨워 거의 고함을 지르다시피 하고 있었다.

"한 발?"

스와디도 귀가 솔깃한지 나를 향해 눈을 빛냈다. 나는 쓴웃음을 지으며 손을 흔들었다.

"마나를 발로 모아 구른 것뿐이야. 오러를 운용한 거야."

"발로? 발바닥으로?"

카셀이 믿을 수 없다는 눈으로 날 바라보았다.

"이봐, 카셀. 나파이샤르에서도 발길질로 상대를 후려치는 방법이 있지 않은가? 한 점에 집중해서 격타하면 파괴력이 증가하는 것은 당연하잖아. 오러란 마나를 몸 안에 쌓아 발현하는 거야. 그러니까 블랭크를 날리거나 오러 블레이드를 만들 듯 마나를 발 쪽으로 집중하는 것이지."

"하지만 사람의 맨살이 폭발하듯 일어나는 오러의 파괴력을 이길 수 있단 말입니까? 주인님께서는 지금 미스릴로 만든 신발이라도 신고 계신 건가요?"

그 질문에 나도 모르게 당황했다. 일제히 시선이 줄줄이 쏠린다.

시중을 들던 노예들도, 근처에 있던 전사들도, 구와르도, 심지어 부상자들까지도.

"하, 하하하하……."

내가 억지로 웃자 스와디가 구해주듯이 나섰다.

"내가 말했잖아? 내 남편은 괴물처럼 강하다고. 이 사람, 진짜 강해."

그녀가 한숨을 내쉬듯 말하자 카셀은 뭔가 설명이 더 필요한 것 아니냐는 듯 나를 쳐다보았지만 나는 괜히 스와디의 빈 술잔에 술을 따라주며 다정한 척 물었다.

"다친 곳은 없어? 피곤하지?"

"없어. 그저 먼지만 먹었을 뿐이야."

그녀는 이 사람이 뭘 잘못 먹었나 하는 표정으로 날 쏘아보았다. 하지만 그것도 잠시, 내가 긴 이야기를 하기 싫어한다는 것을 눈치 채고는 내 손등을 손가락으로 가볍게 쓸었다.

"하지만 엄청나게 피로해. 당신의 품 안에서 잠들고 싶어."

"헉!"

"으윽!"

옆에서 카셀과 그의 전사들이 일제히 신음을 터뜨렸다. 구와르는 애써 신음을 삼키긴 했지만 그래도 평온을 유지했다. 하지만 노예들 중 몇은 술병을 엎지르기까지 했다.

나도 고꾸라질 정도로 강력한 말이었으니 그들의 충격이야 얼마나 엄청난 것이겠는가.

"허, 어흠, 어쨌든 주인님도 쉬셔야 하니 저희들은 그만 물러나겠습니다."

"그래. 주변을 잘 살펴두고. 더 이상 모래충에 의한 희생은 질색이니까."

스와디의 엄명에 안색을 굳힌 카셀은 고개를 숙여 인사하고 천막을 나섰다.

순식간에 모두들 나갔다. 그녀는 내내 술잔을 기울이고 있었지만 나는 허공을 보면서 묘한 기분을 맛보고 있었다.

"……"

방금 전에 그녀가 한 말이 계속해서 메아리되어 울리고 있었다.

나는, 이 여자를 진짜로 좋아하고 있는 것 아닐까? 록베더로서 살을 맞댄 최초의 여자이기 때문일까, 아니면 나에게 아무것도 바라고 있지 않기 때문일까.

"고마워."

어색한 분위기를 깨듯 그녀가 조용히 말했다.

"뭐?"

"고맙다고."

"뭐가?"

"내 부하들을 살려줘서. 당신이 없었다면 피해가 더 클 뻔했어."

그녀의 진지한 말에 나는 조금 기분이 상했다.

"눈앞에서 사람이 죽어가는데 두 손 놓고 있을 거라 생각했어?"

내가 힐난하듯 묻자 그녀는 고개를 저었다.

"그렇진 않아. 하지만 고맙다고 인사는 하려는 거야. 사실 당신은 내 부하들을 살려줄 의무는 없는 거잖아? 나는 당신에게 뭐든 당신 맘대로 해도 된다고 했어. 어떤 의무도 당신에게 지워주지 않겠다고 말이야."

그 진지한 어투에 나는 좀 질렸다. 아무리 내게 바라는 게 없다고는 해도 살 부딪치며 지낸 사이에, 그것도 험한 여행을 같이하는 사이에 이런 인사를 주고받아야 하는 걸까. 이거야말로 그녀가 날 타인으로 여긴다는 증거였다. 아무리 내가 바라던 것이었다고 해도 씁쓸하다.

"그래서 고맙다고 인사하는 거야?"

"그래. 고마워. 오늘 다친 자들은 모두 다리가 잘렸으니 앞으로 전사로서의 기능을 거의 하지 못해. 이런 식으로 유능한 전사를 잃는 것은 괴로운 일이야. 당신 덕분에 그나마 적은 희생으로 끝났으니까 일족의 장인 내가 인사하는 것은 당연하잖아?"

"그 사람들은 나를 주인이라 불러. 뭐, 어차피 계약결혼이긴 하지만 그래도 그들은 나에게 있어 타인은 아닌 셈이지. 최소한 같은 일행이 잖아? 만약 내가 여행하다가 죽을 고비에 처한다면 너는 두 손 놓고 보고 있을 참이야? 내가 명목상의 남편이니까?"

"…그건 아니지만."

그녀는 한숨을 삼키며 대답했다.

"그래도 그건 이야기가 달라. 나는 그들이 내 일족이기에 당신에게 고맙다고 인사를 하는 거야. 그들은 내 책임이지만 당신은 아니잖아?"

"결혼했으니 일단은 일족이지. 안 그래?"

그 말에 그녀는 잠시 내 진의를 살피겠다는 듯 바라보았다. 눈이 가늘어지는 것을 보니 좀 의심스럽다는 눈치다. 혹시나 내가 자기 재산을 가로채 진정한 주인 노릇을 할까 봐 두려운지도 모른다. 그 표정에 나는 대단히 불쾌해졌다.

"적당히 해. 너는 내가 좋다고 했고 나도 동의했어. 네 재산 따위 노릴 생각은 없어. 내 실력이면 어느 나라에 가든 공작 자리 하나쯤은 가질 수 있다는 걸 알고 있을 텐데?"

싸늘하게 경고하자, 그녀는 고개를 저었다. 우울한 얼굴이었다.

"그런 게 아니야. 당신이 내 재산을 노릴 거라고는 상상하지 않았어."

"왜? 내가 돈을 쓸 줄 모르는 구두쇠라서?"

조롱하자 그녀는 침착한 얼굴로 나를 바라보았다.

"당신은 돈이나 지위를 가지려고 나를 속이거나 할 사람이 아니니까."

"어째서? 어떻게 그렇게 생각하지? 나를 그렇게 잘 안다고 자부하나?"

스와디는 술잔을 내려놓고 한숨을 내쉬었다. 그리고는 남자처럼 거칠게 앞머리를 쓸어 올렸다.

"화내게 해서 미안해. 하지만 오해는 하지 마. 당신은 여기저기 얽히는 것을 싫어하잖아? 그래서 말한 것뿐이야."

"……"

할 말이 없었다. 그녀의 말도 사실이었으므로.

나는 간혹 내가 의심 많은 흑마법사이자 늙은이라는 것이 서글프다. 모든 사람의 말의 진의를 캐기 위해 노심초사하는 음험한 성격이어서 슬프다.

"카셀이 당신 실력을 자세히 알고 싶어하는 것도 곤란해했지? 나는 당신을 곤란하게 만들지 않겠다고 계약했어. 그래서 그러는 것뿐이야. 내 전사들은 이미 당신을 존경해. 그리고 또 당신의 강함에 매료되어 금세 당신을 따르게 될 거야. 하지만 당신은 그런 게 편하지 않지? 누군가가 당신을 붙잡고 늘어지는 족쇄가 될까 봐 두려운 거야. 난 그렇게 생각했어."

나는 진지하게 말하는 스와디를 바라보았다.

록그레이드 이후로 이처럼 나에 대해 잘 아는 사람이 있었을까. 이상도 하다. 어째서 이 여자는 이렇게나 잘 알고 있는 것일까.

찰랑찰랑 따스한 것이 가슴속에 조금 고였다. 이 음험하고 질투심 많고 의심 많은 흑마법사에게도 인정이라는 것이 있는 것일까. 그래서 조금은 뜨거운 가슴이 될 수도 있는 것일까.

"스와디."

그녀가 날 바라보았다. 똑바른 시선. 푸를 정도로 검은 그 눈동자.

나는 대체 언제부터 그녀를 너라고 부르기 시작했을까. 마치 친근한 벗이나 여동생을 대하듯이.

"나는 너와 결혼했어. 그게 편의에 의한 것일지라도 너는 나에게 집을 준다고 약속했고 나는 너에게 내 아내라는 이름을 주기로 약속했어."

가슴이 조금 쓰라렸다. 희망이란 것이 너무나 낯설어 가슴이 쓰라리다.

"그리고 다른 자들은 어떤지 몰라도, 나는 아내를 모른 척하지는 않아. 특히 위험에 처해 있을 때는."

손을 뻗어 그녀의 매끄러운 뺨을 매만졌다. 햇볕에 그을린 살갗에선 잘 익은 열매와도 같은 냄새가 났다.

"물론 네가 너무나 잘살고 듬직한 애인도 있어서 내 참견이 싫다고 할 땐 다르지만 말이야."

스와디는 콧등을 찡그리며 웃었다. 조금 멋쩍은 듯한 얼굴이다.

"그거, 나를 좋아한다는 의미야?"

"좋아하지도 않는 여자랑 잘 리가 없잖아?"

"거짓말. 남자는 쾌락을 위해서도 얼마든지 여자랑 잘 수 있지."

그 말에 나는 킬킬 웃었다.

"그건 그래. 하지만 난 네 말대로 늙은이라 피가 끓지 않는단 말이야."

스와디는 내 손을 잡아당기며 비웃었다.

"거짓말에 진짜 능숙하네. 당신 진짜 바람둥이였구나."

"다른 여자들은 잘도 믿어주던데 넌 왜 안 믿는 거야. 진심인데."

그러자 그녀가 대답했다.

"당신의 눈은 항상 가라앉아 있으니까."

수도 데카르에 도착한 것은 거의 한 달 만의 일이었다. 가끔 모래충을 만나기도 했지만 그래도 그렇게 대단한 피해는 없었다. 그 쾌차로 줄줄 밀어붙이고 내가 몇 번 발을 구르니 알아서 모래충이 피했기 때문이다.

어쨌든 데카르에 도착했을 때에는 해가 뜰 무렵이었다. 더위도 그럭저럭 익숙해졌다.

스와디는 목욕할 여력은 남았다며 부하들을 재촉했다.

사막과 황야를 지나오면서 확인한 일이지만 데카르는 여지껏 봐왔던 리베이드의 도시들과는 달랐다. 거대한 성곽이 그 위용을 자랑했는데 펜게이드의 제도 아이아드와는 비교도 할 수 없을 정도로 거대했다.

도시의 가장 바깥인 외곽의 기둥으로 보이는 것의 크기만 해도 어마어마해서 나로서는 그저 입만 벌릴 수밖에 없었다. 내 생전 이렇게나 거대한 성문은 처음이었다. 게다가 그 외곽의 기둥들에는 정교한 조각들이 새겨져 있었는데 수천 수백의 사람이 등신대로 새겨진 엄청난 것이었다.

"저 기둥 하나에 새겨진 인간의 수는 정확히 999명이야."

"기둥 하나에만?"

"그래. 그리고 외곽의 기둥은 모두 16개야."

"엄청난 규모군. 성문은 몇 개인데?"

"세 개. 한쪽은 강물이 흐르고 있지. 리베이드의 젖줄이라고 불리는 메네테르 강이야."

"아아. 성문이 세 개라. 좀 독특한 구조로군. 그런데 세 개 모두 저렇게 큰가?"

"그래. 데카르의 성문은 99명이 도르레로 움직여 여는 거지."

"맙소사."

99명이 도르레로 움직여야 할 정도로 엄청나다니. 성문 하나의 크기가 거의 산만했으니 무리도 아니다. 청동으로 만든 그 거대한 문은 양쪽으로 열리게 되어 있었는데 보통 새벽 네 시에 열고 낮 두 시에 닫는다고 한다. 그 두 개의 문을 닫기 위해 성문지기로 대대로 일해온 자들이 움직이는데 모두 일흔다섯 개의 도르레가 사용된다.

"왜 말을 사용하지 않지?"

"방침이야. 99명이 모두 모이지 않으면 열리거나 닫히지 않게 되어 있어."

"어째서?"

"그만큼 중요하니까."

그 외에 무슨 이유가 있는 거냐는 듯 되묻는 스와디에게 더 이상 할 말이 없었다.

"그나저나 왜 낮에 성문을 닫는 거지?"

"뜨거우니까."

하긴, 덥긴 무지하게 덥겠지. 이렇게 해가 뜨거운데 대낮에 행인이 많을 리가 없다.

"당신은 잘 못 느끼는 모양인데 데카르는 파아드보다도 더 더워."

"정말? 하지만 거긴 사막 한가운데니까 더 덥지 않을까?"

"뜨겁긴 하지. 하지만 여긴 더 남쪽이야. 게다가 후덥지근한 더위가 일품이지."

"더운 걸 자랑하는 거야?"

어이가 없어 말하자 그녀는 소리 높여 웃었다.

"데카르의 여자들이 왜 벗고 다니는지 알겠느냐는 의미야. 이곳은 파아드보다도 훨씬 퇴폐적이거든. 놀이 문화도 다르고."

"나를 유혹할 여자들이 많다는 이야기지? 걱정하지 마."

"걱정은 안 해. 단지 자식을 낳는 건 좀 삼가주었으면 해."

"…그거 농담이지?"

"농담 아냐. 당신은 어쨌거나 법적으로는 내 주인이라구. 당신이 사생아를 남기게 되면 난 그 애에게 재산을 넘겨주어야 해. 그러니까 즐기는 건 괜찮지만 사생아는 안 돼!"

뜻밖의 진지한 태도에 나는 조금 어이가 없었다. 여자와 마구 어울리는 것은 내 취향이 아니었다. 아름다운 여자의 유혹에 홀라당 넘어갈 정도로 피가 끓어 넘치지도 않지만 무엇보다 일단은 스와디와 결혼한 지 얼마 되지도 않았다. 그런데 벌써부터 사생아 운운이라니.

내 표정이 심각해 보였는지 스와디는 한숨을 쉬며 내 코앞으로 말채찍을 흔들어댔다.

"오해는 하지 마. 당신이 여자의 유혹에 강하다는 것은 이미 알고 있어. 내 집에 머무는 동안 여자 노예를 한 번도 건드린 적 없다는 것 정도는 안다고. 하지만 여긴 데카르야. 모두들 호시탐탐 부호를 꼬셔서 첩실로 들어가고자 하는 절세미녀들이 널렸단 말이야."

"하아."

"그런 여자들은 약을 쓰는 것도 서슴지 않아. 당신은 의지도 강하고 차분한 사람이라는 것을 알고 있지만 약에는 당할 수 없어. 가녀린 미녀가 당신에게 술을 따라주면서 약을 슬그머니 타면, 당신이 그렇게 쉽게 알아차릴 수 있을 거 같아?"

"알았어. 조심하지. 그런 공방은 이제 그만."

지쳐서 손을 흔들어 보였더니 스와디는 고개를 끄덕였다.

"알았어. 미안."

그런 소리를 하는 동안 일행은 거대한 성문을 지났다. 막는 자들은 아무도 없었다. 간혹 스와디에게 흥미롭다는 듯 시선을 던지는 자들이 있긴 했지만 일행은 신경 쓰지 않았다.

성문을 지나 도심으로 들어서자마자 키에디가 내 옆으로 다가와 물었다.

"우그르 타므스에는 언제 가실 거죠?"

그동안 그와는 거의 이야기를 할 새가 없었다. 갑자기 고모부가 된 나와 말하기 거북했던 것인지 아니면 역시 스와디가 이런 식으로 결혼한 것이 마음에 들지 않은 것인지는 몰라도 어쨌거나 처음의 싹싹했던 태도는 물 건너간 상태였다. 그의 일행 모두가 다 그랬다. 특히 나에게 스와디의 험담을 했던 쿠에드와 마레는 더 민망한 눈치다.

"결투의 날짜가 언제인데? 거기에 맞추도록 하지. 날 데리러 와."

"상견례가 있습니다. 심판이 될 분에게도 인사를 드려야 하고 공증인도 필요하니까요."

"그럼 나중에 알려주면 되잖아?"

스와디가 시큰둥하게 묻자 키에디는 초조한 얼굴로 날 흘긋 보았다.

"그럼 제가 일주일 후에 찾아뵙겠습니다. 바이샤와의 상견례는 그때로 잡아도 되죠?"

"일주일 후라."

스와디는 잠시 생각해 보더니 고개를 끄덕였다.

"나쁘진 않을 거 같군. 나는 3일 안에 늙은이를 만나러 갈 생각이야."

"…그렇게나 빨리요?"

키에디가 질린 얼굴로 묻는 순간, 나는 스와디가 말하는 늙은이가 누군지 깨달았다.

검공 페논 가비라! 바로 내 장인이 된 노인네다. 가슴이 덜컥 내려앉았다. 만약 그 노인네가 날 알아보기라도 하면 아주 곤란하다. 물론 얼굴이며 이름은 완전히 바꾸었지만 몸은 그대로였다. 게다가 오러를 일으키기라도 하면 단번에 들통날지도 모른다.

나는 어떻게든 그 앞에서 싸울 일은 하지 않겠다고 다짐했다. 모처럼 얻은 이 스와디의 남편 자리는 압박감이 없는 만큼 아주 편하고 좋았으니까.

데카르는 거대했다. 오가는 사람들이 모두 말을 타고 다니기 때문인지 일단 길이 무척 넓었다. 사방으로 뚫린 길은 아주 정갈하게 정리되어 있었는데 구획 정리라도 된 것인지 모든 길과 건물이 반듯했다. 특이한 것은 사람이 다니는 길과 말이나 마차가 다니는 길이 다르다는 것이다. 넓은 길은 짐말이나 마차를 끄는 자들이 다니고 좁은 길은 사람이 걸어다닌다. 그 때문인지 보통 큰 도시에서 느껴지는 소란과 혼란은 거의 느껴지지 않았다. 사두마차를 타고 달려도 사람을 치일 걱정은 하지 않아도 될 정도다.

가게들도 펜게이드처럼 그냥 사방에 널려 있는 게 아니다. 차양을 길게 드리운 가게들은 인도(人道)에 접해 있었는데 차양이 길어 햇빛이 직접 인도에 닿지는 않았다. 다시 말해 걸을 때면 항상 그늘에서 걸을 수 있게 되어 있다는 것이다.

"정말 특이하군. 놀라워."

"깨끗하지?"

"그래. 길도 넓고. 외곽만 이런 거 아니야?"

"번화가는 더해. 여긴 외곽으로 보통 사람들이 많이 살지. 안쪽으로 들어가면 귀족과 왕족이 사는 중심가가 나와. 거기는 더 화려하지."

"정말 대단하군."

생각해 보면 리베이드는 사막과 황야가 많아서 그렇지 펜게이드 제국보다도 넓은 영토를 가지고 있었다. 황태자 시절 공부한 바에 따르면 리베이드는 몇백 개의 부족으로 이루어진 곳이라 결집력이 없어서 그렇지 그 역사는 유구하다고 한다. 즉 천여 년 전에는 리베이드에도 강력한 왕국이 존재했었다. 그 왕국이 분열되며 지금처럼 각각의 부족으로 갈린 것이다. 그리고 오랜 세월 사막이 넓어지고 뜨거운 기온이 계속되자 리베이드는 황량해지고 말았다.

"우리 아버지 말이야, 겁나?"

스와디가 히죽 웃으며 갑자기 물었다.

"겁나."

"저런. 장인을 만나는 게 그렇게 무섭다니, 유감이야."

"나도 유감이라 생각해. 하필이면 그런 노인네가 장인이 되었다니."

내 속이야 어쨌든 다시 거대한 성문을 하나 지나자 이번에는 갖가지 색깔로 장식된 건물들이 차례로 모습을 보이기 시작했다. 그녀가 말한 것처럼 중심가의 건물들은 화려했다. 인도로 드리워진 차양은 모두 흰색이 아니면 초록색이었는데 초록색은 귀족을 상대하는 가게라는 의미라고 스와디가 말해 주었다. 리베이드 인이 가장 선호하는 색깔은 흰색과 초록색으로 주로 귀족 이상의 계층에서 쓰인다고 한다. 어쩐지 내 옷장 속에 초록색과 흰색 옷이 많다 싶었다.

"본가는 어디야?"

"금방이야."

그녀의 말에 대답이라도 하듯이 갑자기 눈앞이 탁 하고 트이더니 웬 궁전 하나가 나타났다. 새하얀 건물에 에메랄드 빛 지붕을 얹은 궁전은 딱 계절별궁으로 쓰기 좋은 크기였다. 그러나 그 궁전의 가장 좋은 점은 아주 많은 나무를 정원에 심었다는 것이다. 궁전을 둘러싼 철책 너머로 수십, 수백 년은 됨 직한 아름드리 나무들이 숲을 이루고 있었다. 노란색의 새가 날아다니며 지저귀고 나비가 이 꽃에서 저 꽃으로 날아다녔다. 그 광경을 보고 나는 내가 얼마나 초록색에 굶주렸는지 그제야 깨달았다.

　수정처럼 맑은 물을 솟아내는 분수며 잘 정돈된 잔디밭, 그리고 이리저리 뛰는 사람들. 그들은 우리 일행을 향해 달려오더니 어른 키보다도 훨씬 높게 올려친 강철의 철책을 열었다. 끼이익 하고 여는 소리가 의외로 산뜻하다.

　"주인님께서 도착하셨다!"

　"주인님께서 도착하셨다!"

　"족장께서 도착하셨다!"

　여기저기서 고함 소리가 터져 나왔다. 그리고 흰 옷을 입은 자들이 남녀노소 할 것 없이 일제히 쏟아져 나와 구름처럼 몰려들었다. 말 그대로 구름처럼.

　순식간에 일행은 열렬한 환영 인파 속에 파묻혔다. 나는 스와디를 돌아보았다.

　그녀는 장난스러운 미소를 머금으며 외쳤다.

　"집에 돌아왔다!"

　"와아!"

　카셀을 비롯한 자들이 일제히 환성을 질렀다.

　스와디는 말 위에 앉은 채로 부상자들을 나르라고 명령했다. 열광적인 환영 인사에 얼이 빠질 정도였지만 그래도 나는 말에서 먼저 내려 스와디를 부축하는 것을 잊지는 않았다. 남편이니까. 물론 부축하는 척이지만 그래도 그 반응은 놀라웠다.

　삽시간에 조용해졌던 것이다. 누구 말대로 바늘 하나 떨어져도 그 소리가 들릴 정도로.

　내가 그녀의 손을 잡고 서 있는 동안 모든 시선은 나에게로 모였다.

미심쩍다는 표정, 믿을 수 없다는 표정, 경악이나 격노, 기타 등등 감정 풍부한 리베이드 인답게 온갖 색채의 반응들이 쏟아졌다.

문득 가장 앞에 서 있던 남자 40대 후반으로 보이는 잘생긴 중년인이 먼저 입을 열었다.

"주인님, 지금 옆에 계신 분은?"

콧수염을 잘 정돈한 그는 내게 의심의 시선을 번뜩이고 있었다.

"내 남편 록베더야. 이제부턴 그를 주인님이라 불러."

스와디의 경쾌할 정도의 간단한 대답에 중년인을 비롯한 주변의 모두가 비명을 질렀다.

"주인님!"

"말도 안 돼!"

"이럴 수가! 이방인이라니."

"결혼? 남편?"

"안 됩니다!"

말 그대로 비명이었다. 그 비명의 홍수에 휩싸인 스와디는 아무렇지도 않다는 듯 내 팔짱을 꽉 끼더니 자랑하듯 말했다.

"이 남자, 강해. 전에도 말했다시피 난 강한 남자와 결혼한다고 했지? 사막에서 만나 사막의 도시 파아드에서 결혼했지. 증인은 키에디 가비라. 그쯤 되면 알겠지?"

"자, 잠깐 기다려 주십시오! 소라성도 없었습니다! 게다가 이방인입니다!"

창백해진 중년인이 스와디의 말을 막으며 외쳤다. 그 모습에 그녀의 표정이 싸늘해졌다.

"무슨 소릴 하는 거야? 일족의 족장인 내가 했다고 하면 한 거야. 소라성 없이 내가 결혼했다고 하는데 감히 네가 내 말을 막아?"

한 걸음 앞으로 나서며 그녀가 질책하자, 중년인의 얼굴이 불쌍하게 일그러졌다. 그는 나와 그녀를 번갈아 보며 뭐라 말을 잇지 못했다. 그는 스와디의 뒤에 서 있는 구와르에게 뭔가 설명해 보라는 듯 눈짓을 했지만 구와르는 허공을 바라보며 모른 척했다. 텟살이나 카셀도 마찬가지 태도였다.

"이쪽은 내가 전에 말했던 총집사장인 쥬이크 시보야. 그 옆에 있는 건 그의 아들 아흐멜 시보."

나는 그저 고개만 까딱했다. 여기서 뭐라고 입을 열면 모두들 주먹을 들고 달려들 기세였던 것이다. 여기저기서 살기가 무럭무럭 일어나고 있었다.

"무, 물론 일족의 장이신 주인님께서 충분히 결정하실 수 있는 일이긴 하지만 그래도 이건 곤란할 것 같습니다. 와이슈 가의 장로들도 가비라 가의 장로들도 납득하기 어려운 처사가 아닙니까? 아무런 통고도 없이 결혼이라니오."

중년인의 옆에 서 있던 청년 아흐멜이 다다다 쉬지도 않고 외쳤다. 그는 자못 분개한 얼굴로 나를 쏘아보고 있었는데 그 표정에는 적의와 명백한 질투가 섞여 있었다.

"그래서?"

스와디는 흥 하고 비웃었다. 서릿발 같은 위압감이 그녀에게서 뻗어나왔다.

"감히, 너희들이 나에게 토를 달고 있는 것이냐? 내가 결정했다. 그렇다면 모두가 나의 결정을 따라야 할 것이야!"

그녀가 주먹을 쥐고 흔들자 청년의 얼굴은 새파랗게 변했다.

"하지만 주인님."

"이제부터 내 남편을 주인이라 불러. 나는 마님이라 부르면 돼."

그녀는 그렇게 결정하고는 말 그대로 얼어붙어 있는 사람들 사이로 나를 잡아끌었다. 내 뒤에 있던 카셀과 구와르 등은 사람들의 반응이 충분히 이해가 간다는 듯 동정 어린 시선으로 그들을 바라보고 있었다.

"저기, 주인님……."

창백해진 쥬이크가 뭔가 말을 하려는 듯 머뭇거렸지만 스와디는 깨끗이 무시했다.

"일단 먼지부터 씻지. 목욕물은 준비해 놨겠지?"

그녀가 성큼성큼 걸으며 묻자, 얼어 있던 중년 여자가 화급히 대답했다.

"네, 준비해 두었습니다. 마, 마님."

스와디는 씨익 웃으며 내 팔뚝을 다시 잡아끌었다.

"내 목욕탕은 아주 자랑할 만한 곳이야. 같이 목욕하자."

헉 하는 소리가 여기저기서 들려왔다. 이 반응은 스와디 주변의 사람들이 요즘 자주 보이는 반응인지라 나도 놀라진 않았다. 그저 이런 식으로 다른 사람 앞에 나서는 것이 민망할 따름이다. 뻔뻔한 그녀와 달리 나는 정상적인 얼굴 가죽을 가진 사람이었으므로.

경악이 지나쳐 얼어붙어 있는 그들을 동정하면서 나는 그녀의 뒤를 따라 급히 걸었다. 스와디는 일부러인 듯 내 허리를 꽉 끌어안으며 속삭였다.

"안아줄 거지?"

"…점점 뻔뻔해지는군."

나는 경악에 찬 수백 명의 시선 속에서 그녀의 초대를 받아들일 수

밖에 없었다.

"모두들 귀환한 혈족들을 맞이해 주어라! 오늘 밤은 내 남편을 위해 연회를 열 것이니까!"

그녀의 명령에 떨떠름한 표정을 감추지 못한 가솔들은 일제히 고개를 숙였다. 몇몇은 고개를 숙이지도 않고 나를 노려보고 있었다. 애, 어른 할 것 없이 대단히 비우호적인 반응이었다. 물론 그 시선에 불편해질 나도 아니지만 그래도 기분이 좋진 않았다.

"가자."

스와디는 여전히 내 허리에 팔을 감았고 나도 얼결에 그녀의 어깨를 안았다.

"……."

잠시 그녀가 말없이 날 올려다본다.

"왜?"

"아니, 난 누군가를 올려다본 적이 거의 없었다는 생각이 들어서."

"왜? 그래서 즐거워?"

"아니. 의외로 기분 더럽네."

"그게 남편에게 할 소리냐?"

"당신은 남편이 아니라 꼭 아버지 같다니까."

"나중에 페논 가비라 공을 보고 확인해 보지."

멀리서 보면 무척 다정한 부부처럼 보일 것이다. 속 알맹이야 어쨌든.

Chapter 57

생각해 보면 당연한 일이다. 아니, 충분히 이해할 수 있는 일이다.
"죄송합니다, 주인님."
고개를 숙이는 여자 노예의 엉덩이 뒤로 꼬리 같은 게 보이는 것 같았다. 뭐랄까, 살랑이며 약 올리는 꼬리 같은 것.
나는 이로써 네 번째 옷을 더럽혔다. 비록 내가 세탁하는 것은 아니라 하지만 끈적한 꿀술이나 시럽에 절인 대추, 묽게 끓인 스튜 따위를 뒤집어쓰는 것은 기분이 영 좋지 않다.
"세상에!"
"이 무슨 짓이냐!"
보다 못한 미흐가르가 호통을 쳤다. 그는 나를 향해 안절부절못하는 얼굴로 노예의 뺨을 후려쳤다.
"괘씸한 것! 주인님께서 관대하신 분이 아니었다면 네년은 이미 죽었다!"
　뺨을 얻어맞은 여자 노예는 흐느끼면서 바닥에 주저앉았다. 15, 6세 정도로 되어 보이는데도 굉장히 풍만한 몸매의 소녀였다.
　"마님께서 아시면 호통을 치실 것이다! 이런 말도 안 되는!"
　그는 머리를 짚더니 옷을 더럽힌 내 몰골을 보며 한탄했다.
　"주인님, 옷을 또 갈아입으셔야겠습니다. 정말 드릴 말씀이 없습니다. 본가의 아이들은 너무나 방자하여……."
　"됐어."
　나는 가운을 그냥 벗었다. 얼룩진 하얀 가운 안에는 초록색 셔츠를 입고 있었다. 셔츠 바람으로 나가는 것은 예의에 어긋나는 일이라고 듣긴 했지만 집안 연회에 가운까지 걸칠 필요가 있을까 싶었다.
　"어차피 내가 빠지는 것도 아니야."
　나는 우는, 아니, 우는 척하고 있는 소녀의 눈앞으로 가운을 던져 주었다. 그녀는 슬그머니 고개를 들고 내 눈치를 본다. 눈꼬리가 올라간 눈매에는 교태가 서려 있었다. 눈물이 살짝 맺힌 그 얼굴은 굉장히 아름답다고 할 수 있겠지만 상대는 소녀다. 하지만 그 얼굴에 서린 교활한 빛은 만만치 않았다.
　"이름이 뭐냐?"
　내가 묻자 소녀는 그럴 줄 알았다는 듯이 머리를 조아리며 답했다.
　"사라입니다, 주인님."
　은근슬쩍 가슴의 계곡을 드러내는 소녀의 교태를 물끄러미 보고 있던 나는 잔뜩 얼굴을 찡그린 미흐가르에게 말했다.
　"이 사라라는 아이에게 오늘 세탁물을 전부 맡겨."
　"아. 네, 네에!"

그의 얼굴이 묘하게 일그러졌다. 웃어야 하나 말아야 하나 망설이는 얼굴이다.

사라의 얼굴은 기절초풍 그 자체였다. 그녀는 새빨갛게 달아오른 얼굴로 나를 멍하니 올려다보았다. 노예의 그 자세는 사실 바른 것이 아니겠지만 무시했다.

"들었느냐. 관대하신 처분이다."

웃음을 참는 듯한 미흐가르의 표정은 위엄이 전혀 없었다.

나는 느긋하게 지켜보고 있는 노예들을 돌아보았다. 사라처럼 예쁜 노예는 없었지만 그래도 다들 미색이 출중한 편이었다. 몇몇 남자 노예는 당혹한 표정을 감추지 못하고 있었다. 그래도 적의가 누그러진 것은 아니었다.

"스와디는?"

"이미 나가셨습니다. 연회석으로 모시겠습니다."

미흐가르가 재빨리 나섰다. 그는 묘한 분위기의 노예들과 하인들에게 등을 돌리고 나를 빼내기 위해 서둘렀다.

가만히 보니, 지금 상황은 이렇다.

본가에 있던 노예들이나 시종들, 혹은 스와디의 일족들은 나를 적대시하고 있었다. 아까 사라라는 꼬마아이가 그렇듯 은근슬쩍 나를 시험하는 기색이 다분했다. 그와 반대로 같이 여행했던 카셀을 비롯한 전사들과 구와르, 텟살 등은 나에게 어떻게 해서든지 잘해주려 애쓰고 있었다. 그래서 본가의 사람들이 보여주는 적의에 나보다도 더 당황하는 것이다.

스와디의 저택은 전에 지냈던 황태자궁보다 조금 작았다. 구조 자체는 얼추 비슷하기도 했는데 호화스러움에 있어서는 한결 더했다. 황궁이란 위엄을 보여주기 위한 곳이지 사치한 모습을 보여주기 위한 곳은 아니다. 하지만 이곳은 그녀의 부유함을 보여주기 위해 최대한 장식된 곳이었다. 기둥에도 색색으로 유리를 박은 탓에 집안 곳곳은 오색의 광채로 화려하게 빛나고 있었고, 바닥은 질 좋은 대리석. 사막 어디에서 구해 왔는지는 몰라도 은은한 광택을 띤 하얀 대리석은 디딜수록 기분 좋은 청량감을 주었다.

 연회장으로 쓰이는 홀은 모두 네 개로, 일족들이 모두 모일 때 쓰는 황금의 홀과 외부 인사들을 영접할 때 쓰는 에메랄드의 홀, 그리고 왕을 비롯한 신분 높은 자들을 위한 루비의 홀, 그리고 사적인 자리를 위해 마련된 자수정의 홀 등이 있다고 미흐가르는 설명했다. 그는 어느새인지 내 전용 노예가 되어 있었다.

 "모두 몇이나 모였지?"
 "아마 약 이백여 명 될 겁니다, 주인님. 갑작스런 결혼으로 놀란 일족들이 전부 몰려나왔으니까요."
 그는 다소 경직된 얼굴로 답했다.
 "괜찮으시겠습니까, 주인님?"
 "뭐가?"
 "일족의 장로들이 모인 자리입니다. 가운을 입지 않으시면 곤란합니다."
 "그래서 그렇게나 열심히 내 가운을 더럽힌 건가?"
 내 질문에 그는 흠칫하더니 다급한 어조로 애원했다.
 "이 미련한 자들을 용서해 주십시오. 다들 제정신이 아닌 겁니다. 주인님이 어떤 분인지도 모르고 저렇게 날뛰고 있습니다."
 "됐어."

나는 모처럼 관대한 기분으로 웃었다.

"제가 급히 가운을 구해 오겠습니다."

"아니, 저런 수작들을 한 걸 보면 아무래도 남아 있는 가운들도 성치 않을 듯싶어."

"그런……."

미흐가르도 그런 생각을 했는지 창백해졌다.

"마님께 말씀드리겠습니다! 어떻게든 가운을 구해야……."

"아니, 옷 한 벌 때문에 날뛰는 것도 우습지. 게다가 나는 일족의 장로들에게 잘 보이고 자시고 할 필요가 없는 사람이야."

"아……."

나는 어깨를 으쓱했다.

그렇다. 내 알 바가 아니었다. 그들이 날 인정하든 인정하지 않든 그녀와 난 결혼을 했고 그것은 신관이 증명한 사실이었다. 결혼서약서도 있고 신전이 발행한 증명서도 있었다. 증인도 있다. 그런 상황에서 그들이 나에게 반항을 한다고 내가 당장 어떻게 될 것도 아니었다. 어차피 일족의 족장은 스와디였다. 나는 그저 그녀의 남편일 뿐이다. 내가 일족을 쥐고 흔들고 싶었다면야 그들의 인정, 아니, 그들을 굴복시켜야 하겠지만 별로 그들을 쥐고 싶은 생각도 없었다. 그렇다면 무시해 주면 된다.

"그렇습니다. 주인님은 주인님이십니다."

내 의도와는 달리 진지해진 미흐가르는 감탄 섞인 눈빛으로 나를 올려다본다. 이 분위기에 영 어색한 나는 어떻게 해서든 기분을 바꾸기 위해 그의 어깨를 툭툭 쳤다.

"어서 가기나 해."

그때였다.

"족장에게 남편이 생겼다니, 그게 누구야?"

"나야 모르지. 어디서 굴러든 개뼈다귀인지 몰라도 뭔가 크게 착각하고 있는 게야."

큰 소리로 떠들며 바로 옆 회랑으로 걸어오는 사람들이 있었다. 다들 하얀 가운 차림에 보석으로 장식된 머리띠를 하고 있었다. 차고 있는 시미터도 훌륭했다.

"원 제기랄! 설마 하니 족장이 진짜 그놈에게 반했다는 건 아니겠지?"

"족장이 그렇게 어리숙한가? 미동을 몇이나 거두었지만 한 번도 총명을 흐린 적이 없는 분이야."

"그럼 대체 뭐야? 무엇 때문에 이런 말도 안 되는 짓을 하신 거지?"

"결혼하라고 왕께서 명하시니 급히 아무나 구한 거 아닐까? 어리숙한 머저리로 말이야."

"그렇겠지. 하지만 그런 머저리에게 우리가 주인님이라 불러야 한다는 건가?"

상당한 대화 내용이었다.

주된 이야기는 결국 나 같은 정체불명의 개뼈다귀 때문에 몹시 불쾌하다, 그리고 그 머저리에게 된맛을 좀 보여주면 어떻겠는가 하는 것이었다. 그 외에 스와디의 남성 편력이라든가 혹은 그녀의 무지막지한 철권에 희생된 가련한 구혼자들에 대한 조롱도 함께.

그런 소리를 크게 떠들면서 그들은 지나가고 있었다. 그 뒤를 이어 나타난 다른 자들도 대부분 주로 하는 이야기가 그런 것이었다.

나는 마치 무엇인가를 엿듣는 자세가 되어버린 것이 꽤나 꺼림칙했다. 고의는 아니지만 내 험담을 하고 있는 자들을 염탐한 셈이 되어버렸다. 가운도 걸치지 않은 나를 별 대단한 자가 아니라고 생각했는지 모두 그냥 스쳐 지나가 버린 탓이다.

"미흐가르."

나는 내 옆에서 새파랗게 질린 채 떨고 있는 미흐가르를 바라보았다. 그는 고개를 푹 떨군 채 어쩔 줄 몰라 하고 있었다.

"미동을 몇이나 거둬? 스와디의 애인이 몇이나 있지?"

내 질문에 미흐가르는 고개를 사납게 저었다.

"아, 아닙니다. 오해이십니다! 마님께서는 어디까지나 동생처럼 귀여워하는 마음으로……."

나는 빨개진 미흐가르의 얼굴에서 그 역시 스와디의 미동이었다고 확신했다. 무리도 아니다. 저 스와디가 설마 하니 수줍어서 10여 년 간을 독수공방해 왔으리라고는 기대하지도 않는다. 하지만 어쩐지 꽤 묘한 기분이 드는 건 사실이다.

"뭐 어쨌든 저 대화를 들어보니 나를 어떻게들 생각하고 있는지는 분명한 것 같군."

나는 그렇게 말하고 턱짓했다.

"자, 앞장서. 미흐가르."

나는 마누라의 애인이었던 소년을 향해 재촉했다. 그는 뒷덜미까지 새빨개진 상태로 고개를 살짝 숙이며 걷기 시작했다. 아까 보았던 쥬이크의 아들도 애인이었을까. 나를 향해 노골적으로 질투와 증오를 드러냈던 청년. 얼핏 보았지만 꽤 단정한 생김새였다.

후우. 콰람 스와디. 그대는 진정 죄 많은 여자였구나.

미흐가르의 물 오른 나뭇가지처럼 싱싱한 몸매를 느긋하게 감상하면서 나는 틀림없이 그녀가 수줍어하는 미흐가르를 덮쳤을 거라 상상했다. 그리고 순간 느꼈다.

'나도 확실히 제정신은 아냐.'

웃음을 억누르며 걷는 나를 보며 불안한 표정으로 미흐가르가 입을 열었다.

"저어, 주인님. 정말로 아닙니다요. 저는 그저 시중을 들 뿐이지요. 마님께서는 절 그저 귀여워하셨을 뿐이지, 주인님을 대하시는 것과는 전혀 다른 것이었습니다."

"나를 대하는 것?"

나를 변태 늙은이라고 부르는 황소 같은 마누라가 이 소년의 눈에는 어떻게 보이는 걸까 진정으로 궁금해졌다.

"네, 마님께서는 주인님과 함께 계실 때에는 정말로 콰람 스와디가 되십니다. 상냥하고 웃는 얼굴이 멋진 분이시지요."

"…상냥?"

내가 대단히 미심쩍다는 얼굴로 묻자 미흐가르의 얼굴이 다시 붉어졌다.

"아, 그러니까, 다정하시다는 말이죠."

키에디는 음탕하다고 표현했다. 남편을 유혹하면 음탕이고 미동을 희롱하면 다정한 것이라는 게 여기 논리인가? 거참 뭐라 말하기 어렵군.

어쨌든 그다지 도움도 안 되는 대화를 나누는 가운데 나는 홀에 도착했다. 회랑을 지나던 사람들이 모두 가운을 입지 않은 날 보며 마뜩찮은 표정을 지었다. 모두들 나름대로 멋이란 멋을 다 부리고 왔는지 멀리서 보는 것만으로도 화려한 일족들이었다. 보석을 두건에 박거나 목걸이를 한 것은 보통이고 주먹만한 귀고리를 달고 있는 자며, 보석 단추를 달고 있는 자, 심지어 보석으로 장식된 신발을 신은 자들까지도 있었다. 나는 문득 이들을 바라보며 모두 쓸어다가 팔아넘기면 얼마나 나올 것인가를 계산해 보았다. 적어도 십만 덴은 넘을 것이다. 그뿐이냐, 형형색색의 보석을 옷 대신 걸친 반라의 미녀들이 그들의 옆에 줄줄이 앉아 술시중을 든다. 그녀들만 팔아도 십만 덴. 그럼 이 일행을 전부 다 팔면 삼십만은 그럭저럭 나오지 않을까.

이런 심각한 고찰을 하고 있는 동안 미흐가르가 나를 상석으로 안내했다.

상석은 홀의 구조상 제단처럼 보이는 윗자리였다. 리베이드의 이 홀이라는 장소는 펜게이드의 무도회장과는 전혀 다른 구조였다. 일단 계단이 중간중간에 네 계단 정도 있어 상석과 하석을 구분한다. 그러니까 신분이 낮은 자들은 맨 아래의 좌석에 있고 신분이 높은 자들은 제일 높은 계단의 좌석에 앉는 것이다. 어느 곳이나 호사스럽기는 마찬가지지만 금빛, 은빛이 뒤섞인 최고급의 비단이 그들의 엉덩이를 위해 쓰이고 있다는 것은 조금 안타깝기도 했다. 전사들이 반 정도, 나머지는 상인들인 듯 보였는데 생각 외로 그다지 실력있는 자들은 눈에 띄지 않았다.

"저자가!"

"그럼 저기 가운도 걸치지 않은 자가 바로 이번에 새로 맞이한 부군이란 말인가?"

"정녕 주군은 남자 얼굴만으로 남편을 선택한 거야?"

"체격이야 훌륭하지만 중요한 것은 지위 아닌가!"

"쯧쯧쯧……."

여기저기서 날 성토하고 스와디의 경솔함을 책하는 소리가 터져 나왔다. 나는 미흐가르의 창백한 얼굴을 모른 척하고 가장 상석, 비단 보료 위에 앉았다. 그러자 오색 빛으로 빛나는 커다란 부채를 든 여자 노예 두 명이 뒤로 다가와 부채질을 시작했다. 후텁지근한 날씨를 이런 식으로 극복하는 모양이다.

미흐가르는 내 발치에 무릎을 꿇고 앉아 불안한 시선을 바로 아래 좌석에 앉아 있는 일행에게로 돌렸다.

"주인님."

점잖은 어투로 쥬이크라는 총집사가 먼저 입을 열었다.

그는 윤기가 흐르는 하얀 가운 위에 황금 사슬로 만든 목걸이를 걸치고 있었는데 꽤나 멋스러웠다. 상아로 장식된 허리띠에는 시미터 대신 열쇠 다발이 매달려 있었다. 나는 아마도 그것이 집사장이라는 표식이라 상상했다.

"데카르에 오신 것을 환영합니다."

그는 고개를 푸욱 숙이며 인사했다.

그러자 여기저기서 한탄과 분노, 그리고 불신의 야유 소리가 터졌다. 심지어는 바로 그의 옆에 앉아 있던 다른 남자도 버럭 화를 냈다.

"쥬이크, 그만두시오! 아직 주인님께서 나오시지도 않았는데!"

완고한 매부리코에 바짝 마른 면상을 하고 있는 오십 대 정도의 중늙은이었다. 그는 쥬이크처럼 허리춤에 황금으로 만든 열쇠 다발을 매달고 있었다. 쥬이크와 같은 좌석에 있는 것을 보니 아무래도 그가 내가 소개받지 못했던 또 한 사람의 집사인 모양이었다.

"인사를 미리 드리지 못했습니다, 주인님. 이쪽은 남부를 맡고 있는 슈르도 마탁이라 합니다."

쥬이크가 불만을 토한 자를 소개했다. 매부리코를 한 집사는 적의를 감추지도 않고 경멸의 표정으로 날 쏘아보더니 건성으로 고개를 숙였다. 그리고는 비웃듯 미흐가르에게 물었다.

"어째서 네가 새로운 주인님의 발치에 앉아 있는 거지? 네 자리는 여기가 아니었더냐?"

"무례하십니다. 저는 마님의 명으로 주인님을 모시게 된 겁니다. 그러하니 이 자리가 이제 저의 자리가 되었죠."

지나치게 총명한 대답이었던 모양이다. 슈르도는 흥 하고 코웃음을 치더니 나를 아래위로 훑어보았다.

"그럼 주인님의 저 옷차림은 네 탓이겠구나."

그 말에 미흐가르의 얼굴이 새파랗게 질렸다. 그는 당혹한 얼굴로 고개를 푹 숙였다.

쥬이크의 옆에 있던 구와르는 정말 난감하다는 표정을 지었다. 내가 이런저런 야유를 듣는 게 굉장히 안타까운 눈치다. 그는 열쇠 대신 시미터를 차고 있었는데 그게 전사라는 의미인 듯하다. 그리고 그의 바로 옆에는 노예답게 상체를 벗은 텟살이 나이답지 않은 탄탄한 체격을 자랑하며 앉아 있었다. 그의 허리춤에 걸린 열쇠들이 이제야 확실히 의미를 드러내고 있었다. 다시 말해 집사들은 모두 열쇠 꾸러미를 허리에 매달고 있는 것이다.

그때 마침 연속타를 날리기라도 하겠다는 듯이 또 누가 옷차림을 문제 삼았다.

"어째서 새로 나타나신 귀인께선 복장을 정제하지 않고 계시는 것이오?"

누군가가 비난하는 어투로 외쳐 물었다.

다소 뚱뚱하다 싶은 체구에 에메랄드 목걸이를 거창하게 걸고 있는 남자였다. 시미터를 차고 있지 않은 걸 보니 전사는 아니고 상인인 듯 싶다.

"그렇소! 어째서 이런 자리에 셔츠 바람으로 나오신 게요?"

추궁하듯 다른 한 남자가 동조했다. 그러자 다른 자들도 일제히 벌떼처럼 일어나 큰 소리로 외치기 시작했다.

"이건 전례가 없는 일이오!"

"소라성도 없이 야합한 상대가 어째서 이처럼 무뢰한처럼 구는 것인지!"

"그렇다. 소라성도 없었던 자를 어찌하여 우리가 상석에 모셔야 하는 것이오?"

소리가 점점 커지자, 구와르와 텟살의 얼굴이 일그러지는 것이 보였다. 그뿐만이 아니다. 바로 아래 계단에 있었던 카셀도 참을 수 없는지 벌떡 일어났다.

"무슨 망발인가!"

그가 마나를 담아 쩌렁하게 소리를 지르자, 홀 안에서 떠돌던 소리들이 잦아들었다. 카셀은 분기탱천한 얼굴로 시미터를 뽑아 들더니 시퍼런 칼날을 과시하며 외쳤다.

"나 카셀 허미는 이미 주인님께 충성을 맹세했다! 감히 마님께서 선택하신 주인님께 반역을 꾀하는 자 있다면 바로 내 칼 아래 피를 뿌려야 할 것이다!"

살기등등한 그 외침에 이어 자리에 앉아 있던 전사들이 분분히 일어섰다.

"그러하다! 우리들은 새로운 주인님께 충성을 맹세하였노라!"

그들의 외침에 반대하듯이 기둥 뒤에서 한 사내가 나타났다.
"말도 안 되는 소리 마라!"
카셀은 그의 외침에 흠칫했다. 마나가 담긴 그 한마디는 고막을 울릴 정도로 쩌렁했다. 콧수염을 기른 삼십 대 초반의 남자는 늘씬한 키에 당당한 체구를 하고 있었다. 걸친 옷 역시 다른 자들과 달리 검은 가운에 호박 허리띠를 매고 있었다. 시미터를 찬 모습이 전사라는 것을 극명하게 알려주었다. 그는 카셀을 조소하듯 쏘아보더니 곧이어 상석의 나에게 외쳤다.
"당신이 주인님과 결혼했다는 것은 그만큼 강하다는 증거겠지? 그렇다면 그 증거를 보이라!"
"이, 바, 발칙한!"
구와르가 소리를 질렀다. 그는 시뻘게진 얼굴로 손가락질을 하며 호통을 쳤다.
"감히 누구에게 그런 망발을 저지르는 것이냐! 컨투어 와이슈! 진정 살아 있기를 포기한 것이냐!"
그의 호통에도 불구하고 사내는 도전적인 눈매로 쏘아보더니 바로 구와르의 앞좌석까지 당당하게 걸어 올라왔다. 몇몇이 제지하려다가 카셀의 눈짓에 멈췄는데 그것이 또 의외였는지 컨투어라는 남자는 카셀을 쏘아보았다. 투기가 섞인 그 눈초리를 카셀은 조소로 맞받아쳤다.
"네놈이 아무리 날뛰어봐야 주인님의 발치에라도 다가갈 수가 있을 듯싶으냐!"
"내 주인님은 내가 노력한다면 기꺼이 잡혀주실 강인한 꽃이시다. 그런데 내가 못 다가설 이유가 있을 거라 생각하나?"

잘생긴 얼굴을 오만하게 찡그리며 그가 반문했다.

"강인한…… 꽃."

나는 한숨을 내쉬었다. 스와디. 아, 진정 죄 많은 여자다. 눈앞에 있는 이 컨투어라는 사내도 그녀를 사모해서 나를 용납할 수 없다는 그런 이야기가 아니던가. 젊거나 늙거나 관계없이 날 질시에 찬 눈으로 보는 자들이 대부분이었다. 그저 진지한 얼굴을 하고 있는 것은 같이 여행했던 자들뿐이었다. 그러니 내가 여기서 옷 하나 제대로 입지도 못한 채 부채의 공격을 뒤통수에 받으며 앉아 있는 것이겠지.

"대답을 하지 않으시는 겁니까? 아니면 할 수 없는 것입니까?"

조롱하는 컨투어.

"이 발칙한!"

흥분하는 카셀이나 구와르의 분노에도 불구하고 젊은이 대부분이 나를 조롱하고 있었다. 다들 스와디가 닿을 수 없는 꽃으로 있어주었으면 했던 모양이다. 사실 나는 그놈이 강인한 꽃 운운하는 순간, 진이 빠져 화도 나지 않았다.

"흥분할 것 없다."

나는 흥분하는 카셀을 말렸다. 처음으로 입을 열었기 때문인지 모두의 시선이 일제히 나를 향했다. 나는 그 적의와 질투, 그리고 온갖 잡동사니가 섞인 시선들을 휘휘 둘러보고는 물었다.

"모두 내가 마음에 들지 않는 모양이군?"

"당연하지!"

"아닙니다!"

컨투어의 대답과 더불어 카셀이 크게 외쳤다.

"주인님께 충성을 맹세한 저희들이 다 분합니다! 주인님의 진정한 실력도 모르는 주제에 자신의 주제도 모르고 떠드는 저 애송이들을 어찌하면 좋단 말입니까!"

비분강개한 그에게 할 말은 사실 아니지만 조금 웃겼다. 그들이 나에게 대해 모르면 모를수록 좋다. 그리고 되도록 나에게 접근하지 말았으면 좋겠다는 것도 솔직한 심정이다.

"그러니까 그 실력을 보이라니까! 그 반반한 얼굴로 주인님께 접근한 것이라는 점은 충분히 알고도 남는다. 펜게이드의 남자란 얼굴이 허여멀건한 남창들이니까!"

컨투어가 큰 소리로 매도했다. 카셀은 새파랗게 질렸고 평정을 유지하고 있던 쥬이크의 얼굴은 졸도하기 직전까지 몰리는 것 같았다.

"어, 어떻게 감히 그런 말을 하는가!"

그나마 냉철한 텟살이 외쳤다.

"그렇다면 우리들의 족장이신 마님께선 얼굴 반반한 남자에게 홀리는 그런 분이시란 의미인가? 그런가?"

텟살의 추상같은 호령에 컨투어는 한 발자국 뒤로 물러섰다. 하지만 노예인 텟살에게 꿀릴 필요가 없다고 생각했는지 비웃었다.

"그대는 비록 집사의 지위에 있다 하나 결국은 비천한 노예 아닌가? 이런 일족의 자리에 낄 수 있는 자가 아니란 것쯤은 알 수 있을 텐데?"

그 순간 나는 그의 얼굴을 향해 꿀에 절인 대추를 하나 집어 던졌다.

"헉!"

퍼억 하는 소리와 함께 그는 뒤로 쓰러졌다.

던진 건 가벼운 대추였는데 맞을 때는 꼭 철퇴라도 얻어맞은 듯한 소리가 났다. 아, 그래. 철썩 하고 살점이 좀 떨어지는 소리도 났다.

순식간에 주변이 조용해졌다. 컨투어는 하얀 대리석 바닥에 피를 토했다. 입 안이 찢어졌는지 입에서 계속 피가 흘러나왔다. 하지만 그는 피를 닦지도 않고 믿을 수 없다는 듯 날 올려다보았다.

"흐음. 말이 지나쳤어."

나는 조용히 경고했다.

"텟살은 스와디의 집사다. 그런 그에게 함부로 주둥이를 놀리다니. 벌을 받아야 하지 않겠나?"

"허억……."

그는 자신의 입 안에서 굴러 떨어지는 하얀 것들을 손바닥으로 받았다. 이빨이 서너 개 부러진 모양이었다. 그리고 그는 자신의 바로 옆에 구르고 있는 검붉은 대추를 넋을 잃고 들여다보았다.

"다들 내가 마음에 안 드는 모양인데, 뭐 나로선 별로 상관없다."

되도록 담담하게 나는 설명해 주었다.

"나도 그대들이 별로 마음에 들지 않으니까."

내 말이 떨어지기가 무섭게 구와르가 벌떡 일어섰다.

"주인님! 무슨 말씀을 하시는 겁니까? 저희들의 충성심이 보이지도 않으십니까?"

나는 턱을 괸 채로 내 뒤에서 부채질을 멈추고 멍하니 서 있는 두 명의 여자 노예를 가리켰다.

"그렇다면 저들에게 내 뒤통수를 치며 부채질 좀 하지 말라고 말해 주겠나?"

"아!"

구와르는 얼굴이 시뻘게졌고 내 앞에 앉아 있던 미흐가르는 벌떡 일어서더니 잔뜩 굳어 있는 여자 노예들의 뺨을 사정없이 후려쳤다. 그리고 마구 짓밟기 시작했다. 얼마나 인정사정없이 짓밟는지 그 수줍어하던 노예 소년이 아닌 것만 같았다.
"꺄아!"
"사, 살려주세요!"
얻어맞고 울면서 여자들이 소리쳤다. 미흐가르의 주먹질에 금세 피투성이가 되고 곱게 땋아 올린 머리채는 바닥으로 흩어졌다. 바닥에 오체투지까지 해가며 애원하는 여자들을 모른 척하고 나는 스스로 술을 한 잔 따랐다.
"이 아이들은 제가 잘 다스리겠습니다, 주인님. 본가의 모두가 다 저런 발칙한 것들은 아닙니다."
진지하게 말하는 구와르의 얼굴을 보다가 나는 여전히 침묵하고 있는 쥬이크와 다른 자들을 돌아보았다. 한구석에서 나를 증오로 쏘아보고 있는 쥬이크의 아들 아흐멜과 부러진 이빨을 움켜쥔 채 이를 북북 갈고 있는 컨투어. 그리고 여전히 불만과 분노에 찬 자들.
"실력도 지위도 없이 반반한 얼굴 하나만으로 갑자기 나타난 자에게 그럼 우리가 어떤 태도를 취해야 한다고 생각하시오?"
갑자기 한 남자가 정적을 깨고 외쳤다.
시미터를 옆에 차고, 열쇠까지 찬 그는 강철빛에 가까운 눈빛을 번득이며 내게 추궁했다. 아무래도 뒤늦게 나타난 것을 보아하니 지각한 것 같다.
"나는 와이슈 가의 마데오르 와이슈라 하오!"
그는 당당한 자세로 가슴을 펴고 말했다. 마치 나에게 선언하듯 고개를 쳐든 모습이 오만하면서도 꽤 어울린다. 그의 모습에 카셀이 조금 당황하는 것을 보면 그 역시 보통 지위는 아닌 모양이다.
"당신의 실력과 정체를 우리에게 밝혀야 하지 않겠소이까?"

그 말에 모두 동의한다는 듯 고개를 주억거린다. 여기저기서 한마디씩 하면 듣는 쪽은 백여 마디다. 나는 슬슬 짜증이 나기 시작했다. 이들이 아무리 깍깍대 봐야 스와디가 마음을 바꿀 리가 없고 결혼서약서가 무효가 되는 것도 아니다. 이들이 노리는 건 아마 나를 박대해서 마음의 상처(?)를 입혀 스와디와 떼어놓으려는 것일 것이다. 하지만 나는 그리 쉽게 마음의 상처를 받지도 않고 스와디가 쉽게 나에게서 떨어져 나갈 것 같지도 않다.

"내가 왜?"

반문하자, 갑자기 침묵이 찾아들었다. 나는 술잔을 홀짝이면서 아직까지도 매를 맞는 여자 노예들을 흘긋 돌아보며 다시 물었다.

"왜 내가 너희들에게 내 실력을 보여주지 않으면 안 되는 거지? 너희들이 뭔데?"

구와르의 얼굴이 창백해졌다. 텟살도, 카셀도 당황하는 눈치였다.

"난 스와디와 결혼한 거야. 너희들과 한 게 아니다. 너희들이 내 실력을 의심하든 말든 그건 내 알 바가 아니야."

관심도 없고. 나는 시큰둥해서 그릇에 놓인 과일 한 조각을 집어 들었다. 새콤한 과즙이 아주 맛있다.

"거기까지!"

단호한 호통 소리와 함께 휘장이 걷혀지며 주인공이 등장했다.

나는 스와디가 일부러 이런 과정을 거치게 하는 거라 확신하고 있었다. 하지만 그건 아니었던 모양이다. 등장한 스와디는 화려한 장신구과는 달리 잔뜩 흐트러진 매무새를 하고 있었다. 꼭 전력 질주를 한 사람처럼 헐떡거리고 있는 것도 좀 그러했다.

짧은 머리 탓인지 머리에 쓴 서클릿은 조금 삐뚤어졌고 가운은 이미 반쯤 벗겨져 어깨를 고스란히, 특히 그 알통을 그대로 드러내고 있었다. 반쯤 벗겨지다시피 한 샌들을 손에 쥔 그녀는 아예 바닥에 그것을 집어 던졌다.

"이, 발칙한 것들!"

노성이 쩌렁쩌렁 울려 퍼졌다.

"감히 주인을 농락해? 그러고도 너희들이 살아남을 수 있을 것 같으냐?"

그녀는 그 자리에서 눈을 부릅뜨고 있는 마데오르의 멱살을 부여잡더니 그대로 주먹을 갈겼다. 퍼억 하고 그가 휘청하자 그 다음에는 복부를 후려쳤다. 퍼억퍼억 하고 상당히 섬뜩한 소리가 홀 안에 퍼지는 동안 나는 새파랗게 질린 그녀의 일족들을 조용히 감상했다.

"너희들이 내 종이라면 이렇게 할 수는 없는 것! 이 자리에서 그 목줄기를 끊어주겠다!"

그녀는 바닥에 부복한 채인 컨투어의 옆구리를 걷어차며 외쳤다.

"어억!"

컨투어가 가엾게도 피를 토하며 쓰러졌지만 스와디는 아랑곳하지 않았다. 그녀는 카셀의 허리춤에서 시미터를 재빨리 뽑아 들더니 주저 없이, 정말로 주저없이 컨투어의 목을 그어 내렸다.

"까아아악!"

"아악!"

그의 목이 그대로 날아가 과일이 담겨 있던 쟁반 위로 떨어져 내렸다. 가까이 있던 여자들은 그의 피를 뒤집어쓰고는 비명을 올려댔다.

"주인님!"

"주인님! 고정하십시오!"

급히 쥬이크가 고함을 쳤지만 스와디는 멈추지 않았다. 그녀는 목을 잃은 컨투어의 시체를 걷어차며 앞으로 걸어가더니 나를 조롱하던 뚱뚱한 남자의 앞에 서서 이글거리는 눈으로 외쳤다.
"감히 나를 거역해?"
"살려주십시오!"
비명을 지르며 그녀의 발치로 몸을 던진 그를 스와디는 주저없이 걷어찼다. 비명을 지르며 계단 아래로 대굴대굴 굴러 떨어지는 그는 이미 피투성이가 되어 있었다. 그 외에도 컨투어에게 동조했던 전사들에게 다가간 그녀는 전혀 주저함도 없이 그들의 목을 베었다. 순식간에 그 자리에서 일곱 개의 목이 날아가 홀 안을 피로 물들였다.
"살려주십시오!"
"주인님!"
하얀 가운을 입고 있던 자들은 피를 뒤집어쓰고 어찌할 바를 모르며 그 자리에서 고개를 조아렸다. 노예들이 비명을 지르며 몸을 웅크리는 동안 스와디는 피가 줄줄 흐르는 사내들의 시체를 분풀이로 걷어차면서 쥬이크와 집사들을 돌아보았다.
"너희들은 뭐 했어?"
"주, 주인님!"
"주인님, 용서를!"
네 명이 일제히 고개를 조아리며 무릎을 꿇었다. 피로 물든 시미터를 든 스와디는 이를 갈며 물었다.
"너희들이 감히 날 주인이라 부를 자격이 있느냐? 집사가 되어서 감히 주인을 모욕하고 조롱해? 이것이 바로 너희들이 내게 말하는 충성이더냐!"

홀 안은 피비린내로 가득 찼다. 방금 전까지도 기세등등하게 떠들던 자들은 그저 잔뜩 웅크린 채 엎드려 있었다. 이미 완전히 피로 더럽혀진 드레스를 입은 스와디는 전쟁의 여신처럼 흉폭한 기세였다.

"완전히 내게 굴복하지 않는다면 죽인다! 그것은 너희들도 알고 있었을 터이다!"

쩌렁하게 울리는 고함 소리가 전쟁터의 살벌함을 고스란히 담고 있었다. 나는 빈 술잔에 술을 주룩 따르면서 그녀가 하는 양을 물끄러미 지켜보았다.

"그런데 감히 나에게 이런 배신 행위를 하다니! 그것도 새로 맞이한 남편 앞에서 이런 치욕을 맛보게 하다니!"

그녀는 부르르 주먹을 떨더니 들고 있던 시미터를 집어 던지고 외쳤다.

"구와르!"

"네, 주인님!"

"본가의 모든 노예의 목을 쳐라!"

"허어억!"

절로 새된 소리가 터져 나오는지 구와르는 숨을 삼켰다. 하지만 그는 고개를 숙이며 대답했다.

"알겠습니다, 주인님."

쥬이크는 망연자실한 얼굴로 스와디를 올려다보았다.

"주, 주인님. 그, 그것은!"

"주인에게 대드는 노예들은 필요없다. 주인을 조롱하고 주인을 욕하는 노예를 어디에 써먹는단 말인가? 오늘 거리의 개들이 포식을 하겠구나."

그녀는 잔인하게 웃고는 술병을 들어 술로 피로 젖은 손을 닦아냈다. 이미 더러워진 옷은 아예 신경을 쓰지 않는 모양이다. 어쨌거나 이 끔찍한 명령을 들은 노예들은 말 그대로 삽시간에 달달 떨면서 용서를 구했다.

"살려주십시오!"

"주인님, 용서를!"

내 발치에서 미흐가르에게 맞고 있던 여자들 역시 울부짖으면서 외쳤다. 그뿐만이 아니다. 홀 안을 가득 메우고 있던 노예들 전부가 흐느끼며 인정을 호소했다.

"주인님, 저들은 주인님을 10여 년이나 모셔온 자들입니다. 부디 인정을……."

쥬이크가 두 손을 모아 빌자 옆에 있던 그의 아들 아흐멜이 외쳤다.

"주인님, 어찌하여 이런 가혹한 명을 내리시는 겁니까? 저들은 그저 충성심에……."

그 말이 나오기가 무섭게 아흐멜의 얼굴에 그녀의 주먹이 날아왔다. 뻐억 하고 제법 큰 소리가 나며 그의 코뼈가 그대로 내려앉았다. 뒤이어 날아든 발길질에 소년은 턱을 맞고 그대로 쓰러졌다. 그런 그에게 다가가 손등을 짓밟으며 그녀는 차갑게 물었다.

"네놈이 선동한 거렷다? 그동안 쥬이크를 보아 귀엽게 봐주었더니 감히 주인 자리를 넘봐?"

"주, 주인님!"

아들이 죽어가는 끔찍한 광경에 쥬이크가 그녀의 발치에 와서 쓰러졌다. 그는 그녀의 발등을 손으로 잡고 입 맞추며 애원했다.

"제발 살려주십시오. 주인님, 하나밖에 없는 아들입니다."

"네가 교육을 잘못 시킨 것 아니냐!"

스와디는 냉혹하게 외치며 그의 뺨을 주먹으로 후려쳤다.

워낙에 마른 영감인지라 그녀가 한 대 친 것만으로도 힘겨웠는지 그 자리에서 풀썩 쓰러져 버렸다. 그를 부축하며 텟살은 파랗게 질린 얼굴로 애원했다.

"주인님, 제발."

"쥬이크만은 용서를."

옆에서 구와르가 창백한 얼굴로 외쳤다.

그 순간, 내 옆에 앉아 있던 미흐가르가 내 발치에 쓰러지며 애원했다.

"주인님, 말려주세요. 마님을 말려주세요!"

일순간 시선이 일제히 내 쪽으로 쏠렸다.

스와디는 분노로 가득한 얼굴을 내게 돌리다가 조금 움찔했다. 구와르와 텟살 등은 미흐가르의 말에 혹시나 하는 표정으로 날 올려다본다. 피를 토하고 있던 자들도, 겁에 질려 있던 노예들도 모두 일제히 나를 바라보고 있었다.

나는 그 거북한 시선을 받으며 술을 한 잔 더 따라 마셨다. 안줏거리로 치즈 한 조각을 입에 넣으면서 미흐가르를 보자, 그는 불안한 표정으로 날 올려다보았다.

"주인님께서 말리지 않으신다면 마님은 정말로 본가의 노예들을 전부 다 죽이실 겁니다. 주인님, 그러니……."

"됐어."

나는 어깨를 으쓱했다.

"스와디가 알아서 할 일이야. 내 알 바 아니지."

피가 뚝뚝 떨어지는 주먹을 꽉 쥐며 스와디는 쥬이크를 잡아 비틀려던 손길을 거두었다. 그녀는 미간을 찌푸린 채 날 올려다보았다.
"주인님……."
당장 울먹이며 흐느끼는 미흐가르는 겁에 잔뜩 질려 있었다.
"본가의 노예들이 모두 얼마지?"
"무려 오백여 명이 넘습니다."
"저런. 그렇게 많아? 거리의 개들로서는 전부 해결하지 못하겠군."
내 말에 미흐가르는 단번에 창백해졌다. 내가 그런 말을 할 줄은 상상도 못했다는 기색이다. 카셀도, 구와르도 내가 말려주길 기대했던지 새파랗게 질린 얼굴이 되었다.
"미안해."
갑자기 밑도 끝도 없이 스와디가 내게 말했다.
그녀는 잔뜩 일그러진 얼굴로 고개를 숙이며 사과했다. 난데없는 그 행동에 나도 놀랐지만 다른 자들은 거의 벼락이라도 떨어졌다는 반응이었다. 여기저기서 신음 소리가 터져 나왔다.
"이런 수모를 겪게 해서 대단히 미안해. 나도 몰랐어."
그녀는 진지하게 말하고 내 얼굴을 보았다.
나는 물끄러미 그저 보고만 있었다. 지금 내 앞에서 연극을 하는 것인지 진심인지 확신할 수가 없었다. 물론 나는 조금 봉변을 당한다 해도 분노를 이기지 못해 길길이 날뛰는 짓거리 따위는 하지 않는다. 이런 가벼운 모욕으로 당황하지도 상처 입지도 않는다. 그러기에는 스와디의 말대로 나는 너무 늙었으니까.
"당장 본가의 노예들을 다 죽여 사죄하도록 할게. 이 발칙한 것들이 함부로 행동한 것에 대해서는 정말 뭐라 할 말이 없네."

그녀가 그렇게 말하자 나도 별로 할 말은 없었다.

"그다지 수모라고는 생각하지 않았어."

나는 그렇게 말하면서 마지막 남은 한 방울의 술을 빈 잔에 떨구었다.

"그보다는, 정말로 전부 죽일 셈인가?"

"물론이야."

단호하게 대답하는 그녀에게 나는 고개를 저었다.

"그래서야 결국 내가 너를 홀린 나쁜 놈이 될 수밖에 없겠군."

"그런 게 아니잖아! 나는 당신을 주인이라고 말했어! 그런데 이자들은 감히 그런 나의 명을 거역한 것이야! 그것을 놔둘 수는 없는 일 아니야?"

그녀의 말에 나는 혀를 찼다.

"나도 왕년에 시종깨나 죽여봤는데."

그 말에 발치에 있던 미흐가르가 흠칫했다.

"그거 뒷맛이 영 좋지 않아. 살려달라고 울부짖는 어린것들을 죽인다는 것은 기세등등한 덩치들을 죽이는 것과는 천지 차이가 나거든."

"당신을 모욕한 것들을 살려두란 말이야?"

믿을 수 없다는 듯 스와디가 되물었다.

"어차피 그들은 내 노예가 아니고 너의 노예니까 내 알 바 아니지만, 나 때문에 죽이겠다는 이야기는 하지 말았으면 좋겠는데. 결국 너는 화풀이를 하고 있을 뿐 아닌가?"

그녀는 나를 노려보았다.

"벌이란 매섭지 않으면 소용없는 법이야."

"알고 있어. 그리고 나는 여기서 별로 끼어들 생각도 없어. 너의 일족이니까."

그녀는 입을 다물었다. 그리고는 피에 젖은 손을 적당히 닦았다. 우울한 빛이 감도는 그 얼굴을 보았지만 뭐라 할 말은 없었다.

"이로써 연회는 끝인가? 아니면 계속할 건가?"

내가 일어나며 묻자 스와디는 주변을 돌아보며 대답했다.

"계속이야."

그녀의 살벌한 말에 발치에 엎드려 있던 자들이 부르르 떨었다.

내가 홀 밖으로 나가기 위해 계단을 내려가려 하자 미흐가르가 내 옷자락을 잡았다.

"주인님."

"일어나 방으로 안내해라."

"주인님."

미흐가르의 얼굴은 눈물로 완전히 젖어 있었다.

"노여움을 거두어주세요. 그리고 자비를."

"나는 화낸 적이 없다, 미흐가르."

조금 어이가 없었다. 내가 무엇 때문에 화를 낸단 말인가. 어차피 스와디의 사람들이다. 나와는 관계없다. 일족으로 받아들여 달라고 한 적도 없고 그럴 마음도 없었다. 나는 곧 떠날 사람인 것이다.

"그것이 더 무서운 것입니다. 속으로 타오르는 불꽃이 더 뜨겁듯이 화내지 않으시는 주인님이 더 더욱 무섭습니다."

미흐가르는 내 발등에 이마를 댔다.

잠시 머뭇거리는 사이에 구와르가 재빨리 내게 다가와 고개를 숙였다.

"살려주십시오, 주인님."

그 말에 나는 가볍게 대꾸했다.

"그녀는 내 말을 듣지 않아."

내가 그렇게 말한 순간 스와디가 신음했다. 그녀는 이마를 짚고는 골치 아프다는 듯 나를 쏘아보았다.

"당신을 내가 무시할 리가 없잖아."

"아니, 난 내 입장을 분명히 할 뿐이야. 너의 일족들을 내가 받아들여야 할 이유는 없지?"

"그래."

그녀는 지친 듯이 대답했다.

"그렇다면 네가 누굴 죽이든 말든 나는 상관하지 않아. 이들을 다스리는 것은 너의 통솔력이다. 내게는 많은 노예가 필요하지도 않으니까 알아서 해."

"주인님! 살려주십시오!"

미흐가르가 다시 외쳤다. 그는 주변에 아예 신경을 쓰지 않은 채 내 발을 붙잡고 늘어졌다. 별수없이 나는 그의 팔을 잡아 일으켰다.

"난 가서 쉬겠다. 가자."

"주인님, 이들이 전부 죽도록 놔두실 겁니까?"

결사적으로 매달리는 미흐가르 탓에 나는 다시 스와디를 보았다.

"이들이 죽는 게 내 탓인가?"

그 질문에 그녀는 무겁게 대답했다.

"아니, 내 탓이다. 내가 제대로 다스리지 못했다는 의미니까."

"그렇다면 내가 그 명을 거두라고 말하면 들어줄 건가?"

잠시 망설이던 스와디는 고개를 끄덕였다.

"물론."

"그러면 살려두도록 하지. 오백이 죽든 천이 죽든 내 알 바는 아니지만 미흐가르가 내 힘을 과신하고 이처럼 빌고 있지 않은가."

그녀는 나를 물끄러미 보다가 고개를 끄덕였다.

"냉정하군. 알았다. 살려두지."

"모처럼 화려한 홀이 피로 더럽혀졌잖아. 아깝군."

나는 아예 시체처럼 움직이지도 않는 자들을 돌아보다가 걸어나갔다. 등으로 와 박히는 무수한 시선들을 느끼긴 했지만 멈추진 않았다. 리베이드 인이 극단적이라더니 그 말이 맞긴 맞는 모양이다. 이런 연회장 안에서 주저도 없이 목을 베어버리다니.

그렇지만 나는 간과하지 않았다. 그녀가 벤 자들은 모두 시미터를 허리에 찬 전사들이었다. 그뿐만 아니라 비교적 아래 자리에 있던 것으로 보아 얼마든지 교체 가능한 자들이었을 것이다. 구타하긴 했어도 중요한 인물인 쥬이크나 마데오르란 자는 죽이진 않았다.

"뻔뻔하긴."

전사 몇 죽이고 나를 구슬릴 생각인 것이다.

어쨌든 리베이드에서 일족의 족장이라는 게 어떤 의미인지 분명해졌다. 생살여탈권을 쥔 자라는 의미였다. 족장이라면 아무리 죽여도 죄가 안 된다는 의미였다. 정말로, 극단적이다.

Chapter 58

한밤중이 되어서야 스와디가 돌아왔다.
그녀는 잔뜩 지친 얼굴로 침실로 들어오더니 길게 누워 책을 보고 있는 나를 흘긋 보았다. 몸에서 피비린내가 났다.
여자 노예 한 명이 들어와 그녀가 옷을 벗는 것을 도와주는 동안 나는 아무런 말도 하지 않았다. 그녀 역시 뭐라 말을 해야 할지 알 수 없다는 얼굴로 무뚝뚝하게 옷만 벗었다.
"박하 차 한 잔."
내가 주전자를 들어 보이며 주문하자 발치에 그림자처럼 앉아 있던 미흐가르가 일어나 주전자를 들고 나갔다. 그 모습을 보고 스와디는 다시 한숨을 내쉬었다.
"미흐가르에게 차 가져오라고 시키는 건 보검을 들고 돼지 잡는 격이야."

"하지만 찻주전자에 벌레를 집어넣을 염려는 없잖아?"

그 말에 그녀의 얼굴이 험악해졌다. 그녀는 발치에서 옷을 개키고 있던 여자 노예를 걷어차더니 내 앞으로 걸어왔다.

"그거 진짜야?"

"뭐가?"

"저것들이 당신 먹을 음식에 벌레를 넣었어? 옷을 망친 것으로도 모자라 그런 짓을 해?"

나는 턱을 괸 채로 건성으로 대꾸했다.

"뭐 그런 거지. 나는 너를 홀린 허여멀건한 남창이라던데."

"이 찢어 죽을 것들이!"

그녀는 테이블 위에 놓여 있던 단지를 집어 던졌다. 와장창 소리를 내며 산산이 깨져 나가는 물건을 보니 나도 기분이 좋진 않았다.

"적당히 해. 시끄러워."

"당신은 그런 소리를 듣고도 가만있었어?"

"어차피 내 일족도 아니야. 그저 무시하면 그뿐이지."

"당신이 얼마나 강한지 알면 그런 소리 못할 거 아니야?"

그녀가 고래고래 소리를 지르자 정말 귀가 따가웠다. 감정이 격한 탓인가 도무지 진정될 기미가 보이지 않았다. 그녀는 방 안 물건을 박살 내더니 덜덜 떨고 있는 노예를 한 번 더 걷어차고는 소리 질렀다.

"모두 들어와!"

밖에서 떨고 있었을 것이 틀림없는 노예들이 줄지어 들어섰다. 중년의 여자가 노예들을 이끌고 들어서는 것을 싸늘한 눈초리로 보던 스와디는 미흐가르가 마침 찻주전자를 들고 들어서자 턱짓했다.

"미흐가르가 차 심부름을 해야 할 정도로 너희들이 형편없었나?"

중년 여자는 창백한 얼굴로 무릎을 꿇었다.

"제가 잘못 가르친 탓입니다. 용서해 주십시오, 주인님."

"내 남편을 주인님이라 부르라고 했어."

그녀는 싸늘하게 말하고는 여전히 턱을 괸 채 책을 읽고 있는 나를 노려보았다. 나는 왠지 이 상황이 꽤 재미있다는 생각이 들었다. 록그레이드일 때는 나도 누군가를 굴복시키거나 내 명령을 듣게 만들기 위해 애썼지만 지금은 아니었다.

"모리아, 나는 두 번 말하는 걸 싫어해. 잊어버렸어?"

"죄송합니다. 정말로 드릴 말씀이 없습니다."

중년 여자의 이름이 모리아인 모양이다. 나이가 지긋한 것이 아마 스와디를 시중든 지 오래된 사람인 듯했다.

"그뿐만이 아닙니다. 모두 주인님을 모욕했습니다."

옆에서 미흐가르가 이글거리는 눈으로 여자들을 노려보며 고했다. 고자질하는 것이 꼭 차 심부름을 한 게 억울해서 그런 것 같다. 내가 혀를 차자 미흐가르는 완고한 얼굴로 내 옆에 무릎을 꿇은 채 스와디에게 일일이 떠들어댔다. 옷을 몇 번이나 버려서 결국은 가운 없이 연회장에 나갔었고, 나가는 길목에서 일족들이 내 험담을 해댔으며, 부채질하는 계집애들은 내 뒤통수를 일부러 쳤고, 어떤 계집애는 내 술병에 벌레를 넣었고, 차 심부름을 시키면 슬그머니 돌아오지 않더라 등등.

말을 하면 할수록 험악해지는 그녀의 얼굴은 정말로 볼 만했다. 그녀는 이를 부드득 갈더니 덜덜 떨고 있는 노예들을 향해 채찍을 들었다. 그녀의 채찍은 방 안 한구석에 곱게 말려 있었는데 일단 집어 들자 길이가 꽤 상당했다.

"이것들, 말로는 안 되겠군."

그녀가 고함을 지르자 한둘은 졸도까지 했다. 울부짖어 대며 떠들어 대는 것이 너무 시끄러워서 나는 견딜 수 없었다. 찻잔과 책을 든 채 일어나자 미흐가르가 뒤를 따랐다.

"어디 가?"

그녀가 바락 외쳤다.

"시끄러워서 있을 수가 없잖아. 한밤중에 침실에서 이 뭐 하는 짓이야? 너는 후려치고 계집애들은 비명 지르고 그 옆에서 나는 차 마시며 책을 보라고?"

내 말에 그녀는 멈칫 하더니 울컥 치미는지 채찍을 집어 던지고 내 앞으로 다가왔다.

"대체 뭘 원하는 거야?"

"잘하면 멱살도 잡겠군. 원하는 것 따위는 없어. 난 그저 조용히 있을 장소가 필요해."

"내 일족들이 당신을 모욕한 것은 사과하겠어. 노예들도 다시는 그런 일이 없을 거야."

"알았다니까."

"그렇게 적당히 대답하지 말아!"

그녀는 다시 소리를 지르고는 머리를 북북 긁었다. 그 모습이 우스워서 피식 웃고 말았다. 꼭 심통난 소년 같은 몰골이었다. 안 그래도 짧은 머리가 엉망이다.

"정말 나는 신경 안 쓴다고 했어."

그 짧은 머리를 쓰다듬으며 말하자, 스와디는 나를 올려다보았다. 여전히 화가 난 얼굴이지만 한편으로는 조금 서글픈 표정도 섞여 있었다.

"떠들지 말고 잠이나 자자. 안 그래도 돌아온 첫날이야. 편한 침상에서 자고 싶은데."

내 말에 그녀는 한숨을 내쉬고 아무렇게나 손짓했다.

떨고 있던 노예들이 서둘러 방을 치우기 시작하자 그녀는 내 손을 잡고 방을 나섰다.

"어지러우니 다른 방으로 가자."

여전히 무거운 안색을 한 그녀는 더 이상 말하지 않았다. 미흐가르는 내 뒤를 차 주전자를 들고 따라왔다.

새로 들어온 방은 파란 방이었다. 파란 비단에 파란 휘장, 파란 쿠션과 터키석으로 장식된 테이블과 청동 물 항아리, 하얗고 파란 타일이 깔린 바닥과 화초로 뒤덮인 벽장이 눈에 띄었다. 그녀는 그 방에 들어오더니 테이블 위에 놓인 주석과 사파이어로 장식된 보석함을 열었다. 안에는 보석들이 가득 들어 있었는데 묵직한 장식을 보아하니 여자 것은 아닌 듯했다. 그중에서 그녀는 목걸이를 하나 골라냈다. 청동과 미스릴을 엮어 만든 사슬에 큼직한 보석이 매달려 있었다. 거의 어린애 주먹만한 그 보석은 검게 윤이 나는 것이었는데 오닉스 비슷했다. 하지만 불빛에 비추니 새파란 빛을 안쪽에서 내뿜고 있었다.

그녀는 그것을 들어 내 목에 걸었다.

"어울려."

"이걸 왜 주는 거지?"

"당신 거야. 이 방 안의 모든 보석은 원래 내 남편 것이니까."

"난 보석은 별로 좋아하지 않아. 이렇게 거창한 것은 더 더욱이나."

"나는 내 남편이 제대로 치장하길 바라고 있어. 그리고 그 목걸이는 항상 걸고 다녀. 당신을 무시하는 자들은 없을 거야."

"이게 무슨 상징이라도 돼?"

안쪽에서 파란 빛을 내뿜는 보석은 꼭 내 오러와 비슷한 색채를 발하고 있었다. 그 때문인지 호감이 갔다.

"아버지가 내게 준 '마신의 눈' 이야. 이 목걸이를 그렇게 불러."

"마신의 눈?"

"내 남편에게 주라고 지참금으로 주신 거지. 리베이드에서 단 하나밖에 없는 물건이야."

"그렇게 거창한 것을 받을 순 없어."

"받아. 당신은 내가 선택한 남편이야. 떠날 때 떠날지라도 할 것은 하라구."

나는 어쩐지 이 대화가 무척이나 우습다는 것을 깨달았다. 꼭 남편이 첩한테 하는 대사 같다. 마누라가 남편에게 보석을 주면서 달래는 이 상황이라.

"뭐, 주는 거라면 받지."

옆에 있던 미흐가르는 다행이라는 얼굴로 웃고 있었다. 나와 그녀의 사이가 험악해 보여 걱정했던 모양이다.

"그보다 남자가 의외로 많았던 모양이야."

"뭐?"

"미동을 많이 거느렸다고 누군가가 그러던데? 게다가 나를 향해 질투로 불타오르는 남자들도 한둘이 아니었고."

스와디는 눈을 가늘게 뜨고는 비웃었다.

"내 재산과 지위를 노리고 있는 것들이야."

"왜? 순수하게 널 좋아할 수도 있잖아?"

"그래 봐야 내겐 종일 뿐이야. 종을 남편으로 할 순 없잖아?"

팔짱을 끼며 오만하게 말하는 그녀는 맨 처음 만났던 그 모습 그대로였다.
 "사람은 자기 주제를 알아야 하는 법이야. 자기 주제를 모르고 그 이상을 넘보면 그 다음은 끝이야. 당신도 당신을 모욕하는 것들을 그대로 놔두어선 안 돼. 알아들어?"
 "그렇다고 모두 목을 벨 순 없지. 너에겐 소중한 일족이니까. 네 손으로 베는 것과 내 손으로 베는 것은 다르잖아? 난 내 것도 아닌 것에 손대진 않아."
 물론 도를 넘어선다면 가차없이 해치워 주겠지만.
 "알았어. 결국은 내가 주의시킬 수밖엔 없다는 의미로군."
 그녀는 머리를 짚더니 투덜거렸다. 무척 피곤한 기색이었다. 아닌 게 아니라 긴 여행 끝에 돌아온 집에서 첫날부터 이 난리를 치렀으니 피곤하긴 할 것이다.
 "목욕이나 하고 자자구."
 "목욕은 했어."
 "아직도 피 냄새가 나는데?"
 "예민하게 굴지 마."
 그녀는 다시 투덜거리더니 침상 위로 엉금엉금 기어들어 가 벌러덩 누웠다. 꼭 하는 짓이 강아지 같다.
 "이제는 강아지처럼 구는 거야?"
 내가 웃으며 묻자 그녀는 눈을 부릅떴다.
 "누가 강아지라구?"
 "황소처럼 달려들더니 이제는 강아지처럼 데굴거리는군."
 침대로 다가가 머리를 쓰다듬었더니 그녀는 한숨을 내쉬며 내 허리를 끌어안았다.

"당신, 진짜 늙은이야. 누가 자기 마누라보고 황소니 강아지라고 하는 거야? 보통은 아름답다거나 요염하다고 해주어야 하는 거 아니야?"

그 말에 소리 높여 웃고 말았다.

"다른 건 몰라도 요염과는 너무 거리가 멀어요, 꼬마 아가씨."

스와디는 흠칫 놀라 나를 빤히 바라보았다.

"꼬마?"

"그래. 꼬마."

"꼬마?"

"그렇다니까."

"꼬마? 꼬마? 내 생전 그런 소리는 처음 들어!"

그녀는 침대 위에서 벌떡 일어나더니 내 멱살을 잡았다. 그리고는 코를 맞댈 정도로 자기 얼굴을 들이댔다. 키스라도 하려나 싶었더니 잔뜩 찡그린 얼굴로 묻는다.

"진짜 내가 꼬마로 보이기라도 하는 거야? 당신 100살은 넘은 늙은이 맞지?"

나는 대답 대신 끌어안고 키스했다.

미호가르가 안도의 한숨을 내쉬며 슬그머니 밖으로 나가는 것이 느껴졌다.

그 후로 편안했습니다라고 말할 수 있다면 좋겠지만, 그렇게 되지는 않았다.

스와디는 연일 떠들어대는 자들의 입방아 때문에 항상 찡그린 얼굴이었고 노예들은 나를 피해 달아났다. 내 시중을 기꺼이 들어주는 자는 구와르의 휘하에 있던 자들뿐이었다. 그 외에도 카셀은 나를 어떡해서든 본가의 전사들과 잘 지내게 하려 애쓰고 있었지만 연회에서의 사건 탓인지 오히려 날 경원시하는 눈치였다.

그런 식으로 사흘이 지났다. 그리고 드디어 기다리던 사태가 터졌다.

왕이 불렀던 것이다. 정확히 말하면 왕이 여는 왕궁의 연회에 초대를 받았다. 새로운 남편과 함께 오라는 말이 꽤나 의미심장했다.

잔뜩 긴장한 가솔들은 물론이고 구와르와 텟살마저도 나에게 몇 번이고 조심하라고 알렸다. 그들은 내가 당장이라도 왕의 노여움을 받아 사형이라도 당할 것처럼 보였는지 스와디에게도 성질을 죽이라고 연신 충고해 댔다.

"그렇습니다. 마님께서 잘하셔야 합니다. 무엇보다도 검공께서 역정 내시지 않도록 해야 합니다."

"네, 어쩌면 구혼자였던 족장들도 여럿 있을 겁니다. 그곳에서 그들의 반감을 사게 된다면 일은 더 복잡해집니다."

쥬이크는 나를 아주 복잡한 시선으로 보면서 내 옷차림에 대해 고심했다. 그는 가운을 열네 벌이나 새로 만들고 내 지위에 알맞은 차림새를 갖추기에 여념이 없었다. 나는 연회 석상에서 노예들의 농간으로 옷을 버렸던 경험이 있던 터라 그의 사죄를 기꺼이 받아들였다.

왕의 연회는 펜게이드와 조금 다르게 진행되는 것 같다. 주로 바닥에 앉아서 생활하는 리베이드 인답게 왕궁에서의 연회도 전에 내가 보았던 스와디 일족의 연회와 비슷한 듯했다. 한 가지 차이가 있다면 규모가 다르다고나 할까.

어쨌든 나는 스와디와 함께 왕의 연회에 나갈 준비를 마쳤다.

그녀는 평소와 달리 짧은 머리 위에 여성용 두건 같은 것을 쓰고 루비로 장식된 보관을 썼다. 하얀 두건을 어깨까지 늘어뜨린 모습이 지극히 여성스러워서 나도 깜짝 놀랐다. 걸친 가운은 황금빛이었는데 소매가 워낙에 길고 폭이 넓어서 그녀의 그 강렬한 팔뚝을 잘 숨겨주었다. 드레스는 그녀의 몸매에 착 달라붙는 청록색의 비단으로 발끝까지 완전히 가려져 가만히만 있으면 정말로 여신처럼 보일 정도였다. 입만 다물면 말이다.

"어깨가 거북해. 잘라."

"마, 마님, 그건 곤란합니다. 어깨를 드러내면 두건과는 어울리지 않아요."

"두건도 너무 길지 않아? 나는 원래 베일을 하지 않았으니까 두건도 길 필요는 없는데."

"결혼하시고 처음으로 가는 연회입니다. 위엄있게 보이시는 게 좋습니다. 미망인이시던 그때와는 다르니까요!"

쥬이크의 강력한 항의에 밀려 투덜거리던 그녀도 마침내 항복했다.

나 역시 그녀에게 맞춰서 옷을 입게 될 줄 알았지만 의외로 검은 가운에 검은 비단으로 된 바지와 셔츠가 나왔다. 거기에 그녀가 선물한 목걸이를 걸고 검은 두건을 썼는데 다행히도 보관은 쓰지 않았다. 검은 에르차를 길게 드리우자 정장은 그것으로 끝이었다. 몇 겹이나 옷을 겹치는 펜게이드와 달리 펑퍼짐한 옷자락이 편하긴 했지만 속옷이 워낙 없는지라 허전하기도 하다.

"검은 가운이 원래 와이슈 가비라 가의 상징입니다. 검은 에르차를 두르니까요. 마님이야 여자니까 아무 색이나 상관없지만 원래 전사는 검은 가운을 입는 법입니다."

진지하게 쥬이크가 설명했다. 그는 내가 바탕도 없는 전사기 때문에 전통을 모를 것이라며 은근슬쩍 무시하는 발언을 흘렸지만 나 자신은 원래 검은색을 선호했기 때문에 불만은 전혀 없었다. 하지만 얼굴을 바꾼 후에 검은색으로 몸을 두른 것은 처음이었기 때문에 어울리는지, 안 어울리는지는 알 수 없었다.

"괜찮은걸."

거울 속에 있는 나는 밤색 머리칼과 초록 눈이 엄청나게 이상하게 느껴지긴 했지만 체형 자체가 바뀐 것은 아니었기 때문에 괜찮은 것도 같았다. 록그레이드로서 황궁 무도회에 참석할 때 입었던 검은 정장을 떠올리자 어쩐지 검공 페논 가비라와 마주치는 것이 조금 두렵긴 했지만 얼굴을 바꾼 이 상황에 설마 하니 알아차릴 리는 없으리라.

"정말 멋져요."

미흐가르가 하얀 가운과 하얀 두건에 검은 에르차를 두른 채 감탄했다. 내 시종으로 전락해 불행히도 차 심부름과 내 옷가지 정리 등을 맡게 된 그였지만 적어도 내 앞에서는 불평을 토하는 법은 없었다. 너무 성실해서 꼭 제2의 벤을 맞이한 기분이었지만 적어도 더 순해서 물어뜯길 염려는 없는 듯했다.

"두 분 다 워낙에 훤칠하시니 다른 사람들을 압도할 것만 같아요."

그의 말에 옆에 있던 구와르가 허허 웃었다.

"맞아, 확실히 그렇군. 마님과 나란히 서서 어울릴 남자가 나타나다니 정말 꿈만 같소이다."

그 말에 쥬이크의 멍이 든 얼굴에 씁쓸한 웃음이 떠올랐다. 아마도 자신의 아들이 생각나서일 것이다. 그의 아들 아흐멜은 나에게 방자하게 군 죄로 얻어맞아 갈비뼈 세 대가 부러지고 코뼈가 부러지는 중상을 입었다. 지금은 집에서 정양하고 있는 모양이었다.

　호위를 맡은 것은 여전히 구와르와 카셀이었다. 전에 모래충에게 당한 인력을 보충하여 전부 50여 명의 전사가 모였다. 거대한 저택 앞에 줄줄이 검은 가운 차림으로 도열한 그들은 꽤나 멋졌다. 여행 중에 친해진 자들이 대부분이었기 때문에 나와 스와디가 나타나자 환성을 질렀다.

　"와아!"

　카셀이 위압적인 인상에도 불구하고 방글 웃으며 검은 수말을 끌고 내 앞으로 다가왔다. 처음 보는 말이었는데 보통 말보다도 큰 덩치를 한 거마였다. 상당히 사나운지 으르렁대는 소리가 들릴 지경으로 안장도 화려했다.

　"받으십시오."

　카셀이 내게 고삐를 건네주었다. 나는 얼결에 고삐를 잡았다. 그러자 말이 앞발을 들어 올리며 반항을 하기 시작했다. 내가 말에 서툰 것을 알아차렸다는 듯이 말이다.

　"주인님!"

　놀란 미흐가르가 막 고삐를 잡아채려는 순간, 나는 바짝 말의 고삐를 잡아당겼다. 날뛰던 말은 힘에 이끌려 내 앞으로 다가와 나를 걷어차려는 듯 두 발길질을 시작했다. 겉만 말이지 하는 짓은 야수와도 같다. 최대한 부드럽게 하려고 노력은 했지만 사실 나는 말에 관한 한 그다지 능숙한 편이 아니다. 고삐를 이리저리 흔들어 말을 진정시키려 했지만 녀석은 여전히 날뛰며 나를 어떻게든 쳐보려고 버둥거렸다. 힘이 얼마나 센지 난리도 아니다.

　히히이이잉잉!

허옇게 눈을 희번덕거리면서 이를 드러낸 녀석은 나를 물어뜯기라도 할 기세다.

"잘해봐."

뒤에서 스와디가 팔짱을 끼며 낄낄거렸다. 이게 어디 현숙한 마누라의 태도일까. 하지만 그녀만이 아니라 주변의 모두가 다 그런 태도였다. 다들 웃고 떠들면서 내가 어떻게 이 끔찍한 놈을 다스릴 것인지 기대가 크다는 눈치다. 나도 창피를 당하고 싶은 마음은 없었다.

"아아. 이런 방법은 쓰고 싶지 않았지만."

나는 결국 말고삐를 바짝 당겨 녀석의 머리통에 손을 얹었다.

"……"

말과 눈이 마주쳤다. 순간적으로 녀석의 눈가에 공포가 서렸다.

갑자기 말이 얌전해지자, 사람들의 탄성이 터졌다. 나는 조금은 미안한 감을 느끼며 이 끔찍한 놈의 갈기를 쓰다듬으며 속삭였다.

"죽고 싶지 않겠지? 그렇다면 얌전히 있는 게 좋아."

말은 마치 알아들은 것처럼 부르르 떨었다. 갑자기 얌전해진 그 태도에 놀란 스와디가 내 옆으로 다가왔다.

"어떻게 한 거야?"

"위협했을 뿐이야."

"말을 위협해?"

그녀는 황당하다는 듯이 날 보더니 곧이어 뒤에 서 있던 마부들에게 손짓했다. 그러자 마부들이 다가와 상태를 살피더니 곧 수건으로 말을 닦아주며 안정시켰다. 말은 아까의 날뛰는 태도가 거짓이었다는 듯 아주 얌전히 서서 그 손길을 받아들였다. 마부 중 하나가 웃으며 날 돌아보았다.

"정말 대단하십니다, 주인님. 마님께서 이놈을 주인님께 선물로 드린다고 하셨을 때는 저희들도 깜짝 놀랐지만 이렇게 쉽게 길들이시다니오."

"길들여? 그거, 야생마인가?"

내가 황당해서 스와디를 보자 그녀는 씨익 웃으며 음험하게 웃었다.

"맞아. 당신이라면 어떻게든 할 거라 생각했지. 석 달 전에 구입한 놈인데 영 길이 들지 않았어. 아직 거세도 하지 않았고. 몸은 아주 좋아서 종마로 쓰일 만한데 도무지 말을 들어야 말이지. 나도 타지 못했던 놈이야."

"그런 걸 나에게 들이 내밀었단 말이지?"

"어떻게든 할 줄 알았다니까. 자아, 저놈의 이름은 흑풍이라고 해. 어때?"

"흑풍은 무슨. 그냥 검둥이로 해."

내가 빈정대자 그녀가 혀를 찼다.

"당신 말이잖아? 그럴듯한 이름을 붙여주어야지. 개새끼도 아닌데 검둥이가 뭐야?"

나는 별로 내키지 않아서 나를 슬금슬금 훔쳐보고 있는 시커먼 말을 쏘아보았다. 영리해 보이기는 했다. 내 기운을 맛본 짐승들이 다 그렇듯 겁에 질리긴 했지만 그래도 눈치를 보는 것이 보통 말보다는 대담한 놈인지도 모른다.

스와디가 박수를 치자 마부들이 그녀의 앞으로 백마 한 마리를 가지고 왔다. 화려한 장식은 없었지만 파란 눈을 한 백마는 그것 자체로도 꽤 근사했다.

"자, 이제 출발하자."

그녀의 외침에 따라 일행은 일제히 말머리를 돌려 저택의 밖으로 향했다. 나는 검둥이 위에 올라앉아서 잠깐 동안 스와디의 모습을 감상했다. 바람에 두건을 날리며 달리는 모습이 정말로 근사했다. 특히 허리춤에 매달린 검게 번들거리는 채찍이 일품이다. 드레스 차림에 채찍을 둘둘 감고 있는 그 모습은 굉장히 이질적이었지만 그것에 대해 지적하는 자들이 하나도 없었다. 쥬이크마저도 말이다. 그래서 나는 그것이 퓨션에서 왔다는 특제 채찍이라는 것을 눈치 챘다.

"나중에 그 채찍 쓰는 걸 좀 봤으면 좋겠군."

내 말에 그녀가 웃었다.

"당신이야말로 제대로 검을 쓰는 걸 봤으면 좋겠어!"

그녀는 쾌활하게 말하며 큰 소리로 물었다.

"왕궁에 가는 것이 두려워?"

"그래."

"정말?"

"그럼, 무섭고말고."

"그게 어디 무서운 얼굴이야? 귀찮아하는 기색이 역력한데."

"나는 평범하고 보잘것없는 신분의 소유자이니 왕궁에 가게 되어서 떠는 것은 당연하잖아?"

"내 집에서도 태연자약했던 주제에."

그녀는 조소했다.

"그게 시중드는 노예와 시종들로 가득 찬 집안에서도 태연했던 남자가 할 말이야? 내가 전에도 말했다시피 어이없는 거짓말은 관두라고. 당신은 머리끝부터 발끝까지 남에게 하대하는 게 익숙한 남자야."

"저런, 저런."

쓴웃음이 절로 나왔다. 정말로 내가 그런 작자인지는 나도 모르는데. 록그레이드야 그랬을지도 모르지만 내 알맹이는 의외로 의심 많고 소심한 것 아닐까. 의심이 많다는 것은 결국은 소심하다는 증거잖아?

대로로 쭈욱 뻗은 길을 속보로 달려가는 동안 몇 번이나 다른 일행과 마주쳤다. 같은 방향으로 가는 자들이 대부분이었지만 스와디와 나를 보고는 눈을 크게 뜨고 호기심에 찬 시선을 던졌다. 전원이 말을 타고 달리는 우리들과는 달리 화려한 마차를 타고 있는 자들이 오히려 많았다.

"콰람 스와디의 행차이시오?"

옆으로 지나가며 하얀 가운을 입은 무리가 물었다. 카셀이 냉엄한 태도로 고개를 끄덕이자, 앞선 남자가 나를 돌아보며 눈을 크게 떴다.

"그럼 그쪽 분이 소문의……?"

"정말로 콰람 스와디가 재혼을?"

놀란 자들이 한마디씩 하는 동안에도 우리들은 속도를 줄이지 않았다. 호기심 어린 시선들이 나에게로 와 박혔지만 모른 척했다. 대단한 소문을 뿌리고 다니는 그녀 덕에 나도 꽤나 유명 인사가 된 모양이다. 나는 대로 끝에 나타난 하얀 궁전에 시선을 두며 사람들의 시선을 아예 무시해 버렸다.

"왕궁 움파르엔데야."

왕궁의 문지기들은 위압적이지만 굉장히 유능했다. 깃발을 단 장창을 들고 서 있는 거구의 병사들은 재빨리 신원을 파악한 뒤 줄줄이 늘어선 일행을 분류해 냈다. 어쩌면 에르차를 보고 구분을 하는 것일 수도 있고 얼굴을 보고 구분하는 것일 수도 있다. 하지만 그 어느 쪽이든 시간이 오래 거리지 않는다는 측면에서 나는 감탄했다. 아이어드의 황궁에서는 신분 확인 후 황궁 문을 통과하기까지 상당히 많은 시간이 소요된다고 알고 있었다. 스와디는 얼굴 자체가 신분 보장이었는지 그다지 시간도 걸리지 않고 통과했다. 하지만 마차를 타고 온 일행은 꽤나 오랜 시간이 걸리는 모양이었다.

"콰람 스와디."

잘 차려입은 중년의 사내가 말에서 내리는 그녀를 보고 다가왔다. 뒤에 줄줄이 서 있는 자들이 가솔이라고 본다면 그 역시 꽤나 높은 신분인 듯했다. 화려한 은빛 수를 놓은 가운을 입은 그는 잠시 망설이더니만 내 쪽을 잠시 보고 스와디에게 물었다.

"이분이… 부군이 되십니까?"

"그렇다, 슐랏. 내 남편인 록베더다."

그녀는 그렇게 말하면서 내게 손을 뻗었다. 그 손을 맞잡고 한 걸음 나서자 턱수염을 기른 사내는 난감한 얼굴로 날 보더니 헛기침을 했다.

"고모부님, 저는 슐랏 기아이 가비라. 조카입니다."

조카가 대체 얼마나 많은 걸까. 나는 분명 스와디보다 나이가 많은 듯한 그를 보며 가볍게 목례했다.

"록베더요."

내 말에 그는 잠시 동안 나를 관찰하더니 스와디를 향해 말했다.

"서두르시는 편이 좋겠습니다. 미리 말씀드리지만 왕께선 물론이고 검공께서도 진노하고 계십니다."

그녀는 그 말에 어깨를 으쓱할 뿐이었다.

왕궁 안은 스와디의 저택과 별로 크게 다르지 않았다. 구조상 좀 더 크고 복잡할 뿐이었다. 아이어드의 네모 반듯한 황태자궁에 익숙했던 나로서는 리베이드의 회랑과 복도들이 꼭 미로처럼 보였다. 굽이치는 공중 계단과 미로처럼 얽힌 창 없는 회랑. 게다가 지나치게 화려해서 눈이 피로할 지경인 색색가지의 타일 조각들까지 정신이 없을 지경이었다.

복도를 지나는 동안에도 이삼십 명은 되는 사람들이 인사를 건네왔다. 하지만 별로 기억은 나지 않는다. 가비라 가의 사람이 서넛, 그 외에 왕의 중신으로 보이는 자들도 몇 있었다. 스와디는 그들과 반듯하게 인사를 하긴 했지만 그다지 반가운 모습은 아니었다. 특히 나를 해부라도 하듯 샅샅이 관찰하는 눈초리가 거북했다. 하지만 그것도 며칠째 단련되다 보니 그럭저럭 견딜 만하다.

"정말 저자입니까?"

"흠, 소문대로 미남이긴 한데… 콰람 스와디와 함께 서니 어울리긴 하는군요."

"하지만 아무래도 출생이 미심쩍고… 거기에 이방인이잖소!"

"용병이었다던데."

"키에디님의 호의로 여행 중이었다가 콰람 스와디와 만났다 하던데 그건 사실인가요?"

여기저기서 그런 소리가 들려왔지만 스와디도 나도 아무 말 하지 않았다. 그녀는 내 손을 꽉 잡고는 아주 다정한 척 내게 기대왔다. 그러자 여기저기서 탄성이 터져 나왔다. 시선이 점점 더 따가워진다.

"여기서 잘하지 않으면 곤란해."

"아아."

"그렇게 건성으로 대답하지 마. 중요하니까."

그녀가 눈을 가늘게 뜨며 으르렁거리듯 말했다.

"난 여기서 난동을 부리고 싶지 않아. 그러니까 당신이 잘하란 말이야."

"알았어, 알았어."

나는 피식 웃으며 그녀의 콧등에 짧게 키스해 주었다. 순간 뒤에서 비명과도 같은 소리가 터져 나왔다. 스와디는 눈을 크게 뜨긴 했지만 씨익 웃고는 내 가슴에 얼굴을 기대는 사악한 짓을 서슴지 않고 해냈다.

주변에서 터지는 반응은 가히 폭발적이었다. 놀라서 소리를 지르는 사람들부터 혀를 차는 사람들, 거기에 기가 막혀 말이 안 나온다는 사람들까지 무척이나 다양했다. 놀란 기색을 억지로 숨기며 안내하는 왕궁의 시종을 따라가자 대기실로 보이는 방으로 안내되었다. 방은 굉장히 넓어서 방이라고 부르기엔 조금 민망한 곳이었다. 스와디가 질질 끌리는 드레스를 입은 채로 쿠션이 산처럼 쌓인 자리에 길게 눕자 시종들이 급히 마실 것을 대령했다.

"언제까지 기다리는 거지?"

"왕이 부를 때까지. 하지만 오래 걸리진 않을걸."

그녀는 그렇게 말하고는 쟁반에 수북이 쌓인 과일들 중 하나를 집어 들었다. 푸르고 붉은 과일이 굉장히 싱싱해 보였다. 나 역시 하나 집어 들어 한 입 깨물었다. 엄청나게 시다.

"예법은 어때? 펜게이드와 많이 다른가?"

"별로. 여기는 아내를 동반해 오는 경우가 거의 없으니까 여자 상대를 할 필요가 없다는 게 차이가 있을까."

그녀는 그렇게 말하고 턱짓을 했다.

"왕의 연회에 초청되는 자들은 대부분이 다 남자야. 아내든 미망인이든 특별히 부르지 않는 이상 공식 석상엔 나서지 않는 게 보통이지.

난 족장이었기 때문에 예외지만."

그러고 보니 왕궁에 들어서는 일행 중 여자는 스와디 혼자뿐이었다. 시녀조차 눈에 띄지 않았다.

"그거 묘하군. 그렇다면 여족장은 너 혼자였어?"

"아니, 나 이외에도 두엇 있어. 하지만 모두 집 안에서 나오지 않아. 나는 드문 경우라니까."

"그렇군."

게다가 검공 페논 가비라의 딸이라는 점도 크게 작용했을 것이다. 보통이라면 여자가 한 일족의 장이 되어 왕궁에까지 출입한다는 것은 있을 수 없는 일인 듯하니까.

"그런데 왕의 생명을 구해주었다는 것은 어떻게 된 거야?"

"아, 그거? 들었어? 별거 아니야. 사냥 중에 독사에 물린 왕의 말이 날뛰는 것을 막았을 뿐이야."

"어떻게 막았는데?"

"한 대 쳤어. 말의 머리를."

"……."

"그랬더니 쓰러지더군."

나는 웃음을 터뜨리려다 말았다. 시큰둥한 스와디의 얼굴이 정말로 사랑스럽게 느껴졌기 때문이다. 갑자기 가슴이 철렁했다. 나는 설마 그녀를 사랑하는 걸까.

그녀는 옷이 구겨지는 것도 아랑곳하지 않고 쿠션 위에서 대굴 구르더니 내게 물었다.

"안 누워?"

"괜찮아. 방 안이나 둘러보겠어."

"뻣뻣하긴."

나는 그녀에게서 조금 벗어나 활짝 열린 창으로 다가섰다. 왕궁이라 그런지 정원수가 제법 울창했다. 노랗고 작은 새가 노래하며 이 가지 저 가지로 날아다닌다. 따사롭다 못해 뜨거운 햇볕도 정원수의 초록빛에 휘말려 그럭저럭 화창하다고 할 만했다.

"이쪽은 외궁이야. 별로 볼 건 없어. 보이는 건 드나드는 사람들 정도일까."

나는 아래층을 내려다보았다. 아닌 게 아니라 이리저리 움직이는 사람들로 시끌벅적했다.

생소한 기분이었다. 나는 지금 어떤 여자의 남편으로 소개되기 위해 이 자리에 서 있는 중이다. 나를 록베더라는 사람으로 봐주는 여자라서 결혼을 하긴 했지만 이게 모험이라는 사실을 지금에서야 실감했다. 몇 번이나 그녀와 잠자리를 같이하고 친근감도 들긴 했지만 이것이 사랑이라고는 부를 수 없을 거라 생각했는데. 그랬는데…….

그녀와 있는 것은 편했다. 나는 외로웠기 때문에 그녀가 옆에 있는 게 좋았다. 그 대담함도, 다소 폭력적인 성향도 나쁘지 않았다. 마치 친구처럼 말이다.

"행복한가?"

또다시 목소리가 들려왔다.

그녀를 위해 나는 지금 위험을 감수해야만 한다. 정체를 들킬 가능성 말이다. 이곳에는 페논 가비라가 있고 다이사 왕녀가 있다. 그 두 사람은 물론 내가 얼굴을 바꿨으니 금세 알아보지는 못할 테지만 의심을 하게 될지도 모른다. 그런 것을 감수할 정도로 나는 이 여자가 주는 안락함을 바라는 걸까? 또다시 가면을 쓰고 생활해야 하는 그 위험을 감수할 정도로?

왜 이제 와서 이런 생각을 하는 거지?

"후우."

그녀가 주는 것이 단순히 안락함뿐인가? 그것만이라면 나는 돈을 얼마든지 벌어 호화스러운 생활을 할 수도 있다. 능력이 있으니 용병으로서 활동해도 좋고 마법사로서 누군가의 돈을 갈취하거나 할 수도 있는 것이다.

스와디는 내가 긴장하고 있다고 생각하는지 술을 한 잔 따라 가지고 왔다. 창가에 서서 그 잔을 받아 들자 그녀는 조용히 말했다.

"인정받는다면 당신도 나도 자유야."

"나는 원래 자유였어."

"돈 많은 자유를 가진다는 이야기야."

그녀는 생긋 웃었다.

"귀찮은 자들을 피해 어디로든 가도 괜찮아. 카셀과 미흐가르를 붙여주지. 그들과 함께 여행이라도 다녀."

"그동안 너는 미동들과 노닐 셈?"

"아아. 그건 안 돼. 미망인일 때는 몰라도 유부녀가 남편 외의 남자와 노닥거리는 건 간통죄에 걸려."

그녀는 얼굴을 찌푸렸다.

"거 유감이군."

내가 히죽 웃자 스와디는 투덜거렸다.

"남자로 태어났어야 했어. 나처럼 잘난 여자는 외롭다구."

손을 뻗어 그녀의 어깨를 감싸 안았다. 투덜거리는 그녀가 몹시도 귀엽다.

그렇다. 그녀는 안락함만을 주는 것이 아니었다. 즐거움도 기쁨도 주고 있었다. 나는 정말로 그녀가 좋다. 아무것에도 얽매이지 않는 그녀가 좋은 것이다.

"행복한가?"

그 질문의 의미를 갑자기 뼈저리게 느꼈다.

리베이드의 왕은, 올해 마흔다섯 살의 피시팀 3세다. 페논 가비라에게는 조카뻘이 된다. 선대왕이었던 샤나비 5세가 검공이라 칭하고 그에게 공주 둘을 주어 혼인을 시키고 대공의 자리를 주었던 것이다. 때문에 피시팀 3세도 어릴 적에는 페논 가비라에게 검을 배웠고, 그의 아들인 왕자들도 그에게 검을 배우고 조언을 들었다. 왕실 전체가 가비라 가와 얽히고 뒤엉켜 있었기 때문에 혈연으로 따진다면 무척이나 복잡했다. 게다가 일일이 외우기에는 아이들 수도 너무 많았다.

스와디는 바로 그 선대왕의 공주 중 하나인 오르나이 공주의 딸이다. 때문에 가비라 가의 여러 자식 중에서도 지위가 높았다.

오르나이 공주는 고집이 센 소녀로 페논 가비라와 결혼하는 것을 무척이나 싫어했다고 한다. 나도 당연하다고 생각한다. 누가 늙은이에게 시집오고 싶겠는가. 하지만 그래도 페논과는 사이가 좋았는지 슬하에서 두 명의 아들과 두 명의 딸을 낳았다. 하지만 딸 한 명은 일찍 죽고 두 명의 아들과 한 명의 딸, 즉 스와디만을 남기게 되었다. 이 삼남매

중에서도 월등한 능력을 보였던 스와디는 오빠들을 젖히고 페논에게 직접 검술을 사사받았다. 여자로선 정말로 드문 일이었다. 오르나이 공주는 스와디가 덩치가 너무 큰 데다가 예쁘지 않다고 슬퍼했고, 결혼시키고 나면 검을 익히지 말아야 한다고 주장했다. 어쨌든 스와디는 그래서 검술을 그만두었다. 그리고 대신 주먹을 휘두르게 되었다.

물론 이 모든 이야기는 구와르에게서 전해 들었다. 그의 주장에 따르면 스와디는 어릴 적에 상처를 많이 받았던 가련한 한 송이 꽃이라 한다. 내가 보기엔 끈질긴 잡초에 가깝다.

"어서 오너라."

왕은 스와디와 내가 걸어 들어오는 것을 심각한 얼굴로 지켜보고 있었다. 그녀와 내가 왕좌에 앉은 그를 향해 고개 숙여 인사를 하는 동안에도 왕의 시선은 나에게서 떨어지지 않았다. 그뿐만이 아니다. 그의 바로 아래에 놓여진 의자에는 검공 페논 가비라가 앉아 있었는데 그의 얼굴은 폭발 직전의 살벌하기 짝이 없는 끔찍한 얼굴이었다. 그 외에도 몇몇이 앉아 있었지만 누가 누군지는 당연히 모른다.

리베이드의 상징인 독수리를 수놓은 왕좌는 생각 외로 소박했다. 왕의 옷차림 또한 화려하지 않았다. 하얀 가운에 하얀 셔츠, 거기에 놀랍게도 맨발의 차림이었다. 왕이라는 것을 짐작할 수 있는 것은 오로지 머리에 씌워진 왕관뿐이었다. 그 왕관은 피처럼 붉은 루비가 가득 박혀 있긴 했지만 펜게이드에 비하면 질박한 디자인이었다.

"콰람 스와디, 네 남편을 소개해 다오."

왕이 폭발 직전의 음산한 어조로 명령했다.

"펜게이드에서 온 용병 출신의 록베더입니다. 사막에서 만났습니다."

스와디는 간단하게 설명했다. 나는 왕을 향해 고개를 다시 숙였다.

"록베더입니다."

"록베더라. 들어본 적 없는 이름이다. 하지만 용병이라고는 해도 보통 실력은 아닌 것이겠지? 스와디는 내내 자신보다 강한 남자가 아니라면 결혼하지 않겠다고 했으니 말이야."

왕의 말투는 신랄했다.

"게다가 나의 중신인 모흐 탈라만과 라제르 부족장이라는 쟁쟁한 구혼자들을 물리치고 얻은 남편이니 절대로 평범해선 곤란해. 그래, 그대는 얼마나 강한가?"

"그저 평범하게 강합니다."

내 대답이 의외였는지 아니면 너무 당돌해서 놀랐는지 왕은 기가 막히다는 듯 입을 벌렸다.

"뭐라구?"

"그저 평범한 남자일 뿐입니다, 전하."

"하? 평범하다구? 그래서야 되겠나? 최소한 나의 중신들을 거절할 정도로 대단한 남자여야만 하는 거다. 그렇지 않고선 난 인정 못한다."

그의 말이 끝나기가 무섭게 갑자기 구름처럼 살기가 밀려왔다. 피부가 바늘에 닿은 것처럼 따끔거렸다. 스산한 살기가 주는 압박에 나는 그가 적어도 블랭크 정도는 날릴 수 있는 오러의 소유자라는 것을 깨달았다.

스와디는 미간을 찌푸렸지만 아무런 움직임도 취하지 않았다. 나 역시 그저 가만히 서 있었다. 압력이 점점 거세지긴 했지만 그렇다고 해서 놀랄 정도까지는 아니었다. 내 몸 안의 마나는 조금만 더 압력이 가해지면 일어나겠다는 듯이 가르랑거리며 울었다. 아직 아니다. 이 정도의 압력은 별게 아니다. 나는 오히려 가만히 있는 페논 가비라 쪽이 더 신경 쓰였다.

페논 가비라.

1년여의 시간이 지났지만 그 얼굴은 여전했다.

새까만 눈동자와 대비되는 회색의 긴 눈썹, 매부리코와 세월의 흐름을 거스르는 사십 대의 얼굴을 한 일흔 살이 넘은 노친네. 이 대륙 최고(最古)의 소드 마스터.

그리고 내가 면상을 후려차고 다리를 잘라 버린 남자. 그의 다리는 어떤지 알 수 없었다. 자루처럼 큼직한 가운에 가려 보이지 않는다.

검공이 나를 똑바로 보면서 눈썹을 꿈틀거렸다. 나와 시선이 마주치자 그의 눈은 좀 더 커졌다가 가늘어진다. 꼭 스와디처럼.

"출신은 어디냐?"

왕이 침묵을 깨듯 다시 물었다.

"펜게이드의 산골입니다. 디아드라 산맥이죠."

내 대답에 왕은 믿을 수 없다는 듯 미심쩍은 얼굴로 날 바라보았다. 그의 얼굴에는 의구심이 떠올라 있었다. 어지간한 사람이라면 오러를 다룰 수 있는 자의 살기 앞에서 태연할 수 없기 때문이다.

"양친은?"

"고아입니다."

"출생은?"

"평민이지요."

"……"

왕은 나를 맹렬하게 노려보았다. 아무래도 너무 간략하게 대답했나 보다. 황공합니다만 저는 출신이 비천한 평민입니다 운운이라도 했어야 했나? 아무래도 록그레이드의 영향인지 나도 고개를 숙이긴 사실 싫단 말이야.
"그는 강해요. 그것이면 충분해요."
스와디가 옆에서 한마디 거들었다. 그러자 가만히 있던 검공이 입을 열었다.
"얼마나 강하다는 거냐? 모든 것을 극복할 수 있을 정도로 강하다고?"
다시 한 번 압력이 밀려들었다. 팽팽한 살의가 그의 전신에서 풍겨 나왔다. 그 옛날 헤이스 공작이 보였던 그 위압감이 그에게서 펼쳐졌다. 내 안의 야수가 위기감을 느끼고 으르렁거렸다. 이 정도 상대면 싸울 만도 하다면서 게게 웃는다. 혈관 속에 흐르는 피가 살아 있다는 것을 과시라도 하듯 빠른 속도로 달리기 시작한다. 심장이 세게 박동하고 손끝이 저려온다. 오랜만에 느끼는 이 감각이 신선하기까지 해서 나는 즐거웠다.
그러나 옆에 있던 스와디가 압박감을 이기지 못하고 한 걸음 물러섰다. 나는 그녀의 어깨를 한 팔로 안으면서 천천히 검공의 얼굴을 마주 보았다. 시선이 마주치자 그 역시 나에게서 뭔가를 보았던지 표정이 미미하게 변화했다.
새까만 검은 눈동자는 여전히 나이답지 않게 맑았다.
오랫동안 최고의 소드 마스터로 불렸고 수많은 자의 스승이 되었던 남자. 드높은 명예와 왕보다도 더한 권력과 존경을 한 몸에 받는 남자. 그러나 무엇보다도 내게 패하고 다리까지 잘렸음에도 불구하고 태연자약하게 웃음을 터뜨린 자였다. 그의 눈은 1년 전과 다르지 않았다. 여전히 그는 물처럼 고요하고 불처럼 뜨거운 열정을 간직하고 있었다.

나는 그가 조금이라도 변했기를, 고통의 기색이라도 보이기를 은밀히 바랐다. 그리하여 그를 볼 때마다 가슴 깊숙한 곳에서 느껴지는 추한 질투의 그림자가 조금이나마 엷어지길 원했다.

미친 늙은이. 이 빌어먹을 늙은이 같으니라고. 너는 분하지도 않았나? 손자뻘밖에 안 되는 젊고 오만한 소드 마스터에게 다리까지 잘리는 치욕을 당하고도 분하지 않았단 말이냐? 왜 변하지 않는 거냐? 어째서 변하지 않았어?

나는 울컥해지는 심정을 거두며 차분하게 그를 마주 보았다. 혼자서 질투해 봐야 추할 뿐이다. 나는 나고 그는 그라는 것을 알고 있다. 하지만 누구든 간절히 원하는 것을 남이 가지고 있을 때에는 추해질 수밖에 없다. 그래, 그럴 수밖에 없다.

"그대는……."

검공이 갑자기 살기를 거두었.

스와디가 내 팔 안에서 깊게 심호흡을 하며 숨을 고르는 동안 나는 그에게 고개를 숙였다.

"처음 뵙겠습니다, 장인어른."

그는 뭐라 말하려다가 막혀 버린 듯 잠시 입을 열지 못했다. 의구심이 그의 얼굴에 고스란히 드러났다.

"펜게이드의 용병이면서 그 정도의 실력을 가진 자라면 나는 두 명밖에는 알지 못한다. 록베더란, 본명인가?"

"본명이지요."

빙글 웃자, 왕의 얼굴이 일그러졌다. 그는 믿을 수 없다는 듯 나를 보더니 다시 검공에게로 시선을 돌렸다. 어찌 검공이 흘리는 살기를 정면으로 받고도 웃을 수 있느냐는 그런 의미인 듯싶다.

"그 용병들 중 한 명은 이미 만나보았고 다른 한 명은 만나보지 못했다. 혹여 당신이 그중 한 사람인 건가?"

대럴 켄. 암격왕 대럴 켄. 어둠 속의 소드 마스터.

검공은 내가 그 작자인 것 같다고 상상하는 듯했다. 나는 아니라고 대답할까 그리고 대답할까 잠시 망설였다. 그이면서도 아닌 것이 바로 나니까.

"그 용병이 누군지 저는 모르겠습니다만."

내가 시치미를 떼자 검공의 눈매가 더 가늘어졌다. 그리고는 심각한 얼굴로 다시 날 바라본다.

"그는 검은 머리라고 들었지만… 그의 얼굴을 진짜로 본 자는 극히 드물기 때문에 나로서도 알 수가 없군. 그대의 나이는?"

"스물일곱 살입니다."

부드럽게 웃으며 답하자 검공은 다시 신음했다.

"정말 스물일곱 살이라고? 믿어지지 않는군. 그 정도의 경지에 그 나이라니."

그는 천천히 몸을 일으켰다. 한 발자국 걷는데 약간 절룩거렸다. 나는 그 모습에 쾌감을 느꼈다. 역시 의족을 달고 있는 모양이었다.

"하지만 나는 나이를 뛰어넘는 천재를 알고 있어. 그러니 그런 천재가 하나 더 있을 수도 있겠지."

그는 그렇게 말하더니 손을 내밀었다.

"내 아들이 된 것을 환영하네, 록베더. 어둠 속의 왕."

생각해 보니, 이것도 나름대로 낭패였다.

하필이면 고르고 골라 페논 가비라의 딸과 결혼하다니. 이래서야 어디 그의 앞에서 고개 빳빳이 들고 버틸 수 있겠는가. 나는 그가 아들이라 부른 순간 얼굴이 일그러지는 것을 억지로 참았다. 스와디는 크게 놀란 기색이었지만 그렇다고 뭐라 묻지도 않았다.

"어둠 속의 왕이라니. 검공, 그건 무슨 의미요?"

"펜게이드에는 두 명의 용병 소드 마스터가 있습니다. 아시지요?"

"아, 알고 있소. 검공과 겨룬 레시언 위본과…… 암격왕 대럴 켄."

왕은 설마 하는 얼굴로 날 보며 답했다.

"레시언 위본은 잘 아는 얼굴입니다만 지금 눈앞에 서 있는 젊은이는 누군지 알 수가 없습니다. 하지만 그의 경지는 놀랄 정도로 높습니다. 내가 본 누구보다도, 리베이드에 있는 누구보다도."

그 말에 왕의 눈이 커졌다.

"그렇다면?"

"대답은 한 가지입니다. 그가 용병이라 했으니 펜게이드 출신의 용병, 암격왕 대럴 켄. 혼자 움직이는 것을 좋아하고 귀족을 혐오하며 왕족을 조롱하는 어둠 속의 왕."

스와디는 진짜냐는 듯이 날 돌아보았다. 하지만 의외로 놀라는 표정은 결코 아니었다. 그럴 수도 있겠지 하며 혼자 납득하는 분위기랄까.

"그가, 진짜 암격왕이란 말이오?"

왕이 놀라 다시 묻자 그는 나를 유심히 지켜보며 대답했다.

"글쎄요. 그럴 가능성이 높다는 것뿐입니다. 일단 그는 록베더라 했으니 그러려니 해야죠."

그 애매한 말에 왕은 미간을 찌푸렸다.

나는 그저 어정쩡한 웃음을 매단 채 가만히 서 있었다. 여기서 아니라고 우겨도 그렇고 그렇다고 인정하기도 그랬다. 검공은 아마도 내가 강하다는 것만으로도 인정해 줄 참인 모양이었다. 내가 대럴 켄일 것이라는 생각이 들긴 해도 대놓고 그렇게 부를 수도 없는지 그 자신도 애매한 태도를 취하고 있었다.

"믿을 수 없소."

왕이 조용히 말했다. 그는 눈을 번뜩이면서 몇 번이고 나를 아래위로 쓸어 보았다.

"이렇게 젊은 녀석이 설마 하니 소드 마스터의 경지에 오른 자란 말이오? 이 대륙에 소드 마스터가 얼마나 귀한지 나도 알고 있는데."

"허허."

검공은 쓴웃음을 지었다. 누구든 쉽게 믿을 수 있는 일은 아닐 것이다.

"잊으셨소? 펜게이드의 록그레이드 황태자는 나를 이겼소. 그의 나이 스물여섯 살이오."

"하지만 그는 이미 10대 때부터 천재라 불렸던 남자요. 게다가 주변에 소드 마스터가 둘이나 포진하고 있는 황족 아닌가? 그런 환경이라면 또 몰라도 이런 어디 출생인지도 모르는 비천한 자가 혼자서 소드 마스터의 경지에 다다랐다고 나보고 믿으라고?"

나는 어깨를 으쓱했다. 옆에서 스와디가 긴장하고 있는 것이 느껴졌다.

"물론 레시언 위본도 있긴 있지. 하지만 그 역시 나이 50이 넘어서야 그 경지에 올랐소. 그런데 나보고 이자가 암격왕이라니? 게다가 암격왕이 이런 식으로 떠억 하니 내 앞에 나타날 인물이 아니지 않소?"

소문에 따르면 암격왕 대럴 켄은 귀족을 혐오하여 아예 나서지도 않는다 했다. 게다가 얼마 전 농노들의 반란에 연루된 그는 가난한 소녀에게 14덴이란 돈을 받고 움직여 무수한 귀족 영주들을 괴롭혔다. 그러니 스와디의 새 남편이라고 하는 자가 귀족을 혐오한다는 암격왕이라고 할 수는 없지 않은가라는 게 왕의 주장이었다.

"그렇기도 하군요."

이야기를 죽 들은 검공도 고개를 끄덕였다. 하지만 그는 여전히 차분한 안색으로 뒤이어 말했다.

"하지만 그래도 눈앞의 이 젊은이가 강한 자라는 것에는 변함이 없습니다. 암격왕이 아니더라도 최소한 그에 필적하는 강자이겠지요."

"검공!"

왕은 입술을 깨물더니 나를 노려보았다. 그의 얼굴에 떠오른 적의 속에는 질투도 섞여 있었다. 나는 왕이 대체 어떤 생각을 하는지 알 수 있을 듯했다. 불철주야 노력한 자신도 아직 이루지 못한 경지를 새파랗게 젊은 자가 이루었다 하면 불쾌하겠지.

"시험해 봅시다."

왕은 살기에 찬 미소를 머금으며 손짓했다.

순간, 홀 안의 분위기가 일변했다.

갑자기 철컹 소리와 함께 들어왔던 문이 닫혔다. 그리고 상체를 벗은 건장한 노예들이 일제히 검을 들고 걸어나왔다.

"이건!"

잔뜩 미간을 찌푸린 스와디가 뭐라 한마디 하려는 순간 왕이 선언했다.

"넌 끼어들지 마라, 스와디. 이건 시험이니까."

노예로 보이는 자들은 검은 피부에 덩치가 무척이나 컸다. 보통 리베이드 인보다 월등히 큰 체구에 절로 압박감이 느껴지는 근육질로 뒤덮인 신체. 들고 있는 것은 커다란 시미터 하나뿐이었지만 무표정한 얼굴에서 흐르는 기세는 보통이 아니었다.

"왕의 노예들이야."

스와디가 중얼거렸다.

모두 일곱 명이었다. 그리고 모두가 마나를 축적할 수 있었는지 전신에서 일렁이는 오러가 보인다. 그들은 일제히 나를 둘러싸더니 말 한마디 없이 그대로 시미터를 휘두르며 달려들었다. 절대로 시간을 낭비하지 않겠다는 듯 단호한 공격이었다. 물론, 나도 시간을 낭비하지 않았다.

은빛 시미터가 허공을 가르며 어깨를 향해 떨어져 내렸다. 나는 반 발자국만 옆으로 이동하며 내 하체를 노려오는 자의 시미터 끝을 손가락으로 살짝 내리쳤다. 띠이이잉 하고 선명한 금속성이 터져 나왔다. 시미터는 강한 충격을 이기지 못하고 가랑잎처럼 뒤흔들렸다.

"헉!"

시미터를 쥔 자는 자신의 시미터를 제어하려고 마나를 끌어올렸다. 하지만 결국은 탱 소리와 함께 시미터를 놓치고 말았다. 제어를 잃은 시미터는 말 그대로 화살처럼 솟구치더니 천장에 가서 타앙 소리를 내며 박혔다.

"허억."

손아귀가 찢어져 피가 주루룩 흘러 하얀 대리석 바닥으로 떨어져 내렸다. 하지만 동료가 다쳤다고 공격을 멈추진 않았다. 뒤이어 달려든 자는 전혀 주저함도 없이 나의 심장을 향해 찔렀다. 그 역시도 나는 몸을 옆으로 비틀면서 두 손가락으로 검을 후려쳤다. 티잉 하고 똑같은 소리를 내며 그의 검도 활처럼 휘어지며 공중으로 치솟았다.

"아앗!"

경악성이 터지긴 했지만 노예들은 공격을 멈추지 않았다. 다른 자가 또다시 내 허리춤을 찔러왔다. 그리고 동시에 내 머리통을 가르려 달려든 자도 있었다. 공간을 가르는 소리가 휘파람처럼 일어나며 선명한 은빛 시미터가 날을 빛냈다. 옆으로 몸을 비틀어 시미터를 피해내자, 이번에는 머리통을 가르려 또 한 번 날아든다. 나는 내 머리통을 가르려는 자를 향해 가볍게 뛰어올랐다. 그가 나를 내려치기도 전에 내 발이 그의 턱을 가격했다.

"윽!"

선명한 신음 소리를 내며 턱을 얻어맞은 자는 그대로 바닥 위에 쓰러졌다. 그 뒤를 이어 나머지 한 발로 내 하체를 다시 공격해 오는 자의 어깨를 걷어찼다. 낮은 비명과 함께 두 명의 사내가 동시에 쓰러졌다. 하지만 공격은 여전히 멈추지 않았다. 이번에는 아주 낮게 발목을 공격해 온다. 나는 발치에 떨어져 있는 시미터 하나를 발등으로 들어 올려 내질렀다.

끼이이이잉 하고 아주 끔찍한 소리가 터져 나왔다. 내가 걷어찬 시미터는 말 그대로 산산이 흩어지며 조각조각 벽으로 가 박혔다. 그 조각을 피하기 위해 몸을 바닥으로 던진 노예는 눈을 부릅뜨며 내 무릎을 공격해 왔다. 하지만 그 공격은 곧 내 손바닥에 막혔다.

"허억!"

나는 손바닥을 들어 공포에 찬 노예의 얼굴을 그대로 가격했다. 뒤로 몇 페키나 튕겨 나간 노예가 그 자리에서 더 이상 일어나지 못하자 나는 내 주변을 휘익 돌아보았다. 바닥에 쓰러진 자는 모두 넷. 나머지는 찢어진 손아귀를 부여잡고 그저 신음하고 있을 뿐이었다.

차 한잔 할 정도의 시간이었다. 나는 손을 털고는 순진한 척 왕을 올려다보았다.

"더 할까요?"

"…왜 무기를 쓰지 않는 거야?"

"무기를 쓰면 사람을 죽일지도 모릅니다, 전하."

내 대답에 왕은 더 이상 말하지 않았다. 그의 얼굴에 떠오른 경이가 그의 생각을 노골적으로 드러내기에 나도 침묵했다.

"훌륭해. 그래도 저들도 마나를 사용할 수 있을 정도의 실력자였는데. 당신과 대적하기엔 여러모로 모자라는군."

검공이 작게 박수를 치자, 문이 다시 열리더니 병사들이 들어와 쓰러져 있는 노예들을 끌고 나갔다. 문은 다시 조용히 닫혔다.

왕은 나를 다시 길게 노려보더니 물었다.

"사람을 죽이는 게 두려운가?"

나는 잠시 왕을 바라보았다. 싸늘한 얼굴. 왕이 두려워할 리는 없었다. 그는 검공이 바로 옆에 있다는 사실을 잘 기억하고 있었다. 하지만 검공은 상당히 감동을 받았는지 나를 주의 깊게 바라보고 있었다.

"이제 증명된 건가요?"

팽팽한 긴장을 깬 것은 스와디였다. 그녀는 의기양양한 얼굴로 팔짱을 끼고 그를 노려보고 있었다.

"나는 나보다 강한 남자와 결혼하겠다고 선언했어요. 왕께서도 인정하셨고요. 그러니 이젠 증명되지 않았나요?"

"흠……."

왕은 침묵했다. 하지만 아까와 달리 적의는 보이지 않았다.

그는 잠시 생각에 잠긴 듯한 얼굴로 나를 아래위로 보더니 손뼉을 쳤다. 그러자 닫혔던 문이 다시 열리고 노예들이 줄지어 달려와 바닥에 흩어진 핏자국을 지우기 시작했다. 바닥에 깨끗해지자 이번에는 음식을 쟁반에 든 노예들이 등장했다. 순식간에 살벌하던 홀 안은 음식이 놓여진 화기애애한 장소로 화했다. 악기까지 든 악단과 화사한 색깔의 부채까지 든 반라의 노예들이 줄을 잇고 곧이어 밖에서 기다리고 있었던 듯한 무희들이 나풀나풀 옷자락을 흩날리며 모여들었다.

얼마나 빨리 모여들었는지, 그리고 얼마나 빨리 연회석이 준비되었는지 그저 아연할 따름이다. 왕도, 검공도, 스와디도 그 모습에는 익숙한지 무덤덤한 표정이었지만 항상 격식을 갖춘 황궁에 익숙해 있던 나로서는 놀라운 광경이었다.

"가까이."

왕이 손짓했다.

"어쩌다가 그를 만났는지 네 입으로 듣고 싶구나."

왕이 굳은 얼굴을 풀고 스와디에게 말했다.

"이야기하자면 길어요, 오라버니."

그녀는 당당한 어투로 말하더니 피식 웃었다.

그러자 시종들이 다가와 재빨리 나와 그녀가 앉을 자리를 만들어주었다. 검공 아래에 자리를 잡고 앉자, 아리따운 반라의 여인들이 나타나 술을 따르며 시중을 들었다.

마침내 천장에서 긴 휘장이 하나 내려오자 스와디의 저택과 마찬가지로 방 하나가 마련되었다. 이제 나는 그녀와 함께 왕의 밀실에 들어선 상황이 되었다. 검공과 왕, 그리고 여자 노예 세 명. 스와디와 나. 이렇게만 모여 앉자 나름대로 꽤 화기애애한 분위기가 이루어졌다.

리베이드 인들이 극단적이라더니. 방금 전까지만 해도 날 찢어 죽일 기세였던 왕은 태도를 완전히 바꾸어 내가 소드 마스터일 거라 지레짐작하고 있었다.
 "자, 들지."
 왕의 얼굴에 떠오른 홍분을 보고 나는 씁쓸해졌다.
 "어떻게 만난 건가?"
 검공은 나에게 물었다.

Chapter 59

뭐라고 말하면 좋을까.

나는 스와디를 돌아보았다. 그런데 방금 전까지 애교스러운 표정을 억지로 짓고 있던 그녀는 휘장이 내려오자마자 다시 심드렁한 산적 두목으로 돌변해 있었다. 그 모습이 너무 웃겨서 나는 그녀의 손을 잡았다. 뜻밖이었는지 스와디는 커다란 눈을 끔뻑이다가 내 손을 마주 잡았다.

"흠, 일종의 운명의 만남이라고 해야 할까요."

나는 어깨를 으쓱하며 설명했다.

"왜 저 애와 결혼했나? 솔직히 말해 별로 예쁘지도 않은데."

왕이 직설적으로 묻는다. 그 질문에 스와디는 미간을 잔뜩 찌푸리며 항의했다.

"나도 나름대로는 괜찮다고요!"

"맞아. 나름대로 괜찮지."

내 대꾸에 왕이 어이없다는 듯이 날 바라본다.

나는 요즘 들어 리베이드에서 말하는 미인이 어떤 것인지 정확히 알 수 있었다. 일단, 가냘픈 체구에 풍만한 가슴을 가지고 있어야 한다. 즉, 키가 작고 글래머여야 한다는 것이다. 전에 보았던 접대 노예처럼 말이다. 남자의 품 안에 한 번에 안기는 요정 같은 체구에 풍만한 여체. 거기에 얼굴도 동그랗고 이목구비 모두가 동글동글 부드러워 보여야 한다. 그것이 바로 리베이드에서 말하는 미녀의 조건이었다. 다시 말해 스와디와는 정반대다.

"얼굴만 예쁜 미녀에겐 질렸거든요."

내 말에 왕이나 검공만이 아니라 스와디까지 입을 벌렸다. 그녀는 기가 차다는 듯 날 바라보더니 하 하고 큰 소리로 웃었다.

"정말 바람둥이잖아!"

"왕년에 그랬다고 했지."

즐겁게 대꾸해 주자 그녀의 얼굴에도 긴장감이 사라지고 웃음이 떠올랐다. 왕의 얼굴에도 검공의 얼굴에도 미소가 떠올랐다.

"그럼, 자네가 먼저 다가선 것인가?"

"아닙니다. 저는 그저 황소 같은 여자를 만났군 하고 잊을 생각이었지요."

"황소라 부르지 말랬지!"

그녀가 내 옆구리를 찌르며 항의했다. 얼마나 매섭게 찔렀는지 아파 죽을 지경이다.

"스와디, 남편에게 그렇게 하면 못써. 하여간 어떻게 만났는지 자세히 이야기를 좀 해봐."

왕은 갑자기 관대한 오라비처럼 웃으며 이야기를 재촉했다.
"모래충이 하도 기승을 부린다기에 리도에 다녀오던 길이었어요."
그녀는 과실주로 입 안을 축이며 이야기를 시작했다.
"모처럼 샘에 도착해 보니 키에디의 일행이 와 있더라구요. 그런데 아시다시피 그 애는 너무나 말이 많잖아요. 거기다가 무크루까지 그 끔찍한 노래를 불러대고 있었고요. 그래서 피하기로 마음먹었죠."
"무크루? 너, 무크루를 대체 어디로 끌고 다녔는데? 아니, 무크루가 아직까지 키에디에게 가 있는 거냐? 그는 내가 너에게 하사한 노예야. 궁정 제일의 가수라구!"
왕이 화를 버럭 냈다.
"연가나 불러대며 내 비위를 거슬리는데 가만 놔둘 수가 있어야지요. 게다가 내가 내보낸 것도 아니에요. 무크루가 혼자 나갔다구요. 아주 건방진 녀석이에요."
"궁정 제일의 가수의 노래가 싫다고?"
기가 막힌 듯 왕이 되묻자 스와디는 어깨를 으쓱했다.
"나만 싫어하는 게 아니에요."
그녀는 히죽 웃더니 나를 가리켰다.
"어쨌든 이야기나 마저 들어보세요, 오라버니. 키에디의 일행에 끼어 있던 록도 무크루의 노래가 질색이었는지 한방중에 몰래 빠져나와 샘에서 목욕을 하고 있더라고요. 실오라기 하나 걸치지 않고 말이죠."
왕과 검공의 시선이 일제히 나에게 쏠렸다. 그 시선에 어쩌다 그런 끔찍한 실수를 저질렀느냐는 의미가 담겨 있었다. 나는 그저 어색하게 웃어주었다.
"크음, 그러니까 넌 그의 알몸을 훔쳐보고 있었다 그거냐?"

"훔쳐보긴요. 도착한 것은 내가 먼저였는데요. 게다가 나도 반쯤은 옷을 벗고 있었고."

"너, 너는 혼자서 사내가 득시글거리는 사막의 샘에서 옷을 벗었다고 하는 거냐!"

왕이 기겁을 해서 소리를 버럭 질렀다.

"이야기를 들어요, 오라버니. 내가 몸을 남에게 보일 정도로 허술한 사람인가요? 이 사람의 경우는 워낙에 나보다 강한 사람이었기 때문에 별수없었던 것뿐이에요."

그게 아니라 단지 내 알몸에 넋을 잃고 있었던 것 아닐까.

나는 갑자기 그런 생각이 들었다.

"이 사람은 내가 남자인 줄 알았는지 인사만 하고 스윽 사라지더라고요. 난 아쉬워서 계속 그를 들여다보았죠. 그랬더니 그가 문득 혹시 여자냐고 물었어요."

"그래서!"

검공의 목소리도 점차 커졌다.

그의 눈썹이 내가 본 이래로 가장 심각하게 찌그러지기 시작했다. 그 모습이 재미있는지 스와디는 히죽 웃더니 말을 이었다.

"그렇다고 했더니 은근슬쩍 도망가려 하지 않겠어요? 보통의 리베이드 남자들과는 반응이 달라서 난 괘씸하기도 하고 재미있기도 해서 일부러 희롱했어요."

"알몸의 남자를 희롱해? 네, 네, 네가 지금 제, 제정신이냐!"

검공은 마침내 벌떡 일어나 호통을 쳤다. 쩌렁하게 울려 퍼지는 그의 고함은 꼭 비명을 닮았다. 완전히 평정을 잃은 그 모습을 보니 갑자기 행복해졌다. 그래, 당신도 사람이었군.

"내가 딸을 잘못 키웠어!"

검공은 이마를 부여잡고 한숨을 토해냈다. 조금만 더 하면 울어버릴 듯한 기세였다.

"아아. 아버지도 참. 끝까지 이야기를 들어보시라니까요."

그녀는 나에게 눈웃음을 던지며 이야기를 계속했다. 검공은 그렇다 치더라도 왕도 경악해 입을 다물지 못하고 있는 상태였다. 조금만 자극하면 그 자리에서 폭발이라도 할 태세다.

"전 멋진 엉덩이라고 칭찬해 주었지요. 실제로 내가 본 남자 엉덩이 중에서는 제일 멋졌어요."

검공은 귀를 막았다. 그는 더 이상 듣고 싶지 않다는 듯 벌건 눈으로 날 돌아보면서 물었다.

"저런 애와 어쩌다가 결혼한 건가?"

"결혼 안 해주면 발가벗겨서 사막에 집어 던지겠다더군요."

그 말에 검공은 다시 한 번 고함을 내질러야 했다. 그가 진정되기까지는 꽤나 긴 시간이 소요되었다. 나이도 많은 양반이 어지간히 다혈질이다.

"정말로 그것 때문에 결혼한 것은 아니겠지?"

한숨 돌리고 난 뒤에 왕이 대신 물었다. 그는 정말로 그것 때문이라고 한다면 날 찢어 죽일 기세였다. 살벌하다.

"물론 아니죠."

"그럼?"

거의 취조하는 분위기로 흘렀지만 스와디는 내 대답이 궁금하다는 듯 눈빛을 빛낼 뿐 도와줄 기색은 전혀 없다. 검공 역시 진의가 궁금하다는 듯이 날 쏘아보고 있었다.

"좋은 여자라고 생각해서 결혼한 겁니다."
"아."
검공이 작게 숨을 내쉬었다.
안도의 한숨일까, 아니면 의외라는 탄성일까.
"어디가 좋은데?"
왕이 안도했는지 짓궂게 물었다.
"황소같이 달려드는 데다가 팔뚝은 웬만한 전사보다 굵고, 허벅지로 조이면 허리는 부러질 것 같죠."
"……."
"고래고래 소리를 질러대고 걸핏하면 주먹질에 발길질을 해대지요."
"……."
"미동은 수십 명 거느렸다고 하는 데다가 사방에서 구혼자들이 질투의 시선으로 절 쏘아봅니다."
"크으으음."
나는 검공이 괴로워하는 게 너무 즐거웠다. 그가 평정을 잃고 고통스러워하는 표정을 보일 때마다 내 안에 있는 음흉한 짐승이 킬킬대며 춤을 추었다. 정말이다. 질투라는 괴물은 언제 어디서나 살아 꿈틀거렸다. 생명력이 긴 짐승이다.

스와디는 뭐라 반박하고 싶은 듯했지만 내가 웃고 있자 끼어들지 않았다. 그저 눈을 가늘게 뜬 채 대체 어디까지 지껄이는지 두고 보자는 얼굴이었다.

"그러니까, 그런 끔찍한 애랑 왜 결혼했느냐고 묻잖아? 자네 실력에 설마 하니 재산이 탐이 난 것도 아닐 테고."

참지 못하겠다는 듯이 검공이 눈을 가늘게 뜨며 물었다. 그 표정이 옆에 앉은 스와디와 똑같다. 과연 부녀지간이다. 나는 느긋하게 술을 마시며 한탄하듯 말했다.

"그런데 그게 또 귀여운 겁니다."

"뭐?"

"가끔가다 놀리면 얼굴이 빨개지면서 안절부절못하는데 그게 또 귀엽다 그겁니다. 마음이 넓고 이상한 데에서 자상하고 배포가 큽니다. 예리한 판단력에 과감한 행동력까지. 요염하진 않지만 아주 귀엽습니다."

"귀엽기는! 내가 변태 영감처럼 굴지 말랬잖아!"

말이 끝나기가 무섭게 벌게진 스와디가 옆에서 내 목을 졸랐.

그 모습에 왕과 검공은 시선을 마주했다. 그리고는 동시에 중얼거린다.

"신의 뜻이란 것은 정말로 오묘하군. 저런 애가 귀엽다니 말이야."

"그래서 우리가 신을 경배하는 게 아니겠습니까."

그 다음부터 왕궁은 즐거운 곳이 되었다. 왕은 연회에 참석하라 명하고 내 자리를 검공의 바로 아래 자리로 배정해 주었다. 이방인인 내가 그런 자리에 앉는다는 것은 파격적인 조치라며 스와디는 무척 기뻐했다. 왕은 또 록베더라는 기괴한 이름을 가진 나를 가엾게 여겼는지 성을 하나 내려주었다. 록베더 아메이. 덕분에 스와디의 일족은 이름을 하나 더 추가해야만 했다.

"그럼, 다른 일족과도 인사를 나누는 게 좋겠어. 모두들 잔뜩 기대하고 있을 걸세."

왕이 그렇게 말하며 손뼉을 치자, 기다렸다는 듯이 여지껏 내려져 있던 휘장이 둔중한 소리를 내며 천장으로 다시 올라갔다. 그 순간 나는 기가 막혀 입을 벌릴 수밖에 없었다.

"왕을 뵈옵니다!"

뒤를 돌아보자, 어느새 백여 명은 됨 직한 사람들이 홀 안을 가득히 메우고 있었다. 왕이 있는 계단 아래로 펼쳐진 연회석은 전에 스와디의 저택에서 본 것과 같은 형식으로 사람들이 모두들 서서 왕을 맞이하고 있었다. 왕과 검공은 일어나지 않았고, 스와디도 그들이 인사한다고 해서 따라 일어서지 않았다. 그래서 나도 앉아 있었다.

"모두 앉으라."

악단이 음악을 연주했다. 길고 느릿하지만 날카로운 듯한 곡이었다. 이국적인 냄새가 물씬 났다. 상단에 앉은 왕을 중심으로 아래에 앉은 자들은 귀족 이상의 지위를 가진 것 같았다. 그들 모두가 나를 향해 호기심에 찬 시선을 보내고 있었지만 나 역시 피하지는 않았다. 여기서 피한다면 스와디나 왕, 그리고 검공마저도 체면을 잃게 될 것이다. 잠시나마 여기서는 왕자다운 태도가 필요하겠지.

그런 생각을 하자, 조금은 즐거워졌다. 1여 년간 워낙 왕자다운 생활과 거리가 멀어서 록그레이드 시절이 그리웠는지도 모른다. 아니면 록그레이드의 그 싸가지없는 말투가 그리웠는지도. 많은 시선들이 쏠렸지만 신경은 그다지 쓰이지 않았다. 나는 느긋하게 술을 들이키며 오히려 그 시선들을 즐기기로 했다.

어느새 많은 사람들을 만났지만 그래도 진정 그리운 사람은 하나뿐. 록그레이드 팰러스. 싸가지없고 거만하고 냉혹하며 잔인하고 오만하기 그지없는 애송이답지 않은 그놈뿐이었다. 따지고 보면 좋은 구석이라곤 하나도 없는데 왜 나는 그를 그리워하는 것일까. 아쉬움을 남기고 사라져서일까. 아니면 단지 죄책감일 뿐인가.

나는 고개를 저었다. 아니다. 사실 나는 그에게 죄책감은 그다지 느끼고 있지 않았다. 그보다는 내 정체에 대해서 같이 진지하게 생각해 준 유일한 인간이기 때문에 의지하고 있었을지도 모른다. 드래곤 에메타이드와 달리 그는 내 불안의 근본을 알고 있었으니까.

"록베더."

검공이 부르는 것과 동시에 나는 상념에서 벗어났.

어느새 왕이 나를 향하고 있었다.

"스와디의 새로운 남편이자, 와이슈 가비라 가의 새로운 족장이 탄생했소."

왕이 선언했다.

웅성거리는 소리가 점점 커졌다. 대개는 불만에 찬 소리일 거라 짐작하고 있었기에 별로 놀랍지도 않았다. 단지 이쪽은 스와디의 저택과 달리 그녀가 날뛰며 피를 뿌릴 필요가 없을 뿐이다. 나는 검공의 손짓에 따라 일어섰다.

차가운 경멸의 눈빛도, 증오와 질시에 찬 눈빛도 있었다. 그 외에 호기심이나 그저 조롱의 눈빛을 한 자들도 있었다. 나는 그들을 주욱 훑어본 뒤에 웃으며 힘을 개방했다.

"록베더 아메이 와이슈 가비라요."

순간 내 안에서 잠자던 짐승이 벌떡 일어나 포효했다.

이런 식으로 힘을 개방한 게 얼마 만의 일인지도 기억나지 않는다. 오크나 고블린들은 힘을 개방하지 않아도 나를 알아서 피했고, 마족들은 그저 보이는 족족 죽여 없앴으니 힘을 드러낼 일도 없었다. 나만큼이나 음험하고 고약한 오러가 마나의 흐름을 무너뜨리며 물결처럼 퍼져 나갔다.

우웅 하는 소리와 함께 쟁반 위에 있던 물주전자가 흔들렸다. 무희들과 악사들은 동시에 움직임을 멈추고 부르르 떨었다. 가장 가까이 있던 스와디마저 안색이 굳었고 왕과 검공도 침묵했다. 나는 가장 나를 경멸의 기색으로 바라보고 있었던 남자를 직시했다. 황금으로 세공된 목걸이와 팔찌를 주렁주렁 걸고 있던 하얀 가운의 남자였다. 40대 초반으로 보이는 그는 나와 시선이 부딪치자 이를 악물었다. 그의 안색이 하얗게 질려가며 턱이 부들부들 떨리는 것이 고스란히 보였다. 그의 손이 부들부들 떨리기 시작했다. 곧이어 손만이 아니고 전신이 부들부들 떨렸다. 그는 나에게서 시선을 돌리고 싶은 모양이었지만 그렇게 움직이지는 못했다. 나는 그에게서 시선을 떼서 그 외에 다른 자들을 훑어보듯 돌아보았다. 시선이 닿는 자마다 뒤로 조금씩 물러났다. 그리고 마침내, 나는 나에게서 조금도 시선을 돌리지 않으려는 자를 찾아냈다.

30대 초반으로 보이는 회색 가운의 잘생긴 남자였다. 매부리코는 날카롭고도 오만한 기색을 고스란히 드러내고 화려한 옷차림에 허리에 매달린 시미터가 그 지위를 말해 주고 있었다. 수염을 기르지 않고 있었다. 그는 잔뜩 굳은 얼굴로 나를 똑바로 바라보고 있었다. 나 역시 그가 제법 수준이 되는 남자 같아 주시했다. 그 외에도 몇몇이 눈에 띄었다. 20대 후반으로 보이는 검은 두건을 쓴 남자와 상체를 벗은 노예로 보이는 건장한 체구의 사내 두 명이었다.

"그만."

씁쓸한 어조로 왕이 말했다.

내가 기운을 거두자, 왕은 웃음을 지으며 손짓했다.

"이제 그에 대해서 궁금한 것은 없을 듯하군. 스와디, 대단한 남편을 얻었구나."

그 말에 스와디는 어깨를 으쓱했다.

"몇 번이나 말했잖아요."

그 태도에 나는 쓴웃음을 짓고 그녀의 옆에 다시 앉았다.

내가 앉자 연회석에는 다시 음악이 흐르기 시작했다. 무희들은 파랗게 질린 얼굴이었지만 그래도 주섬주섬 중앙으로 나와 춤을 추었고 노예들은 다시 술을 따랐다. 왕이 사람들을 향해 뭐라고 한마디씩 던지자 경직된 분위기가 깨졌다. 그럭저럭 시원한 바람이 발코니를 통해 스며들자 홀이 3층에 위치한다는 것을 그제야 깨달았다. 스와디는 느긋한 자세로 내게 몸을 기댄 채 앉았다. 다리를 쭈욱 펴고 앉은 그 자세가 꼭 고양이, 아니, 거대 고양이, 아니, 배부른 표범 같았다.

"어때?"

내가 귓가에 속삭이자 그녀가 눈을 치뜨며 물었다.

"뭐가?"

"이제 밥값 좀 한 것 같아?"

내 질문에 그녀는 킬킬 웃으며 내 손을 잡아 자신의 가슴 위로 올렸다.

"물론이지. 이제 나에게 쓸데없는 소리를 지껄이는 자는 없겠지."

그녀의 말에 나는 그저 웃었다.

그때 검공의 앞으로 누군가가 다가섰다. 시선을 절대로 피하지 않던 그 회색 가운의 남자였다. 그는 대면 베일 것 같은 살벌한 눈초리로 날 일별하더니 검공 앞에서 고개를 숙였다. 절도있는 그 태도에 조금은 호감이 갔다.

"야후드 가비라. 내 손자지."

검공이 부드러운 웃음을 머금은 채 소개했다. 과연 이 자리에 있는 자들은 검공의 손자 아니면 아들, 혹은 조카들로 버글거리는 모양이다. 청년은 다소 살벌한 태도로 스와디와 나를 번갈아 보더니 검공에게 진지하게 말했다.

"잠시 의논드릴 것이 있습니다만."

"뭐지?"

검공이 묻자 야후드는 잠시 머뭇거리더니 낮은 소리로 말했다.

"우그르 타므스의 일입니다."

그 말에 검공의 눈썹이 꿈틀거렸다. 그리고는 잠시 그의 시선이 아래로 내려갔다. 나는 검공이 바라보는 것이 아까 나와 잠시 눈싸움을 벌였던 하얀 가운의 중년인이라는 것을 깨달았다. 그는 아직도 이를 악물고 나에게서 등을 돌린 자세로 앉아 있었다. 아마 타격이 컸나 보다. 그의 잔에 술을 따르는 노예들도 얼굴이 창백하다.

"그는 우그르 타므스의 주인인 보리테 가비라야. 내 오빠들 중에 하나지."

내 시선을 눈치 챘는지 스와디는 느긋하게 설명했다. 그녀는 흥미진진한 얼굴로 잔뜩 굳은 야후드의 얼굴을 바라보며 내 손등을 만지작거렸다.

"모르겠어? 당신이 키에디 대신 대전사로 나섰잖아? 그 상대인 바이샤의 아버지란 말이야."

"아."

그제야 무슨 소리인지 알았다. 즉, 나랑 눈싸움을 해서 깨진 저 양반이 바로 전사 양성소의 주인이라는 보리테 가비라이며 키에디의 연적인 바이샤의 아버지란 이야기다.

"키에디의 대전사가 될 거요?"

갑자기 야후드라는 녀석이 눈을 번뜩이며 물었다. 그리고 그 순간 스와디의 손에서 술잔이 날아갔다. 아슬아슬하게 피하기는 했지만 술 몇 방울이 옷깃에 닿아 젖었다.

"이 무슨!"

그의 얼굴이 분노로 휘감기는 것이 적나라하게 드러났다.

"말투가 그게 뭐야. 건방지군. 그는 너의 고모부다. 어른이란 말이야."

스와디의 눈매가 가늘어졌다. 그녀는 거만한 태도로 내 어깨를 끌어안으며 태도를 분명히 했다. 야후드의 입가가 씰룩거렸다. 아마 나이 어린 고모가 나서는 게 엄청나게 불만인 모양이다.

"스와디의 말이 맞다. 너의 고모부가 되니 당연 어른이 된다."

검공이 충고했다. 야후드는 이를 갈면서 빈정거렸다.

"아무리 어른이라 해도 여자가 이렇게 나서는 것이 옳은 법도는 아니지요."

"아무리 두들겨 주어도 그 성질머리는 여전하구나. 그래, 내게 맞은 게 그렇게나 분했나?"

그 말에 야후드의 얼굴이 시뻘겋게 변했다. 검공은 차마 뭐라 할 수도 없다는 모호한 표정이 되었다. 하긴 손자의 편을 들기엔 스와디의 성질머리가 워낙 고약하다.

"그, 그, 그건 10년 전의 일이오!"

"그래, 내가 과부가 된 지 얼마 안 되었을 때의 일이지. 정확히 11년 전. 의기양양하게 내 방 안으로 뛰어들어 와 자기 친구랑 결혼하라고 윽박질렀었지."

스와디는 마치 농담이라도 하듯 가볍게 말했다. 나와 시선이 마주치자 그녀는 순진한 척 눈을 크게 뜨며 설명했다.

"아, 그때만 해도 다들 내가 얌전한 과부라고 생각했거든. 결혼한 뒤에는 두문불출했으니까 말이야. 그랬더니 저 녀석이 나에게 결혼하라고 강짜를 부리며 내 침실까지 침입했지 뭐야."

"그, 그건!"

야후드의 얼굴이 벌게졌다.

"건방져도 그렇게 건방질 수가 없는 거지. 날 완전히 우습게 보았던 거야. 그것도 결혼하라고 강요하는 상대가 자기 친구였다니까. 정말 별 볼일 없는 놈이었어."

나는 야후드의 얼굴을 흘긋 보았다. 그는 당장이라도 폭발할 것처럼 부들부들 떨고 있었지만 옆에 검공이 있고 왕이 있는 터라 소리를 지르진 못했다. 특히 두 사람 다 흥미진진한 얼굴이었기 때문인지도 모른다.

"그런 일이 있었느냐?"

왕이 웃으며 묻자 야후드는 고개만 숙였다.

"고모님이 구혼자들을 모두 내친다는 소문이 자자해서 마음이 급했습니다."

그 변명 아닌 변명에 그녀는 비웃었다.

"호오, 그래서 여자 침실에까지 달려들어 와 행패를 부렸단 말이지?"

"행패는 무슨 행패? 난 단지 왜 구혼자들을 전부 멀리하는지 그 이야기를 듣고 싶어서 그랬던 것뿐이오!"

"물론 그랬겠지, 막는 노예들을 두들겨 눕혀가면서 말이지."

스와디의 빈정거림에 그의 얼굴은 점점 더 일그러졌다. 나는 웃음이

나오는 것을 참으며 물었다.

"그래서?"

"뭐가 그래서? 무례한 녀석에게는 매가 약인 법이지. 코피를 터뜨렸더니 울듯이 시미터를 들이 뽑더라고. 어이가 없어서. 제 고모에게 무기를 들이대다니. 한 대 쳤다고 말이야."

왕이 마침내 웃음을 터뜨렸다.

야후드는 입을 꾹 다물고는 화제를 바꾸려는 듯 헛기침을 했다. 그의 얼굴에 떠오른 스와디에 대한 증오에 나는 좀 놀랐다. 하지만 스와디 역시 그의 눈빛에 조금도 주눅이 드는 것 같지 않았다. 오히려 그녀의 눈빛은 싸움을 기대하며 도약을 준비하는 야수처럼 번뜩이고 있었다.

"11년 전이면 스와디가 고작 열일곱 살일 때로군."

내 말에 야후드의 얼굴이 홱 돌아갔다. 나는 그 얼굴을 빤히 바라보며 물었다.

"그리고 그대가 최소한 25, 6세는 되었을 때의 일이겠지?"

"스물일곱 살이었지."

옆에서 스와디가 얄밉게 덧붙인다.

"허어. 연하의 고모에게 얻어맞은 것으로 자존심이 상했다고 설마 하니 원한이라도 품은 것은 아니겠지?"

내 말에 그의 얼굴이 마침내 폭발 직전까지 일그러졌다. 그는 당장이라도 무기를 뽑을 듯이 부르르 떨었다. 그런 그의 얼굴을 나는 차분히 바라봐 주었다.

"내 아내에게 원한을 품는 것을 가만히 봐줄 만큼 나는 마음이 넓지 않아."

순간, 작은 폭발이 일었다. 그가 나를 향해 살기를 뿜으며 시미터를 뽑았던 것이다.

 그러자 짙푸른 오러의 물결이 그와 나 사이의 공간을 헤집고 들어가 단번에 그의 오러를 후려쳤다. 그러자 그의 몸은 시미터를 뽑은 자세 그대로 굳었다. 그의 눈이 튀어나올 듯 커지고 입가가 일그러졌다.

 "수치를 알아라."

 실오라기처럼 흐르는 그의 오러가 내 것과 맞닥뜨리자 내 몸 안의 야수가 조롱하고 조소한다. 죽여라, 죽여라, 죽여 버려라, 이 연약한 것을 짓눌러 터뜨려 버려라. 그 속삭임을 억누르며 심호흡했다. 아직은 안 된다. 아직은 안 된다.

 끼이이이잉 하고 그의 손아귀에 잡힌 시미터가 부르르 떨었다. 나는 손을 들어 그가 내밀고 있는 시미터를 살짝 잡아 밀쳤다. 그러자 그는 뒤로 몇 걸음 물러서다가 주저앉고 말았다. 챙그랑 소리를 내면서 그의 시미터가 바닥에 떨어졌다.

 "하아……."

 헐떡이는 그의 숨소리가 커다랗게 울려 퍼졌다.

 주변은 이미 쥐 죽은 듯 조용해졌다. 모두들 이쪽을 주시한 채 말을 잃고 있었다. 파리해진 야후드는 믿을 수 없다는 듯 자신의 손을 내려다보고 있었다. 바닥에서 구르고 있는 시미터는 아직도 떨리며 소리를 냈다. 그것을 보던 그는 갑자기 피를 왁 하고 쏟아냈다.

 "꺄!"

 여자 노예가 작게 비명을 올렸다.

 웅성거리는 소리가 커지자 검공이 나를 돌아보았다. 왕 역시 나를 보고 있었다. 아니, 모두 다 나를 바라보고 있었다. 나는 스와디의 어깨를 안은 채 조용히 말했다.

"나는 이제부터 내 아내에게 무례한 짓을 하는 자는 용서치 않을 작정이오. 앞으로 그녀의 지위에 어울리는 대접을 해주기 바라오. 더 이상 그녀에게 강요, 혹은 협박 따위를 하는 자가 나온다면……."

나는 바닥에 떨어진 시미터를 집어 들어 칼날째 움켜쥐었다.

콰직 하고 강철의 시미터가 구겨졌다. 힘을 이기지 못한 일부는 조각이 나 떨어지고 일부는 구겨진 채 내 손 안에 남았다. 이제 빛을 발하던 그 무기는 폐물이 되고 말았다.

"허억!"

"저, 저런!"

여기저기서 경악성이 터져 나왔다.

나는 여자라고는 단 한 명도 없는 이 귀족 집단을 물끄러미 내려다보았다. 검공이 나를 향해 찌를 듯한 시선을 던져도, 왕이 턱이 빠질 듯 입을 벌리고 있어도 전혀 동요하지 않았다. 사실 나는 스와디가 미동을 거느렸다고 해도 그다지 화가 나지 않았었다. 또한 키에디가 마누라를 때려 교육 좀 시키라고 말했어도 화가 날 정도는 아니었다. 구혼자가 나섰을 때도 웃겼을 뿐 화는 나지 않았다. 하지만 지금 이것은 달랐다.

17세. 아직 소녀였을 그때에 무기를 집어 들고 조카뻘인 놈이 달려들어 와 자기 친구랑 결혼하라고 강요를 했다고 한다. 침실까지 들어와 막는 노예를 무력으로 물리치며 달려들었다고 한다.

얼마나 무서웠을까.

스와디가 드센 성격이든 아니든 간에 그녀는 분명히 무서웠을 것이다. 화가 났을 것이다. 도와주는 사람은 아무도 없었다. 아버지인 검공이 침묵했으니 감히 조카뻘인 놈이 집 안까지 달려들어 와 행패를 부렸을 게다. 만약에 그녀가 약했다면, 조금이라도 약했다면 그녀는 그 자리에서 강간을 당하고 그 상대에게 시집을 갔어야 했을지도 모른다. 그게 바로 현실이었다. 그게 바로 그 당시에 그녀가 당했던 위험이었다.
 그것을 생각하자 속이 들끓었다. 몸 안의 야수가 다시 움직인다. 당장에 눈앞에 보이는 놈을 갈가리 찢어 죽이라고 속삭인다. 용서하지 마라. 그놈이 네 여자를 욕보였다. 욕보이려고 했다. 그러니 용서하지 마라.
 갑자기, 따스한 손이 맞닿아왔다. 나는 고개를 돌려 자신의 어깨를 감싼 내 손을 잡고 있는 스와디를 돌아보았다. 그녀는 날 조용히 올려다보고 있었다. 그녀의 눈은 고요했다.
 살의가 가라앉았다. 그리고 그 자리에 깨달음이 왔다.
 나는, 그녀를 사랑한다.

 왕궁을 떠나 스와디의 저택으로 오는 동안, 그녀는 단 한 마디도 하지 않았다. 나 역시 아무 말도 하지 않았다. 갑자기 떠오른 이 생각에 어찌해야 할지 알 수 없었다. 내가 여자를 사랑한다니. 그런 건 믿을 수가 없었다.
 사랑스러웠던 두 궁비나 아름다운 소울리에 등도 어디까지나 그저 나에겐 아름다운 꽃일 뿐이었다. 보듬어주고 잘 보살펴 주어야 한다는 생각이 들었을 뿐 이런 기분이 아니었다. 여자 때문에 질투를 느낀다는 것은, 소유욕을 느낀다는 것은 있을 수가 없는 일이었다. 이런 혼란은 겪어본 적이 없었다.
 내 마음속은 오랫동안 황혼이었다. 썩어가는 고목이었다. 그런 내가 사랑이라니, 그게 가당키나 한가?
 "멋지게 인정받은 것은 좋은데, 별궁에 초대받았어."
 갑자기 스와디가 입을 열었다.

올 때와는 달리 왕이 마차를 내주었기 때문에 우리들은 마차에 마주 앉아 있는 중이었다. 그 때문에 더 묘했다. 밖에서 우리를 호위하는 구와르 등은 왕의 앞에서 있었던 일을 듣고 거의 미칠 듯이 기뻐하는 기색이었다. 하루 사이에 벌써 왕궁 안팎으로 소문이 쫙 퍼졌다는 것이다. 내가 엄청나게 강한 남자로 새로운 소드 마스터쯤 되는 것 같고 스와디를 열렬하게 사랑한다는 꽤나 거북스런 소문 말이다. 덕분에 스와디의 일족들은 어깨가 으슥해졌으며 여자들은 추녀로 이름난 스와디의 뜻하지 않은 행운(?)에 이를 간다고 한다. 그 소식을 주저함도 없이 전하면서 카셀은 다른 전사들과 함께 나를 송두리째 태울 듯한 시선으로 바라보았다. 그런 눈을 시키먼 사내들에게 받아봐야 기쁘지 않다.

"별궁에는 미혼의 공주들이 여럿 있어."

갑자기 하는 말에 나는 그녀를 흘긋 보았다. 그녀는 얼굴을 찡그린 채 말을 이었다.

"무슨 의미인지 알아듣겠어?"

"아니."

그녀는 한숨을 내쉬더니 이마에 손을 대고 날 쏘아보았다.

"너무 강했어. 당신, 너무 강했다구."

내가 대답없이 침묵하자, 그녀는 투덜거리듯이 설명했다.

"무슨 의미인지 모르겠어? 왕은 당신에게 공주를 안기기로 마음먹었다는 이야기야."

"뭐?"

놀라 그녀를 보자, 스와디는 짜증을 냈다.

"당신이 소드 마스터라고 아버지가, 검공이 보증했단 말이야. 게다가 어젯밤 연회에서 보인 그 모습에 모두들 당신이 대단한 실력을 가진 자란 걸 알았어. 리베이드에는 아직 소드 마스터는 아버지밖에 없어. 그런데 당신이 온 거지. 그런데 당신을 그냥 놔두겠어?"

"왕년 검공에게 하듯, 공주 두엇을 건네준다는 의미인가?"

내 말에 그녀는 내 정강이를 걷어찼다.

"그래, 당신은 그 정도의 능력이 있으니까."

나는 문득 그녀를 보았다.

"내가 그녀들을 아내로 삼아야 하나?"

그 말에 스와디의 얼굴이 굳었다. 그녀는 잠시 심각한 표정이 되더니 나에게 되물었다.

"당신, 리베이드에는 얼마나 있을 거야?"

"…떠나고 싶을 때까지."

내 대답에 그녀의 얼굴이 침중해졌다.

"나와 달리 공주들은 곤란해. 그녀들을 버리면 시끄러워져. 왕이 가만히 있을 리가 없다구."

"그럼, 그녀들을 아내로 삼지 않으면 되겠군."

내 말에 그녀는 허 하고 고개를 마구 내저었다.

"왕이 이미 결심했단 말이야. 그런데 어떻게 자기 맘대로 할 수 있겠어? 여기서 살려면 왕명을 거역할 순 없다구."

"난 원래 펜게이드 인이야. 게다가 너를 너무나 열렬히 사랑하고 있기 때문에 다른 여자는 아내로 삼고 싶지 않다고 하지 뭐."

내 말에 그녀는 얼이 빠진 얼굴로 날 바라보았다.

"정말 그런 말로 넘어갈 수 있다고 생각해?"

"그렇게 해봐야지. 만약 더 강요하면 널 데리고 펜게이드로 달아나 버리겠다고 하지."

그 말에 그녀는 웃음을 터뜨렸다. 아까와 달리 조금 긴장이 풀린 얼굴이다.

"믿을 수 없어. 당신, 진짜 황당하네."

나는 쓴웃음을 지었다. 스와디는 안 믿는 모양이지만 이게 진짜 내 솔직한 심정이다. 그녀는 소년처럼 킬킬거리다가 내 어깨에 머리를 기대고 다리를 쭉 뻗었다. 그런 그녀의 어깨를 감싸 안으면서 나는 물끄러미 그녀의 손등을 내려다보았다.

거칠다.

굳은살이 단단히 박힌, 진짜 전사의 손이었다. 이 손으로 그녀는 혼자서 싸워왔다. 만약 약했다면 그녀는 다른 여자들과 똑같이 결혼해 재산을 빼앗기고 홀로 남았으리라. 여기서는 추녀라 불릴 외모였으니 더 더욱.

그녀의 손등을 잡아 키스하자 스와디가 눈을 크게 뜨고 날 바라보았다. 왜 그러냐는 듯 묻는 그 시선에 나는 미소 지었다.

"잘했어."

"뭘?"

"잘 싸웠다는 이야기야."

내 말에 그녀의 얼굴에 미묘한 선이 스쳐 지나갔다. 웃음인지 울음인지 모를 묘한 표정. 하지만 그것은 마치 거짓인 양 일순 사라져 버리고 다시 특유의 뻔뻔한 표정이 돌아왔다.

"물론이지. 그나저나 당신, 진짜 중늙은이 같은 표정은 집어치워. 난 애가 아니야!"

나는 희미하게 웃었다. 그렇다. 그녀는 내 배려도, 칭찬도 바라지 않는다. 어쩌면 애정조차도 바라지 않을지도 모른다. 내가 방패가 되어

주기만을 바라는 것이다.

 그것이라도 좋다고 문득 생각했다. 이 드센 여자가 말할 수도 없이 사랑스러워져서 나는 가슴이 뭉클했다. 이런 미묘한 기쁨을 맛본 것이 언제였던가.

 항상 생기로 가득 찬 사람들을 음험한 질투로 바라보기만 했던 내가 이런 간지러울 정도로 포근한 감정을 느껴본 게 언제인가. 아니, 느껴본 적이나 있던가.

"행복한가?"

그 누군가가 또 속삭여 왔다.

 그 후로는 아주 달콤씁쓰레한 시간이었다.
 나는 감정을 조심스럽게 자각한 이래로 그녀를 관찰했다. 스와디도 나를 그만큼 생각하고 있는지 알고 싶어 다소 초조하기는 했지만 그렇다고 해서 안달하지는 않았다. 그녀는 다른 남자와는 어차피 만나지 못한다. 내 아내니까. 게다가 그 성격상 다른 남자에게 눈을 돌릴 것 같지도 않았다. 무엇보다 그녀는 바빴다.
 데카르 본가의 모든 식솔의 예상을 깨고 그녀와 나는 항상 같은 침실을 썼다. 시간이 지나고 시일이 지나면 지날수록 식솔들의 태도도 달라지기 시작했다. 나야 그들이 뭐라든 신경을 안 쓰고 그저 미흐가르와 구와르만을 부려먹었지만 곧이어 나를 대하는 태도가 조심스러워졌다. 목이 베일까 두려워서일 수도 있지만 나는 그 이유가 구와르나 미흐가르가 토해놓는 말 같지도 않은 나와 스와디 간의 애정 행각 때문이라 생각되었다. 한 달 가까이 시간이 지나는 동안 나는 다른 여자들에게 손을 대지도 않았고 관심도 보이지 않았으며 오직 가까이한 것은 그녀뿐이었다. 그게 놀라운 일이라는 것이다.

"그게 뭐가 놀라워?"

하도 바쁜 마누라 때문에 한동안 같이하지 못했던 점심을 하는 중이었다.

얇은 빵에 저민 고기를 싸 먹으며 내가 시큰둥하게 되묻자 스와디는 이를 드러내고 웃었다.

"보통 남자가 한 여자에게 그렇게 오랫동안 만족한다는 것은 어려운 일이라는 거지. 아무리 금슬 좋은 부부라 해도 첩실 서넛은 꼭 두고 있으니까. 게다가 여자 노예도 널렸잖아."

그녀는 큭큭대며 웃었다.

"왜 그렇게 웃어?"

"아아, 정말 웃겨서. 몇 번이나 다른 여자들이 묻더라니까. 대체 어떻게 하면 남편을 그렇게 꽉 잡아둘 수 있는지 그 비결을 알려달래."

나와 달리 일족들을 거느리고 있는 그녀는 항상 바빠 바깥출입을 하고 사람들을 만나고 있었다. 그동안에 무슨 이야기를 또 들었나 보다.

"하여간 할 말도 어지간히 없나 보다. 남의 일을 그렇게나 캐내고 돌아다니니."

나는 그게 다 노예가 들끓는 탓이라 여겼다. 여기는 교육을 잘 받은 황궁의 시종들과 달리 노예들도 꽤 제멋대로가 아니던가. 주인이 스윽 하고 그 자리에서 목을 벨 수도 있는데도 이렇게나 건방진 노예들이 있다니, 그것도 참 놀라운 일이다.

"그런데 왜 키에디에게서 연락이 없어?"

일주일 안에 연락하겠다는 키에디는 감감무소식이다. 내 말에 스와디는 박수를 쳤다.

"아아, 그 이야기를 하는 걸 잊었어. 키에디와 바이샤와의 결투는 취소되었어."

"뭐? 어째서? 둘 다 아가씨를 포기 못한다고 난리 아니었나?"

"음. 하지만 바이샤 쪽에서 포기를 선언했어. 무엇보다 당신이 대전사라고 하면 무섭겠지."

"그렇게나 쉽게?"

미심쩍어 묻자 스와디는 히죽 웃었다.

"몰랐나 본데, 그 왕궁 연회에 바이샤도 있었어. 그 애는 말 그대로 당신의 모습에 혼비백산해서 그날로 키에디에게 찾아가 포기하겠다고 선언했다는군."

나는 허탈해져서 허 하고 웃고 말았다. 원래는 키에디의 대전사가 되기 위해 온 것 아니었던가. 그런데 상대의 얼굴 한 번 못 보고 끝이라니.

달작지근한 과일주를 한 잔 들이키면서 나는 빵을 뜯었다. 요즘 들어 술이 꽤나 늘었다. 스와디가 술을 많이 마셔서 그런지, 아니면 리베이드의 식사에는 항상 술이 몇 병이 따라 나와서 그런지 물 대신 술을 마시는 경우가 늘었다.

"하지만 그와 동시에 우그르 타므스에서 당신을 초청한다는 연락도 왔어."

"우그르 타므스에서?"

"응. 지금 우그르 타므스에 놀라운 인물이 하나 와 있거든."

"놀라운 인물?"

스와디는 의미심장한 얼굴로 웃었다.

"응. 나도 어제 알았어. 사실은 보름 전에 도착했대. 외국인이야."

"외국인?"

"아버지를 만나기 위해 왔다가 보리테 오빠의 부탁으로 우그르 타므스에서 전사들과 함께 지내고 있었다고 하더군. 바이샤와 야후드는 그의 열렬한 추종자이기도 해. 그래서 아마 이런 이야기가 나왔겠지."

"무슨 이야기?"

나는 난데없는 외국인 이야기에 미간을 찌푸렸다. 스와디의 눈은 반짝반짝 빛나고 있었다.

"그가 당신과 대결해 보고 싶다는 거야."

"그?"

"그 외국인이."

"그 외국인이?"

내가 바보처럼 말을 반복하자 그녀는 킬킬 웃었다. 흥분해서 웃음을 참지 못하겠다는 태도여서 난 조금 불길한 예감이 들었다.

"그가 대체 누군데?"

"퓨전의 소드 마스터 타이레논 레즐러 후작."

나는 먹던 빵을 뚝 떨어뜨렸다.

『6권으로 이어집니다』